JAMES HADLEY CHASE

COLLECTION JAMES HADLEY CHASE

*Parutions du mois*

7. AU SON DES FIFRELINS

8. LE CORBILLARD DE MADAME...

9. IL FAIT CE QU'IL PEUT
(NE TIREZ PAS SUR LE PIANISTE)

10. UNE MANCHE ET LA BELLE

11. POCHETTE SURPRISE

12. OFFICIEL !

JAMES HADLEY CHASE

# *Officiel !*

TRADUIT DE L'ANGLAIS
PAR ANDRÉ BELLAC

*nrf*

GALLIMARD

*Titre original :*

THIS IS FOR REAL

# CHAPITRE I

Deux Américains étaient assis à une table dans un coin, à l'écart du groupe de journalistes qui flânaient au bar du Crillon. L'un d'eux, déjà âgé, chaussait son profil d'oiseau de lunettes sans monture et portait un complet de ville impeccable. Il s'appelait John Dorey. Il passait pour un petit fonctionnaire de l'ambassade américaine.

Son compagnon, Harry Rossland, était un homme corpulent qui approchait de la cinquantaine. Il portait un complet de tweed informe et des chaussures de sport poussiéreuses. Rossland vivait depuis si longtemps à Paris qu'il faisait en quelque sorte partie du décor. Ses revenus modestes provenaient, semblait-il, des articles qu'il écrivait sur l'art moderne; on le considérait comme un original inoffensif. Les deux hommes parlaient à voix basse. Rossland avait pris un whisky *on the rocks* et Dorey un jus de tomates.

Personne n'aurait pu, même en s'y appliquant, juger, d'après l'expression des deux hommes, de l'importance ou de la banalité de leur conversation.

— Ma foi, voilà la situation, dit Dorey. C'est peut-être sérieux, c'est peut-être un canular, mais je tiens à ce que ce soit toi qui t'en occupes, Harry

Tant que je ne suis pas certain qu'elle possède quelque chose ou qu'elle est dingue, tout ceci demeure officieux.

— Je n'ai pas, tu le sais bien, l'habitude de traiter les affaires moi-même, répondit Rossland en faisant tinter deux morceaux de glace dans son verre vide. Mais je vais, si tu veux, demander à l'un de mes gars de s'en occuper. Il va réclamer trente dollars pour le dérangement.

— Ça ne vaut pas trente dollars, reprit sèchement Dorey qui était avare de nature. Tout ce qu'on lui demande, c'est de rencontrer cette femme et de découvrir ce qu'elle a à vendre. Si l'affaire devient sérieuse, alors, bien entendu, nous le paierons.

Rossland agita son verre vide en direction d'un garçon. Il savait bien que Dorey réglerait l'addition et il avait soif. Les deux hommes se turent pendant que le garçon apportait un autre whisky. Lorsqu'il eut regagné son bar, Rossland reprit :

— C'est trente dollars ou rien. Ça pourrait être un piège. Est-ce que tu y as songé? Warley en a peut-être marre d'être court-circuité, Dorey. Je ne dis pas que ce soit le cas, mais tu passes ton temps à t'occuper personnellement d'affaires qui devraient en principe lui être signalées. Cette femme est peut-être un agent de Warley. Il a pu monter ce piège pour provoquer ton rappel.

Dorey avait déjà envisagé cette éventualité, mais il était certain que Warley ne ferait jamais une chose pareille. En fait, Dorey en venait à souhaiter que Warley s'intéresse assez à lui pour essayer de le coincer.

— Bon, c'est entendu, dit-il. J'irai jusqu'à y mettre trente dollars. Ne t'inquiète pas pour Warley. Il est bien trop occupé par ses nouvelles fonctions pour s'inquiéter de ce que je fais. (Il observa une pause.)

Je veux des résultats, Harry. Si cette femme a vraiment quelque chose d'important à vendre, ce dont je doute, elle est capable de contacter d'autres personnes.

Rossland sourit. Il savait que Dorey était hanté par l'épouvantail russe.

— Passe-moi le fric et tu auras des résultats.

Dorey observa le visage massif de son interlocuteur.

— Je me demande parfois, Harry, dit-il, si tu as une conscience exacte de tes responsabilités quand tu travailles pour moi.

— Je ne t'ai jamais laissé tomber, pas vrai? répondit Rossland en riant.

— Il y a toujours un commencement à tout.

— T'en fais pas. Je vais demander à un de mes gars de voir cette femme et je te téléphonerai dès qu'il l'aura vue.

— Qui vas-tu prendre? demanda Dorey dont les yeux pâles observaient Rossland derrière les verres brillants de ses lunettes.

— Du moment qu'il fait son boulot, qu'est-ce que ça peut te faire? répondit Rossland en vidant son verre.

Dorey haussa les épaules, appela le barman et régla l'addition. Les deux hommes se levèrent. En débouchant dans la rue Boissy-d'Anglas, Dorey glissa une liasse de billets froissés dans la main de Rossland.

Celui-ci regarda Dorey traverser la rue et se diriger d'un pas vif vers l'ambassade américaine; quant à lui, il prit sur la droite et gagna la rue du Faubourg-Saint-Honoré.

Il chantonnait et, de temps à autre, palpait la liasse de billets dans sa poche.

Il s'arrêta au coin de la rue de Castiglione et

attendit avec impatience le feu vert. Le vent d'avril était frisquet, mais réchauffé par ses deux whiskys bien tassés, Rossland supporta aisément le léger frisson qui lui parcourut l'échine.

Quand le feu passa au vert, il traversa la rue et pénétra dans le bar de l'hôtel Normandy. Il serra la main du barman qu'il connaissait depuis des années, commanda un double whisky et gagna, à l'extrémité du bar, la cabine téléphonique. Il s'y enferma et composa son numéro. Calant le récepteur entre son oreille et son épaule, il prit un paquet de cigarettes, en tira une et l'alluma.

— Allô? fit une voix à l'autre bout du fil.

— Girland? Ici, Harry.

— Oh! malheur! Ecoute, Harry, je suis occupé pour l'instant. Tu ne pourrais pas rappeler dans deux heures?

Rossland sourit. Il savait fort bien à quoi était occupé Girland.

— Manque de pot, dit-il. Renvoie-la chez sa mère, si elle en a une. Le cheval sur lequel nous avons misé notre dernière chemise est arrivé dernier.

Rossland entendit Girland murmurer : « merde! » et un sourire cynique étira de nouveau ses lèvres.

— Donne-moi une heure, bon Dieu! intercéda Girland.

— Je te retrouve dans un quart d'heure à l'entrée du métro Odéon, dit Rossland avec fermeté et il raccrocha.

Il sortit de la cabine téléphonique et retourna au bar. Tout en tendant la main vers son verre, il regarda autour de lui. Trois ou quatre couples attablés bavardaient. Rossland leur jeta un bref coup d'œil, puis son regard se posa un instant sur un jeune homme qui lisait *France-Soir,* un verre de Pernod et un carafe d'eau posés sur la table devant lui. Rossland détourna immédiatement son regard, mais il avait enregistré tous les détails concernant ce personnage qui pouvait avoir dans les vingt ans et qui portait un pardessus sombre élimé, ceinturé comme une robe de chambre. Ses cheveux coupés court étaient noirs et il arborait une barbiche qui le rajeunissait. Il avait les yeux cernés et le teint jaune. Il n'était guère à sa place dans ce bar et Rossland fut immédiatement sur ses gardes.

Il avala la moitié de son whisky puis, se penchant vers le barman, il lui demanda :

— Ce garçon, là-bas... il y a longtemps qu'il est arrivé?

— Juste après vous, monsieur Rossland.

Rossland écrasa son mégot. Des années de métier lui avaient appris à se méfier des gens qui n'étaient pas dans le ton et c'était bien le cas de ce jeune homme. Il vida son verre et régla l'addition.

Il serra la main du barman, fit allusion au vent froid, et sortit du bar. Il quitta l'hôtel par la grande porte, s'arrêta au bord du trottoir pour laisser passer trois voitures, puis traversa la rue et se dirigea vers le station de métro Palais-Royal. Il dut encore attendre au coin de la rue de Rivoli pour laisser passer les voitures qui s'y engouffraient. En attendant, il prit une petite glace dans sa poche et la dissimula dans sa grande main velue. Il aperçut dans la glace le jeune homme du bar. Lui aussi attendait au carrefour suivant pour traverser.

Rossland remit la glace dans sa poche et son expression devint songeuse. Dorey lui avait dit que cette affaire était peut-être une fumisterie. Il avait dit également que d'autres personnes allaient peut-être être contactées. La présence de ce jeune barbu était peut-être fortuite, mais Rossland avait beaucoup trop de métier pour courir des risques. Il traversa la rue et descendit l'escalier du métro. Il prit un billet, puis gagna lentement les quais de la ligne Nation. Il devait changer à Châtelet pour aller à Odéon. Il dut attendre deux minutes l'arrivée de la rame. Rossland pénétra dans un wagon et résista à la tentation de regarder sur le quai. Il resta près de la porte. Au Châtelet, il attendit que la porte automatique coulisse et, au moment où elle allait se refermer, il la freina d'une pression puissante et descendit sur le quai. Les portes claquèrent et la rame quitta la station.

Il aperçut le jeune homme barbu qui, de son wagon de seconde, le regardait, les yeux ronds, et il agita joyeusement la main dans sa direction.

*

Mark Girland raccrocha et lança un juron.

Tessa (elle ne lui avait pas encore dit son nom de famille) lui jeta un regard interrogateur. Elle était assise dans un fauteuil de toile qui représentait pour Girland le maximum de confort auquel il aspirait.

Tessa était une blonde bien balancée, de vingt-quatre ans. Elle avait un visage ovale, de grands yeux bleus, un nez et une bouche bien dessinés. Elle portait un tricot vert avec l'inscription : *New York Herald Tribune.* Ses hanches et ses longues jambes étaient moulées dans un pantalon de lainage noir.

Elle avait offert le dernier de ses journaux à Girland sur le boulevard Brune. Séduit par ses longues jambes et ses yeux bleus, il y était allé de son numéro de charme. Il avait envers les femmes un comportement direct et plein d'assurance. Le fait qu'ils étaient tous deux américains avait contribué à rompre la glace rapidement. Ils avaient pris un verre et Girland avait trouvé cette fille amusante et excitante. En réglant l'addition, il avait dit, très à l'aise comme d'habitude :

— C'est quand même dommage de se quitter comme ça. Vous ne voulez pas me raccompagner chez moi? Nous pourrions y passer la soirée. (Il s'interrompit et lui sourit.) Et puis, si nous nous plaisons, comme je le pense, nous pourrions passer la nuit ensemble.

La fille avait ri. Il fut ravi qu'elle n'ait été ni choquée ni gênée.

— Au moins, vous, vous n'êtes pas timide! avait-elle répondu. Je vais vous accompagner chez vous, mais ça n'ira pas plus loin. (Elle l'avait observé un instant.) C'est du moins ce que je pense pour l'instant, avait-elle ajouté.

Il l'avait ramenée dans son studio, au sixième étage d'un immeuble de la rue des Suisses. En grimpant l'escalier derrière elle, il se disait qu'elle avait le plus joli derrière qu'il ait vu depuis bien longtemps. Ils s'arrêtèrent, un peu essoufflés, tandis qu'il ouvrait la porte de sa chambre.

Celle-ci, assez vaste, comptait deux grandes fenêtres qui donnaient sur les toits, les cheminées et les antennes de télévision. Elle était monacale, sans aucun confort. Elle était meublée d'un grand lit et de deux bancs distribués de part et d'autre d'une grande table vermoulue. A l'extrémité de la pièce, sous une des fenêtres, était installé un évier. Une grosse radio et un pick-up lui faisaient face. Deux transatlantiques tenaient lieu de fauteuils. Un placard et une bibliothèque bourrée de livres de poche américains et français complétaient le mobilier.

La fille observa les lieux, tandis que Girland refermait la porte et s'y adossait.

— C'est agréable, cet endroit, dit-elle. Moi, je vis dans un véritable placard. Ici, au moins, il y a de l'espace! Vous en avez, de la chance!

Girland se dirigea vers elle et posa les mains sur ses hanches. Ils se regardèrent en souriant. Il resserra son étreinte et l'attira contre lui. Il l'embrassa à pleine bouche. Ils demeurèrent ainsi, détendus, un bref instant, puis elle le repoussa et alla s'asseoir sur l'un des fauteuils.

— Parlez-moi de vous, dit-elle. Qu'est-ce que vous faites? Mais passez-moi d'abord une cigarette.

Au moment où Girland fouillait dans ses poches, le téléphone sonna : c'était Rossland.

Lorsqu'il eut raccroché, il reprit :

— Je suis désolé, mais il faut que je sorte. Vous savez ce que c'est. Je ne sais pas quand je reviendrai, mais voulez-vous rester, et vous installer comme chez vous? Voilà des disques, des bouquins. Vous trouverez à manger dans le réfrigérateur. Ce serait agréable de penser que vous êtes là à m'attendre.

— Je ferais mieux de ne pas rester, répondit-elle, sans toutefois faire aucun geste pour se lever. (Elle l'observait en se disant qu'il était beau.)

— Restez, insista-t-il. Ça ne sera pas long. Je voudrais que vous restiez.

— Très bien, dit-elle. Alors, je reste.

Il inclina la tête, traversa la pièce et ouvrit une porte qui donnait sur un petit cabinet de toilette avec douche et w.-c. Il s'y enferma. A droite de la douche se trouvait un placard qui montait jusqu'au plafond. Il l'ouvrit, tâtonna à l'intérieur et pressa un ressort qui y était caché. Le fond du placard coulissa. Il fouilla dans la cache et en tira un étui de cuir qui renfermait un pistolet à gaz, petit et plat. Enlevant sa veste, il fixa le harnais du baudrier à ses larges épaules puis remit sa veste. Il s'assura que l'arme ne déformait pas la coupe du vêtement puis se jeta un coup d'œil dans la glace au-dessus du lavabo.

Girland était un grand brun au visage maigre, aux yeux sombres et enfoncés dans leurs orbites, avec une bouche dure et une mâchoire agressive. Quelques cheveux blancs sur les tempes lui donnaient plus que ses trente-cinq ans.

Il se peigna rapidement puis, pour sauver les apparences, il tira la chasse d'eau et ouvrit la porte.

Tessa, à genoux devant la bibliothèque, examinait son contenu. Elle regarda par-dessus son épaule lorsqu'il s'approcha d'elle et elle lui sourit :

— Graham Greene, Chandler, Hemingway... nous avons les mêmes goûts, dit-elle.

Il se pencha pour l'embrasser.

— Nous avons sûrement d'autres goûts en commun, dit-il et lui passant la main sur le dos et les fesses.

Elle demeura immobile, mais son regard se durcit :

— Ne prenez pas trop de libertés avec moi, dit-elle. Je n'aime pas les hommes qui s'imaginent qu'avec moi c'est dans la poche.

— Je n'imagine jamais que c'est dans la poche, répondit-il en s'écartant d'elle. Mais je vis sous pression. J'ai toujours l'impression que la vie va m'échapper. Autrefois, je consacrais beaucoup trop de temps à louvoyer avec les femmes. Maintenant, je passe immédiatement à l'attaque. Le plus souvent, c'est payant.

Elle n'avait rien à répondre à cela, mais elle lui demanda :

— Où allez-vous?

Il sourit. Il avait l'air jeune et innocent quand il souriait.

— Faire un petit tour. Attendez-moi. Si le téléphone sonne, ne répondez pas. Bouclez la porte.

Personne ne viendra vous déranger. Il y a un superbe steak dans le réfrigérateur. Servez-vous. Je vous retrouverai dans la soirée.

Il sortit de l'appartement et commença la longue descente vers la rue.

Tessa resta à genoux, regardant les livres sur les rayons sans les voir. Elle écoutait les pas de Girland décroître dans l'escalier, puis elle se releva et se dirigea silencieusement vers la porte qu'elle ouvrit. Elle traversa le couloir poussiéreux et mal éclairé et se pencha sur la rampe. Tout en bas, elle aperçut Girland qui ouvrait la porte d'entrée. Elle se retourna rapidement, rentra dans le studio et referma la porte à clé.

Puis, avec une patience méthodique, elle se mit à fouiller la pièce.

*

Girland descendit rapidement la rue des Suisses pour aller prendre sa Fiat 600. La petite voiture était bien mal en point. Il considéra un instant la déchirure du pneu avant et évalua les chances qu'il avait de faire cinquante kilomètres. Puis il grimpa dans l'auto, tira le starter, passa en première et s'engagea dans le flot des voitures.

Quand il arriva au métro Odéon, il trouva Rossland qui l'attendait avec impatience. Il stoppa à sa hauteur. Rossland ouvrit la portière et s'installa tant bien que mal sur le siège avant.

— Tu n'es pas en avance, bon Dieu! protesta-t-il. Allons-y! Roule au petit bonheur. (Il se cala comme il put sur le siège tandis que Girland démarrait.) Bon Dieu! Quelle bagnole! Quand est-ce que tu vas liquider cette horrible poubelle?

— Elle me mène où je veux, répondit Girland

d'un air indifférent. Je ne suis pas millionnaire, ajouta-t-il en jetant un coup d'œil à Rossland. Je sais que tu t'en fous, mais tu as gâché une soirée qui s'annonçait fort bien.

— Encore une fille! rétorqua Rossland. Tu ne peux pas laisser les femmes tranquilles? Tu m'inquiètes, Mark. Blague dans le coin... il y a trop de femmes dans ta vie.

— Parle-moi un peu de ta vie sexuelle, dit Girland en riant. Tu ne vis pas comme un moine, quand même.

— Ne t'occupe pas de la façon dont je vis. Je me débrouille, mais je ne laisse pas les femmes me mener par le bout du nez... c'est ce qui compte. Tu es obsédé par les femmes.

— Ça suffit, répondit Girland, soudain impatient. Qu'est-ce qui se passe?

— Un petit boulot... un truc bizarre. C'est peut-être sérieux, peut-être bidon.

— C'est payé? Je suis pas mal fauché en ce moment.

— Comme d'habitude, répondit Rossland d'un ton amer. Les femmes et l'argent... c'est tout ce qui t'intéresse.

— A quoi d'autre est-ce qu'on peut s'intéresser? répondit Girland.

Il observait dans son rétroviseur une Citroën noire qui le suivait depuis trois minutes. Le chauffeur avait baissé son chapeau sur son front pour dissimuler son visage et il était tassé derrière son volant. Girland, abandonnant le boulevard, lança brusquement la Fiat dans une petite rue et appuya sur le champignon. Il vit la Citroën prendre le virage derrière lui. Il interrompit Rossland qui s'apprêtait à parler :

— Je crois que nous sommes suivis, Harry.

Rossland fut immédiatement sur ses gardes. Il regarda, par-dessus son épaule, la Citroën en question.

— Je me trompe peut-être. Voyons si nous pouvons la semer, poursuivit Girland.

Il tourna à droite au carrefour suivant, emprunta une voie à sens unique, fort étroite en raison des voitures qui y étaient garées, tourna à nouveau à droite et dut stopper à un feu rouge.

La Citroën noire vint s'arrêter à trois mètres derrière lui.

— Ne te retourne pas, dit Girland en observant le rétroviseur. Il nous suit toujours. (Il démarra lorsque le feu passa au vert.) Je vais descendre et lui régler son compte.

— Non! laisse-le tranquille. Il faut que je te parle, répondit Rossland d'un ton bref. Continue à rouler. Il ne peut pas entendre ce que nous disons.

Girland haussa les épaules, conduisit en silence quelques minutes, traversa le pont Sully et prit le quai d'Anjou. Il avait parcouru la moitié du quai lorsqu'il aperçut la Citroën derrière lui. Une automobile déboîta de la file de voitures garées le long du quai et démarra en trombe devant lui.

Girland logea la petite Fiat dans l'espace qui venait de se libérer, s'arrêta et coupa les gaz.

— Maintenant, on va voir ce qu'il va faire.

Le chauffeur de la Citroën accéléra brusquement et les doubla sans les regarder. Au bout du quai, la voiture tourna à droite et disparut dans le flot rapide des véhicules qui traversaient le pont Marie.

— Nous voici débarrassés de lui pour l'instant, dit Girland en allumant une cigarette. Qu'est-ce que c'est que cette histoire? Comment as-tu pu te laisser filer, Harry? C'est toi qu'il suivait, pas moi.

— J'ai été suivi par un jeune con barbu, répondit

Rossland, l'air soucieux. Je l'ai semé dans le métro mais il devait y avoir deux filatures.

— Tu devrais savoir qu'il y en a toujours deux, dit Girland en grimaçant. Un devant, l'autre derrière.

— Ce mec ne m'a quand même pas filé dans le métro avec sa Citroën, bon Dieu! s'exclama Rossland, furieux.

— C'est un autre comparse qui était devant. Il t'a repéré quand tu m'attendais. Il a téléphoné au mec de la Citroën qui était en piste quand je suis arrivé, dit Girland avec une patience insultante. Mais peu importe. De quoi s'agit-il?

— Ce matin, Dorey a reçu un coup de fil d'une certaine Mme Foucher. Elle prétend qu'elle a quelque chose à vendre. Dorey ne sait pas si c'est un canular ou si c'est sérieux. Elle a laissé entendre qu'elle pouvait contacter d'autres personnes. Il veut s'assurer qu'il ne s'agit pas d'une dingue. Elle voudrait rencontrer quelqu'un avec qui discuter les prix, etc. Dorey m'a collé cette affaire sur les bras, moi, je te la refile. C'est assez simple. Elle sera à « Allô, Paris » à onze heures, ce soir. Tu iras la retrouver et tu verras ce qu'elle veut vendre et le prix qu'elle demande.

— Et puis?

— C'es tout. A toi de décider si elle a ou non quelque chose d'intéressant à vendre. Ne prends aucun engagement pour nous. Il s'agit seulement de tâter le terrain.

— Mais pourquoi me fourrer là-dedans? Pourquoi est-ce que tu ne t'en occupes pas toi-même, Harry? C'est tout à fait dans tes cordes.

Rossland tira une cigarette d'un paquet froissé et l'alluma avant de répondre :

— Je me tiens toujours en marge. C'est comme ça que je peux être utile à Dorey.

— Sais-tu une chose? répondit Girland le plus sérieusement du monde. Tu es à peu près aussi utile à Dorey qu'une rage de dents, maintenant. Tu ne pourrais pas réfléchir un peu, non? Il ne s'agit pas d'un canular, mon petit vieux; c'est du sérieux. Cette fille a déjà contacté d'autres gars qui protègent leurs intérêts. Ils sont sur ton dos et les voilà maintenant sur le mien grâce à ta stupidité. Tu les as conduit directement à moi. Ils n'ont qu'à vérifier le numéro de ma voiture pour savoir qui je suis et où je vis. Tu ne peux pas devenir un peu plus malin, Harry? Qu'est-ce qui arrive à cette grosse éponge dans ta tête que tu appelles un cerveau?

Rossland, mal à l'aise, changea de position.

— Ne me parle pas sur ce ton-là! bredouilla-t-il. Ça ne me plaît pas!

— Peu importe que ça te plaise ou non, répondit Girland d'un air neutre. Tu commences à être lessivé. Tu es maintenant trop gras, trop paresseux, trop sûr de toi. Il y a trop longtemps que tu es dans le bain; tu as trop confiance en toi. Tu crois qu'il s'agit d'un jeu de salon : donner des ordres, ratisser le fric, agiter ta petite baguette magique et abandonner aux autres les sales boulots. Il y a deux ans, tu n'aurais jamais laissé un gars te filer. Ce n'est pas un jeu, Harry. C'est un métier et le plus dangereux qui soit. Des imbéciles comme nous, assez dingues pour accepter de travailler pour des salauds comme Dorey, doivent veiller au grain en permanence. Tu es devenu tellement prétentieux et ramolli que tu ne reconnais même plus les emmerdements quand ils te tombent sur le râble.

— Bon Dieu! s'écria Rossland, des gouttes de sueur perlant sur le front. C'est pas un détective à la noix comme toi qui va me parler sur ce ton! Tu n'es pas le seul agent dont je dispose; il y en a d'autres qui seront trop heureux de mener cette affaire! Je te rends service parce que je sais que tu as besoin d'argent. Arrête de m'engueuler ou bien je...

— Non, tu n'en feras rien, Harry, coupa Girland d'un ton blasé. Il se trouve que je suis la dernière des poires qui accepte de faire les sales boulots à ta place et tu le sais bien. Jason a disparu. Gray, Fauchet et Pierre... ont vu le feu rouge comme je le vois maintenant. Je suis le dernier poulain de ta pauvre petite écurie sur qui tu puisses compter. Alors ne viens pas me menacer...

Rossland avait le souffle court. Il s'essuya le front avec son mouchoir et considéra d'un air furieux le pare-brise poussiéreux de la voiture.

— Combien est-ce qu'on paye? lui demanda Girland. Je refuse de me lancer dans cette affaire si tu ne me donnes pas de fric.

Rossland hésita, puis fouilla dans sa poche-revolver. Il donna à Girland deux billets de cent francs.

— Où est le reste? demanda Girland.

— C'est tout pour le moment. Tu connais Dorey.

Girland rangea les billets dans son portefeuille vide.

— Je devrais me faire examiner par un psychiatre pour accepter de travailler à ces tarifs-là! dit-il d'un air dégoûté.

— Je veux des résultats, répondit Rossland. Je retourne chez moi maintenant et j'attendrai. Fais gaffe qu'on ne te suive pas.

— Très drôle... venant de toi! conclut Girland.

*

Herman Radnitz était installé dans un recoin du bar, à l'hôtel George V. C'était un homme trapu et gras aux paupières tombantes et à l'épais nez aquilin. Il portait un complet impeccable d'excellente coupe londonienne, un œillet rouge à la boutonnière et de luxueuses chaussures. De temps en temps, il tirait une bouffée d'un cigare de prix qu'il tenait entre ses doigts courts et boudinés.

Il était au bar depuis une demi-heure, une expression pensive sur son visage brutal.

Radnitz était un bon client de l'hôtel. On le tenait pour l'un des hommes les plus riches du monde. Ses opérations financières s'étendaient comme les tentacules d'une pieuvre sur l'ensemble du globe.

Un jeune homme arborant un bouc et un mauvais manteau ceinturé comme une robe de chambre entra silencieusement dans le bar. Il s'arrêta puis, sur un signe de Radnitz, s'assit dans un fauteuil à son côté.

Ce jeune homme, qui s'appelait Michel Thomas, expliqua à voix basse :

— Dorey a rencontré Rossland au bar du Crillon et ils ont bavardé quelques instants. En sortant, Dorey a donné à Rossland quelque chose... peut-être de l'argent. Je n'étais pas assez près d'eux pour voir. Après quoi, Rossland est allé au bar du Normandy pour téléphoner, Borg m'accompagnait. Il a suivi Rossland par-devant et moi par-derrière. Rossland m'a semé dans le métro, mais Borg a continué à le filer. Borg vient de me téléphoner à l'instant que Rossland a rencontré un Américain dans une Fiat. Nous ne savons pas qui est cet Américain, mais nous avons le numéro d'immatriculation de sa voiture et Borg est en train de l'identifier.

Radnitz considérait ses ongles spatulés. Il garda longtemps le silence.

— Il faut agir vite, dit-il enfin. Cuisinez Rossland. Peu m'importent les moyens. Vous pouvez le liquider.

Thomas opina du bonnet et se leva.

— J'attends ici, conclut Radnitz. Fais vite.

Il prit son verre, tandis que Thomas sortait silencieusement du bar.

Thomas se dirigea, dans l'avenue George-V, vers une Citroën noire. Le chauffeur, un petit homme trapu au visage rond et gras et aux yeux cruels, interrogea Thomas du regard tandis que celui-ci ouvrait la portière et s'installait sur le siège avant.

Un homme était assis sur le siège arrière. C'était un gars brun, grand et mince. Son visage en lame de couteau était aussi dénué d'expression qu'un masque. Son immobilité même lui donnait un air extraordinairement menaçant.

— Le patron veut que nous allions trouver Rossland, dit Thomas. Il habite rue de Castiglione.

Borg, le chauffeur, grogna, mit le contact et démarra.

Il leur fallut dix minutes pour atteindre la rue de Castiglione. Thomas et le grand type, Schwartz, sortirent de la voiture tandis que Borg allait se garer.

— Nous pouvons nous débrouiller sans Borg, dit Thomas.

— Tu veux dire que *je* peux, rétorqua Schwartz en ricanant.

Thomas lui jeta un coup d'œil perçant. Il commençait à s'inquiéter du mépris qu'affichait Schwartz, mais il se dit que ce n'était pas le moment de s'expliquer. Ils pénétrèrent dans l'immeuble, passèrent rapidement devant la loge du concierge et prirent l'ascenseur. Serrés dans l'appareil, les deux hommes gagnèrent le dernier étage.

Ils sortirent de l'ascenseur et refermèrent la porte sans bruit.

Thomas montra du doigt le petit judas qui trouait la porte d'entrée et permettait à l'occupant d'observer son visiteur.

Schwartz approuva de la tête et s'effaça. Thomas tira de la poche de son manteau un 38 automatique. Il vissa un petit silencieux sur le canon, puis sonna, tandis que Schwartz couvrait le judas de sa main.

Il y eut un long silence, puis ils entendirent des pas lourds.

Rossland était assez ivre pour ne plus faire attention. Il ne prit même pas la précaution de regarder par le judas. Il ouvrit la porte toute grande.

Thomas leva son arme et la braqua sur le ventre de Rossland.

— Pas d'histoires! dit-il à mi-voix. Recule et pas de faux mouvement.

Lorsque Schwartz apparut derrière Thomas, le visage de Rossland s'effondra et vira au gris. Il recula lentement vers le salon. Thomas le suivit, tandis que Schwartz refermait la porte d'entrée au verrou.

*

Girland escalada quatre à quatre l'escalier qui menait à sa chambre. Il avait le temps d'emmener la fille qui l'attendait au petit bistrot d'en face, songeait-il en arrivant au dernier étage. Après dîner, il la ramènerait chez lui et la persuaderait de l'attendre à nouveau pendant qu'il irait retrouver cette femme à « Allô, Paris ». Quand il en aurait fini avec elle, il téléphonerait à Rosslan et rentrerait chez lui. La fille et lui allaient s'en payer une tranche pendant tout le reste de la nuit. Il avait, comme d'habitude, si confiance en lui que l'idée que la fille pouvait ne pas marcher ne l'effleura même pas.

Il ouvrit la porte de sa chambre et pénétra dans la pièce allumée; il s'arrêta, les sourcils froncés. Aucune trace de la fille.

— Tessa! cria-t-il.

Seul le silence lui répondit.

Il jeta un coup d'œil dans le cabinet de toilette puis, certain qu'elle avait disparu, il s'assit sur le lit.

Dégoûté, il se dit : « Eh bien, elle m'a drôlement possédé! Elle a dû partir aussitôt après moi. Je croyais bien pourtant que c'était du tout cuit. » Puis il fronça les sourcils. « Mais pourquoi? Pourquoi s'est-elle laissée faire si elle n'avait pas l'intention d'aller jusqu'au bout? » Son regard se durcit et il se leva. Il considéra la pièce : rien n'avait bougé.

Il traversa la chambre et se dirigea vers le grand placard pour examiner les trois tiroirs qui s'y trouvaient. Le tiroir du bas, qu'il n'utilisait jamais, était son signal d'alarme. Il avait collé un cheveu sur l'ouverture de manière à se rendre compte si l'on avait fouillé sa chambre. Le cheveu était rompu.

Il pénétra dans le cabinet de toilette, poussa le ressort du placard et inspecta l'intérieur. Dans ce réduit, il dissimulait son équipement professionnel : un appareil photographique Exakta, muni de ses accessoires, deux microphones, un magnétophone, une trousse de cambrioleur, plusieurs armes à feu et différents instruments dont il avait besoin de temps à autre. Ce réduit renfermait également divers vêtements, car Girland venait de temps à autre se déguiser.

Une petite ampoule électrique verte, allumée au plafond, lui révéla que la fille n'avait pas découvert ce réduit.

Il referma la porte et revint dans la pièce. Il

demeura quelques secondes immobile et pensif. Il avait eu tort, pensa-t-il, de critiquer Rossland. Ces gens, quels qu'ils fussent, connaissaient son existence avant même qu'il soit allé rejoindre Rossland. Il était furieux contre lui-même. Cette fille l'avait astucieusement harponné et il avait été asssez bête pour tomber dans le panneau.

Il traversa la pièce et composa le numéro de Rossland. Il n'obtint pour toute réponse qu'une sonnerie et, lorsqu'il eut la conviction que personne ne répondrait, il raccrocha. Songeur, il se passa la main sur la nuque. Rossland lui avait dit qu'il rentrait chez lui et qu'il y attendrait de ses nouvelles... Alors, pourquoi ne répondait-il pas au téléphone?

Girland revint dans le cabinet de toilette et troqua son pistolet à gaz contre un 45 automatique.

Il quitta les lieux, descendit l'escalier et regagna prudemment sa voiture.

Vingt minutes plus tard, il se trouvait devant la maison de Rossland. Il se gara au coin de la rue et gagna à pied l'entrée de l'immeuble.

L'ascenseur l'ayant déposé au cinquième, il sonna chez Rossland. Il n'attendait pas de réponse. Au bout d'une minute, il ouvrit la porte avec un bout de fil de fer épais qui, entre ses doigts, venait à bout de n'importe quelle serrure.

Pistolet au poing, il pénétra à pas de loup dans la petite antichambre, puis dans le salon.

Il s'immobilisa devant le corps de Rossland qui gisait sur le sofa recouvert de velours. Le visage de Girland se durcit en apercevant le gros homme figé par une mort douloureuse.

Rossland avait été étranglé : il avait les ongles de la main droite arrachés et le sang s'égouttant de ses doigts mutilés formait une petite mare sombre sur le tapis.

Cette main mutilée disait à Girland tout ce qu'il avait besoin de savoir. Il savait que Rossland n'avait pas eu le courage de supporter une telle torture. Celui qui l'avait tué savait maintenant qu'une certaine Mme Foucher avait rendez-vous avec lui à « Allô, Paris » à onze heures du soir.

Girland posa la main sur l'épaule de Rossland. Ça faisait cinq ans qu'il travaillait pour lui. Il l'avait vu grossir et s'amollir. Ceux qui avaient travaillé pour lui l'avaient l'un après l'autre déserté. Girland était resté parce qu'il était trop paresseux pour chercher autre chose. Rossland lui donnait juste assez d'argent pour lui permettre de vivre à sa guise.

Girland considéra le visage du mort, les yeux exorbités, la langue, boule rouge qui saillait entre les grandes dents jaunies, et il éprouva un brusque élan de pitié pour ce qui restait de Rossland. Il l'avait pourtant mis en garde. Il lui avait bien dit que cette affaire était sérieuse, mais Rossland était trop saoul et trop stupide pour tenir compte de l'avertissement.

## CHAPITRE II

— J'ai réussi à identifier l'Américain à la Fiat, monsieur, dit Thomas. (Il se tenait respectueusement devant Radnitz qui, assis dans un fauteuil, considérait Thomas. Ils se trouvaient dans le salon du luxueux appartement de Radnitz. Les aiguilles d'une pendule dorée, sur le manteau de la cheminée, indiquaient dix heures moins vingt-cinq.) Il s'appelle Mark Girland et il habite un studio rue des Suisses. Il se dit journaliste indépendant, mais il ne semble guère avoir d'argent. Rossland a reconnu, au cours de l'interrogatoire, que cet homme était l'un de ses agents. Girland ne traite pas directement avec Dorey. Rossland lui a demandé de rencontrer cette Mme Foucher à « Allô, Paris » ce soir à onze heures. Ni Rossland ni Dorey ne savent ce qu'elle a à vendre. Je suis un peu en retard, monsieur, parce que nous sommes passés chez Girland, mais il n'était pas là. J'espérais le liquider comme nous avons liquidé Rossland.

— Tu te débrouilles très bien, Thomas, répondit Radnitz en tirant une bouffée de son cigare, mais comprends bien ceci : il ne faut pas que Girland rencontre cette femme. Arrange-toi pour qu'il n'approche pas du club. Fais cerner la boîte. Liquide-le.

Empare-toi de cette femme. Il faut que je lui parle. Ne lui fais pas de mal. Amène-la chez Schwartz. J'attendrai ici ton coup de téléphone. Je répète : il ne faut pas que Girland lui parle. Il est indispensable que je la voie et que je lui parle avant quiconque. C'est compris?

« *Tu te débrouilles très bien.* »

Un tel compliment n'était pas courant dans la bouche de Radnitz et Thomas rougit de plaisir. Il était l'esclave de Radnitz et lui portait une adoration voisine du fanatisme.

— Oui, monsieur, répondit-il. Je vais m'occuper de tout.

Radnitz le renvoya d'un geste de la main. Il trouvait Thomas ridicule avec son bouc et son air minable, mais il consentait à l'utiliser, du moment qu'il le servait efficacement.

Thomas, aux anges, quitta l'hôtel. Il revint à la Citroën et discuta avec Borg les ordres qu'il avait reçus. Schwartz, immobile, était assis sur le siège arrière. Il ne participait jamais à l'élaboration d'un plan. Il avait pour seul rôle de liquider. Thomas et Borg le considéraient comme une brute et avaient secrètement peur de lui.

— Nous aurons besoin d'aide, dit Thomas. Attendez-moi. Je vais téléphoner. Si nous devons cerner la boîte, il me faut au moins quatre autres hommes.

Borg l'observa tandis qu'il rentrait dans l'hôtel. Il prit une cigarette entre ses lèvres minces et considéra Schwartz dans le rétroviseur. Celui-ci regardait devant lui, les yeux fixes, l'air sombre. Borg, gêné, fit une grimace. Thomas lui avait raconté comment Schwartz avait traité Rossland. Borg se demandait parfois si l'argent que lui donnait Radnitz constituait une compensation suffisante pour ce genre de vie.

Une fille blonde qui portait un tricot sur lequel

était inscrit *New York Herald Tribune* s'approcha de la voiture et ouvrit brusquement la portière.

— *Tribune?* demanda-t-elle en offrant un journal.

Son regard bleu scruta Borg, puis Schwartz.

Borg lui sourit. Il aimait les blondes, surtout lorsqu'elles étaient, comme celle-ci, bien roulées.

— Tu ne vends rien d'autre, à part des journaux, mignonne? demanda-t-il en lui faisant un clin d'œil.

La fille recula et claqua la porte. Il la regarda s'éloigner.

— Je parie que le gars qui a la veine de se taper cette fille ne s'embête pas, dit-il d'un air nostalgique. Vendre des journaux! Elle doit être folle! Avec des miches pareilles, elle pourrait gagner une fortune.

Schwartz ne broncha pas. Les femmes ne l'intéressaient pas du tout. Borg le détestait à cause du suprême mépris qu'il affichait.

Une minute passa. Thomas sortit de l'hôtel. La fille blonde, son paquet de journaux sous le bras, se tenait dans l'ombre. Thomas ne le remarqua pas. Au moment où il entrait dans la Citroën, la fille inscrivit, sur un de ses journaux, le numéro d'immatriculation de la voiture.

— Boulevard de Clichy, lança Thomas en s'asseyant. Cinq gars nous y retrouveront dans une demi-heure. Grouille-toi! Il s'agit d'arriver avant Girland.

Borg grogna et démarra en direction de l'Etoile.

*

Girland était assis dans un bistrot, au fond d'une grande salle bruyante. Il attaquait sans appétit une omelette aux fines herbes. Il était préoccupé.

Dans deux heures, il devait rencontrer cette femme. Il était convaincu que les assassins de Rossland l'attendraient. S'ils étaient aussi efficaces qu'ils le semblaient, ils s'arrangeraient pour l'empêcher d'atteindre le cabaret. Dès maintenant, ils avaient sans doute cerné les abords d' « Allô, Paris » et, s'il ne faisait pas très attention, il courait un risque mortel.

Il songea à téléphoner à Dorey. Il ne l'avait jamais rencontré. Il avait simplement entendu parler de lui par Rossland. Il décida que, pour l'instant, il allait régler cette affaire tout seul. Son premier objectif : atteindre Mme Foucher et savoir ce qu'elle avait à vendre. Ensuite, il déciderait s'il devait continuer seul ou collaborer avec Dorey.

Il repoussa son assiette et alluma une cigarette.

Il avait le choix entre deux solutions. Ou bien prendre le risque d'aller au cabaret, ou bien téléphoner à « Allô, Paris » pour essayer de convaincre cette femme de le rencontrer ailleurs.

Au bout d'un moment, il se rendit compte que ses adversaires, connaissant maintenant le nom de cette femme et l'endroit où on pouvait la trouver, allaient probablement essayer de l'enlever. Aucune femme au monde ne pourrait supporter la torture infligée à Rossland. Une fois entre leurs mains, elle parlerait et il serait alors hors du coup.

Il décida de se rendre au cabaret. Il ne pouvait se contenter d'opérer des coulisses.

Il commanda une tasse de café et poursuivit ses méditations. La blonde Tessa l'inquiétait. Qui était-ce? Quel rôle jouait-elle dans tout ça? Il songea à son corps fuselé, sensuel. « C'est bon, mon vieux, se dit-il. Les choses tournent toujours mal pour toi. A l'heure qu'il est, elle et moi, nous pourrions nous envoyer en l'air. »

Il termina son café, régla l'addition et sortit. Il

hésita un instant, puis décida de laisser sa voiture là où il l'avait garée. Il attendit patiemment dix minutes au bord du trottoir avant que passe un taxi libre. Il demanda au chauffeur de le conduire à la gare Saint-Lazare.

A la gare, il quitta le taxi et se dirigea à pied vers le boulevard de Clichy. Il marchait lentement, bousculé par la foule des promeneurs, les yeux et les nerfs sur le qui-vive.

Il était maintenant dix heures moins dix. Girland emprunta les petites rues parallèles au boulevard. Il se demandait comment les autres s'étaient organisés. Ils ne pouvaient l'assassiner en pleine rue. Il était toujours au milieu de la foule. Il plongea la main dans sa veste et ses doigts se refermèrent sur la crosse du 45. Le contact du métal froid lui redonna confiance.

Il éprouva soudain un frisson d'excitation. Du coin de l'œil, il venait de remarquer un gars solide qui regardait, sans la voir, la vitrine illuminée d'une boutique d'appareils photographiques. Le type portait un manteau doublé de laine et un chapeau tyrolien décoré d'une plume. Il se retourna, mine de rien, au moment où Girland passait et lui emboîta le pas.

Il avait agi trop naturellement. La bouche de Girland se durcit. Ils avaient vraiment disposé un vaste filet. Eh bien, ils allaient se rendre compte qu'ils n'avaient pas affaire à un amateur. Il poursuivit son chemin, attentif aux pas du type qui le suivait, puis, brusquement, il tourna sous une porte cochère. Il s'enfonça dans l'obscurité et pénétra dans une cour faiblement éclairée par la lune. Il se plaqua, invisible dans l'ombre, contre le mur de l'immeuble et attendit. Rien ne se passait. Il entendait les pas pressés de la foule et le grincement des changements de vitesse dans la file de voitures qui emplissaient la rue étroite. Il avait du temps devant lui et il était patient.

Il resta là plus de dix minutes. Girland savait attendre sans s'énerver. La patience avait toujours fait partie de son arsenal professionnel.

Il aperçut soudain une silhouette trapue qui traversait avec mille précautions le couloir qui menait à la cour. Le type s'arrêta lorsqu'il s'aperçût qu'il aurait à traverser la cour faiblement éclairée. Il avait l'air nerveux. Girland attendit.

Finalement, le type se décida. Girland le vit prendre dans son manteau un objet qui brilla une seconde. « Un surineur », se dit Girland.

La silhouette trapue s'avança. Il était à trois mètres de Girland quand il le repéra enfin. C'était un tueur rapide et compétent, mais pas aussi vif que Girland.

Le couteau plat étincela au moment où Girland s'élançait pour plaquer son adversaire aux genoux. Les deux hommes roulèrent sur le béton.

Le chapeau du type tomba, tandis qu'il essayait de plonger son arme dans la gorge de Girland. Celui-ci lui saisit le poignet. Ils luttèrent farouchement. Le couteau se rapprochait de la gorge de Girland au point qu'il en sentit le frôlement sur sa peau. D'un effort surhumain qui lui fit cogner le cœur, il réussit à l'écarter. De la main gauche, il assena une manchette sur la gorge de son adversaire qui lâcha le couteau, émit un borborygme et devint inerte. Haletant, Girland se redressa.

Il ne s'attarda même pas à jeter un coup d'œil au corps effondré. Rapidement, il revint en s'époussetant à la rue illuminée et se mêla à la foule.

Il était sur ses gardes. Il se trouvait à deux minutes de marche du cabaret. Il jeta un coup d'œil à sa montre : il était dix heures et demie.

Il y avait, au bout de la rue, un café plein de jeunes gens : des garçons à barbiches, aux cheveux en brosse, des filles bottées, la chevelure gonflée à la Brigitte Bardot. Il entra, traversa la salle bruyante où glapissait le juke-box et vociféraient les jeunes gens, et descendit un petit escalier qui menait aux toilettes et à une cabine téléphonique. Il s'y enferma et composa le numéro de « Allô, Paris ».

Il entendit longtemps la sonnerie, adossé au mur de la cabine, tout en fouillant du regard, depuis son refuge de verre, le petit hall faiblement éclairé.

— Oui? fit une voix impatiente.

— Est-ce que Mme Foucher est chez vous? demanda Girland qui parlait couramment le français. Il entendait au loin le son strident d'un orchestre de danse et les bruits sourds de la batterie.

— Qui est à l'appareil? fit l'autre.

— Si Mme Foucher est là, elle doit m'attendre.

— Ne quittez pas.

Girland attendit, écoutant le rythme des tambours. Le délai se prolongeait. Une fille, dans le café au-dessus de lui, lança un rire hystérique et il eut une grimace amère : « Les femmes, se dit-il. Là où il y a des femmes, il y a toujours des complications. » Il songeait à la blonde aux longues jambes. Etre au lit avec cette fille justifierait toutes les complications. Il se souvenait de ce que Rossland, maintenant un pitoyable cadavre, lui avait dit : « Tu ne peux pas laisser les femmes tranquilles? Blague dans le coin, il y a trop de femmes dans ta vie. »

Girland s'épongea le cou avec son mouchoir. Il faisait chaud dans cette cabine. Il haussa les épaules. Rossland était mort. Ce n'était plus qu'une voix d'outre-tombe. « Il avait peut-être raison, songea Girland, mais j'ai toujours eu une passion pour les femmes. » Il songea à nouveau à Tessa avec *New*

*York Herald Tribune* inscrit sur sa poitrine épanouie.

— Mme Foucher est ici, reprit la voix à l'autre bout du fil. Elle vous attend.

Girland eut un sourire sans joie. Des tueurs l'attendaient également.

— Je voudrais lui parler, dit-il. Pourriez-vous...?

Il s'interrompit en apercevant l'ombre d'un homme qui se déplaçait sur le mur d'en face. Il raccrocha et se laissa tomber à genoux, se dissimulant derrière le panneau de bois de la cabine. Il saisit, de la main gauche, la poignée de la porte, de la main droite, son pistolet.

Il attendit immobile. Il se sentait pris au piège. Celui qui se trouvait à l'extérieur pouvait ouvrir à la volée de la cabine et le tuer sans qu'il puisse se défendre.

Puis il se dit que la détonation d'un revolver attirerait la trentaine de jeunes qui se trouvaient dans le bar, au sommet de l'escalier. Aucun tueur ne pourrait franchir un pareil obstacle.

Il entendit une porte claquer et ce fut à nouveau le silence. Ses doigts, crispés sur la crosse du revolver, devenaient douloureux. Il attendit, puis il entendit une chasse d'eau, une porte s'ouvrir et se refermer et ce fut à nouveau le silence.

Il demeura à genoux, attentif. Il n'entendait que les voix aiguës des jeunes gens à l'étage. Avec d'infinies précautions, il entrouvrit la porte de la cabine, pistolet au poing. Il considéra l'espace vide, faiblement éclairé, et se redressa lentement, le visage en sueur. Il sortit de la cabine, regarda autour de lui et poussa un long soupir.

« Tu deviens aussi ramollo que Rossland, se dit-il, écœuré. Tu n'as pas plus de nerfs qu'une vieille fille qui croit qu'un homme est caché sous son lit. »

Il songea à nouveau à Rossland et à ce qu'on

lui avait fait subir et ses lèvres se retroussèrent en un rictus sans joie.

« Si je peux les en empêcher, ils ne me traiteront pas comme ça », décida-t-il.

Il demeura un instant immobile, hésitant, puis, apercevant une porte près des toilettes, il se dirigea vers elle et l'ouvrit. Elle donnait sur un escalier abrupt. Une minuterie assurait la lumière pendant trois minutes. Il pressa le bouton et escalada les marches. Lorsqu'il eut atteint le quatrième étage, il ralentit. Il s'arrêta pour regarder au-dessus de lui. L'escalier étroit et raide montait en spirale jusqu'au septième étage. Il reprit son ascension. Au cinquième étage, la lumière s'éteignit. Il poussa un juron et, tandis qu'il tâtonnait pour trouver le bouton, la lumière se ralluma et il entendit quelqu'un descendre l'escalier. Il saisit, sous sa veste, son pistolet. Une femme assez forte, entre deux âges, apparut sur le palier du dessus. Elle avait les épaules enveloppées d'un gros fichu de laine; un filet emprisonnait sa chevelure grise et graisseuse. Il s'effaça pour la laisser passer. Elle inclina la tête en disant : « Bonsoir, monsieur. » Puis elle poursuivit son chemin et disparut.

Girland reprit son ascension. Au septieme et dernier étage, un peu essoufflé, il se trouva face à un long corridor. Quatre portes branlantes s'alignaient le long de ce couloir à l'extrémité duquel il aperçut une porte d'acier verrouillée.

Il tira le verrou, ouvrit la porte et déboucha sur le ciel nocturne. Il s'avança sur une terrasse et referma la porte derrière lui. La terrasse était entourée d'une rambarde. Il se pencha et observa le boulevard animé. Il aperçut la marquise illuminée du « Théâtre du Casino ». Un peu plus loin, sur sa droite, une enseigne au néon : « Allô, Paris ».

Il étudia l'étagement des toits devant lui. Les

trois premiers étaient en terrasse et ne présentaient aucune difficulté. Le quatrième était en pente et peut-être ardu. Le cinquième, celui de l'immeuble où était installé le cabaret, était moitié plat, moitié en pente. Il décida qu'il serait sans doute plus sûr de gagner le cabaret par les toits.

Il ne lui fallut que quelques secondes pour atteindre le toit pointu. Il s'arrêta un instant. Après avoir étudié l'obstacle, il décida à contrecœur de poursuivre son chemin par la gouttière, les pieds dans celle-ci, les mains sur les ardoises. Il n'avait aucune confiance dans la gouttière et savait bien qu'il ne pouvait se risquer à peser de tout son poids sur le fragile conduit de plomb recouvert de suie. Il lui restait dix mètres à franchir avant d'atteindre la terrasse voisine, son salut. Il prit son pistolet dans son étui, ouvrit le cran de sûreté, puis, tenant l'arme par le canon, il se pencha en avant et brisa la tuile qu'il avait sous la main. Il l'enleva et la laissa glisser dans la gouttière. Engageant sa main dans le trou qu'il avait ainsi fait, il s'agrippa à la latte de bois qui soutenait la tuile. Il reposa prudemment un pied dans la gouttière en opérant une traction sur la latte. La gouttière gémit sans céder.

Il se pencha à nouveau et brisa une autre tuile. En faisant basculer son poids vers ce nouveau trou, il dut s'arc-bouter sur la gouttière qui craqua dangereusement. Il transpirait maintenant en évoquant la longue chute mortelle jusqu'au boulevard. Il se reposa un instant avant de poursuivre son chemin et fit un troisième trou dans une tuile. Il remit le pistolet dans son étui et étendit le bras gauche en direction du trou qu'il avait fait tout en se maintenant accroché au second trou de la main droite. Au moment où il se déplaçait, la gouttière céda et ses pieds battirent le vide vertigineux. Il s'accrocha désespérément, lança son bras vers le troisième trou, le manqua, essaya de nouveau et réussit à s'accrocher. Il était suspendu ainsi, les bras écartés, les pieds grattant le toit à la recherche d'une prise. L'un de ses pieds finit par toucher le rebord de la gouttière. Il s'arrêta dans cette position, puis commença lentement à reporter son poids de ses mains à son pied. La gouttière craqua, mais résista. Il se hissa péniblement et lentement jusqu'au troisième trou. Il se reposa un long moment, les pieds dans la gouttière, toujours accroché par les deux mains. Puis il tira à nouveau son pistolet, étendit le bras le plus avant qu'il put et fit un quatrième et dernier trou dans le toit. Il remit l'arme dans son étui, la respiration sifflante entre ses dents serrées. Il avança prudemment, logea sa main dans le trou, s'y accrocha et s'élança sur le toit plat à un mètre au-dessous de lui.

Il s'accroupit. Son regard fouilla le toit, mais il n'aperçut rien de suspect. A un mètre environ, il remarqua un vasistas. Sûr maintenant qu'il n'y avait personne d'autre sur le toit, il se redressa, s'approcha de cet orifice et scruta l'obscurité à travers la vitre sale. Il ne lui fallut que quelques minutes pour relever le vasistas. Il prit une torche dans sa poche-revolver et en braqua le faisceau dans le trou noir. Il aperçut un palier et un escalier. Se glissant dans l'étroite ouverture, il rabattit le vasistas et se laissa tomber silencieusement sur le palier.

*

— La boîte est cernée, dit Thomas. Il ne peut pas s'en approcher sans que nous le repérions. (Il jeta un coup d'œil à sa montre.) Il devrait arriver d'un moment à l'autre.

Il se tenait avec Borg dans l'entrée obscure d'une

boutique, en face de la boîte de nuit. Borg s'ennuyait et commençait à avoir froid.

— Et alors? Qu'est-ce que tu vas faire quand tu le verras? demanda-t-il. Ce type est un coriace. Rien à voir avec Rossland.

Thomas caressa le silencieux vissé sur le revolver qu'il dissimulait dans sa poche.

— Je vais le descendre. Le temps qu'on comprenne ce qui s'est passé, nous serons déjà loin.

— Tâche de ne pas le rater, dit Borg. Où est Marcel?

— Un peu plus bas. Il connaît Girland de vue. Il nous préviendra de son arrivée.

— Bon, dit Borg qui tenait difficilement en place. Espérons que tu sais ce que tu fais. Tu as posté quelqu'un sur le toit?

— Le toit? demanda Thomas en le regardant, les yeux ronds. Pourquoi le toit?

— Tu dis avoir cerné le cabaret, répondit Borg en haussant les épaules. Ce type n'est pas idiot. Il pourrait entrer par le toit.

Thomas fut consterné qu'un imbécile comme Borg ait pu avoir une idée qui lui avait échappé. Malgré sa jeunesse, il était apprécié par Radnitz en raison de son intelligence. La sueur perla sur son front étroit quand il songea qu'il avait peut-être, par cette négligence, trahi la confiance de Radnitz.

— Vas-y! dit-il d'un ton pressant. J'aurais dû y penser. Entre dans l'immeuble et prends l'ascenseur jusqu'au dernier étage. Dépêche-toi!

— Pas question! répondit Borg, le regard mauvais. Vas-y si tu veux. Pourquoi diable est-ce que j'irais me mouiller?

— Tu as entendu? aboya Thomas. Vas-y!

Borg hésita, mais sachant que Thomas était le

chouchou de Radnitz et qu'il serait dangereux de se brouiller avec lui, il haussa les épaules :

— C'est bon. Comme tu voudras, dit-il.

Il quitta son abri, traversa le boulevard et pénétra dans l'immeuble du cabaret. En traversant l'entrée, il entendit la trépidation des tambours et les miaulements des saxophones qui montaient du sous-sol.

Girland allait gagner le rez-de-chaussée, lorsqu'il vit Borg entrer. Il s'immobilisa et se colla au mur. Borg pénétra dans l'ascenseur et en referma la porte. Puis, l'ascenseur commença sa lente montée.

Dès que la cabine eut atteint le premier étage, Girland poursuivit sa descente.

Une enseigne au néon rouge, soulignée d'une flèche, lui indiqua que « Allô, Paris » se trouvait au sous-sol. En passant sous le néon, il examina attentivement son complet.

La saleté qu'il avait récoltée sur les toits n'apparaissait qu'à une lumière vive, mais ses mains étaient noires de suie et ses chaussures éraflées. Il prit dans son portefeuille un billet de cinquante francs. Il le replia et descendit l'escalier qui menait au cabaret. Le portier en uniforme rouge lui jeta un coup d'œil et lui barra l'entrée.

— Club privé, dit-il d'une voix sèche et désapprobatrice.

— Ça ne fait rien, vieux, répondit Girland en américain. Soyons copains. Je viens de me casser la gueule. (Il vacilla sur place, puis fourra le billet dans la main du portier.) Je vais me nettoyer un peu et après on va s'en payer une tranche!

Le portier considéra le billet et sourit. Il prit Girland par le bras et le conduisit, au-delà d'un salon brillamment éclairé, vers les toilettes.

— Si vous avez besoin de quoi que ce soit, monsieur, vous n'avez qu'à me faire signe.

Il fallut à Girland une bonne dizaine de minutes pour se nettoyer de la suie et des saletés qu'il avait récoltées au cours de sa séance de haute voltige, après quoi il quitta les toilettes et s'arrêta à l'entrée de la salle.

Le bruit qui l'accueillit au seuil de cette pièce en fumée aux lumières tamisées lui fit grincer les dents. Les saxophones hurlaient, la batterie trépidait, les clients vociféraient.

Un petit homme vêtu d'une veste verte galonnée vint au-devant de Girland.

— Vous avez réservé une table, monsieur? demanda-t-il. Sinon... je crains que...

— Mme Foucher m'attend, répondit Girland.

L'expression du gros homme se fit attentive. Il observa Girland, puis inclina la tête.

— Suivez-moi, dit-il.

A sa suite, Girland contourna l'énorme salle. Sur la scène, une effeuilleuse enlevait lentement ses vêtements aux accords tonitruants de l'orchestre. Elle était jolie et ses mouvements étaient savamment voluptueux. Au moment où Girland atteignait une porte, à l'autre extrémité de la salle, elle enlevait lentement sa culotte de dentelle noire. Il s'arrêta pour regarder. Lorsqu'une femme enlevait sa culotte, Girland regardait toujours. La fille, le dos tourné aux spectateurs, amorça la sempiternelle « danse du ventre ». Elle avait sur la fesse gauche un carré d'albuplast qui dissimulait un furoncle douloureux.

Girland fit la grimace. Les femmes étaient censées être ensorcelantes, songea-t-il, mais elles ne l'étaient que dans la mesure où elles n'avaient pas de furoncles, points noirs et toutes ces autres misères qui semblaient être leur lot.

L'homme en veste verte attendait, tenant la porte ouverte. Girland le suivit. La porte se referma et le bruit strident du cabaret ne fut plus qu'un murmure.

Ils se trouvaient dans un couloir étroit de chaque côté duquel ouvraient des portes.

Son guide lui montra le bout du couloir.

— Mme Foucher se trouve dans la pièce n° 6, monsieur, dit-il.

Puis il contourna Girland et ouvrit la porte, laissant pénétrer un tonnerre d'applaudissements et le roulement final des tambours. Une fois la porte refermée derrière lui, le silence retrouvé fit pousser à Girland un soupir de soulagement.

Il descendit le couloir jusqu'à la pièce n° 6, dégagea l'automatique 45 de son étui et frappa à la porte.

Personne ne lui répondit.

Il frappa de nouveau. Comme il n'entendait toujours rien, il ouvrit la porte et se trouva dans une pièce carrée. En face de lui, il y avait une grande glace qui montait jusqu'au plafond. Au milieu de la pièce trônait un vaste lit. Une moquette recouvrait le sol. La pièce donnait une impression de confort, mais elle était vide.

*

Se rendant compte qu'il était seul, il rengaina son revolver.

— Asseyez-vous sur le lit, s'il vous plaît, dit une voix de femme, face à la glace.

La voix, dont l'accent intrigua Girland, était légèrement déformée. Il se rendit compte aussitôt qu'elle parlait dans un microphone.

Alors il comprit et sourit. Mme Foucher avait choisi ce lieu de rendez-vous au mieux de ses intérêts. Il se trouvait dans l'une de ces pièces où les filles entraînent les types saouls pour se livrer avec eux à des fantaisies sexuelles, tandis que des clients payants les observent de l'autre côté de la fausse glace. Simple vitre du côté de Mme Foucher, elle était du côté de Girland, un miroir.

En s'asseyant sur le lit, devant la glace, il se dit qu'il ne paraissait pas aussi jeune qu'il se l'imaginait.

— Qui êtes-vous? demanda la femme.

Girland eut l'impression, bien qu'il ne pût la voir, qu'elle l'observait avec intensité.

— Pourquoi tant de mystères? demanda-t-il.

— Qui êtes-vous? répéta-t-elle.

Girland haussa les épaules. Cette situation commençait à l'excéder.

— Je m'appelle Mark Girland. Vous avez téléphoné à Dorey qui a téléphoné à Rossland pour qui je travaille. Rossland m'a refilé le truc. Je suis une poire qui fait du sale boulot pour de sales gens. C'est ce que vous voulez savoir?

Il y eut un silence. Girland avait l'impression déconcertante, tout en regardant dans la glace, de soliloquer.

— Eh bien, poursuivez, dit la femme d'un ton impatient.

— Poursuivre? A quel sujet? Quelles sont vos propositions? Je suis ici pour vous écouter... et non pas pour parler. C'est vous qui avez provoqué cette rencontre.

— Comment puis-je savoir que vous venez de la part de Dorey?

— Pourquoi serais-je ici autrement? On m'a dit que vous avez quelque chose à vendre. On m'a demandé de chercher à savoir ce que c'était exactement et combien vous en vouliez. Maintenant, allez-y!

— Qui est ce Rossland dont vous parlez?

Girland se frotta la joue. Il se familiarisait avec le reflet de son visage maigre.

— Inutile de vous faire du souci pour lui. Il est mort. La dernière fois que je l'ai vu, il gisait sur son lit, les ongles de la main droite arrachés, et il était bel et bien étranglé.

Il entendit, dans le microphone, la femme étouffer une exclamation.

— Mort? Vous voulez dire qu'il a été assassiné? demanda-t-elle d'une voix un peu plus aiguë.

— Il a été étranglé. Autrement dit assassiné.

— Qui... qui l'a assassiné?

— Qu'est-ce que ça peut vous faire? demanda Girland en se penchant en avant. (Les coudes sur les genoux, il fixait son image dans la glace, sachant qu'il regardait ainsi cette femme invisible pour lui.) Rossland vous prenait pour une plaisanterie. Dorey aussi. Mais moi pas. Ce qui me vaut d'être vivant. Je suppose que vous avez trop parlé. Nous avons donc des concurrents. Vous devriez savoir qui sont nos rivaux. Vous avez dû leur parler. Je vous dis cela, au cas où vous l'ignoreriez. Ils n'y vont pas de main morte. Ils ont torturé Rossland avant de l'assassiner. Connaissant Rossland comme je le connais, il a dû raconter tout ce qu'il savait. Il leur a dit que nous devions nous rencontrer ici. Je suis arrivé par le toit. S'ils mettent la main sur vous, ils vous appliqueront le même traitement qu'à Rossland. S'ils se mettent à vous arracher les ongles, je doute que vous soyez plus courageuse que Rossland. Vous vous mettrez à table et vous n'aurez plus rien à vendre.

Il y eut un long silence.

— Je ne comprends rien à tout ça, dit-elle enfin. Je me suis contentée de contacter M. Dorey.

— Comme vous voudrez, répondit Girland en haussant les épaules, mais, dans ce cas, quelqu'un d'autre a parlé. Ça fait tomber un peu les prix.

Alors, si nous en venions aux faits? Qu'avez-vous à vendre?

Il y eu à nouveau un long silence, puis la femme reprit :

— Je sais où se trouve Robert Henry Carey.

Girland pencha la tête de côté, le regard attentif.

— Vous voulez dire l'agent américain qui est passé aux Russes il y a quatre ans?

— Exactement.

— Il est en Russie, n'est-ce pas?

— Il a quitté l'U.R.S.S. il y a dix jours.

— Où se trouve-t-il?

— C'est le renseignement que j'ai à vendre.

Girland prit une cigarette et l'alluma. Il se souvenait de Robert Carey, un grand type blond dont Rossland avait dit un jour qu'il était le meilleur agent dans la profession. Girland l'avait rencontré en compagnie de Rossland et les deux hommes s'étaient plu. Cette rencontre remontait à cinq ans, mais Girland se rappelait encore le visage ouvert et énergique, les yeux bleus très francs qui donnaient à ce visage sa personnalité. Le passage de Carey en U.R.S.S. avait fait beaucoup de bruit. On pensait qu'il avait là-bas un poste de moniteur pour les agents destinés à l'Occident. De temps à autre, des nouvelles filtraient de derrière le Rideau de Fer : une bonne école devait exister pour les agents stagiaires. On ignorait où était située cette école et qui la dirigeait, mais on supposait que c'était Carey.

— Vous voulez dire qu'il a de nouveau changé de camp? demanda Girland en se penchant en avant.

— Oui.

— Parfait. Mais alors, pourquoi est-ce qu'il ne vient pas nous trouver pour nous le dire?

— Il sait trop de choses. On ne le laisserait pas s'approcher de l'Occident. (Elle s'interrompit un instant.) Il est malade. Il n'a plus longtemps à vivre.

— Et alors?

— Je puis vous indiquer où le trouver; vous irez le voir. Il me faut dix mille dollars. Il m'a assuré que vous me donneriez cette somme.

— Il sait trop de choses, dites-vous. Qu'entendez-vous par là?

— Il a eu accès à certains dossiers. Il les a emportés avec lui. Il pense qu'ils sont importants pour la sûreté des Etats-Unis.

Girland eut l'impression qu'elle répétait avec application une leçon soigneusement apprise. A nouveau, il fut déconcerté par son français. Elle s'exprimait avec un accent qu'il n'avait encore jamais entendu.

— Mes supérieurs ne sont pas disposés à dépenser de l'argent pour une affaire pareille, dit Girland, intrigué. Il n'y a rien d'autre?

— Pendant les années qu'il a passées en Russie, il a réorganisé une grande partie du système d'espionnage soviétique. Il possède tous les renseignements à ce sujet.

— C'est un peu mieux. (Girland réfléchit un instant.) Eh bien, je vais en parler à Dorey. Cela ne l'intéressera peut-être pas. On ne peut pas faire confiance aux agents doubles.

— Je suis pressée, dit la femme d'une voix où perçait un début de panique. Je téléphonerai à M. Dorey demain soir. Il doit me répondre oui ou non. Il y a d'autres personnes que cela intéresse.

— Ne faites pas ça, se hâta de rétorquer Girland. Nous avons maintenant des concurrents. Si vous n'avez pas parlé, c'est que quelqu'un l'a fait. Il y a peut-être une fuite au bureau de Dorey. Téléphonez chez moi, ce sera plus sûr. J'attendrai votre communication à Jasmin OO-51, demain soir à sept heures. D'accord?

— Vous aurez l'argent?

— Si Dorey accepte, je l'aurai.

— Alors, je vous téléphonerai.

— Un instant. Est-ce que Carey est à Paris?

— Bonsoir, répondit son interlocutrice.

Girland entendit une porte se refermer doucement derrière la glace. Il alluma une cigarette et se demanda s'il arriverait à persuader Dorey de le laisser mener cette affaire. Il était à peu près convaincu que Dorey ne marcherait pas. Il était également quasi certain que Dorey serait disposé à payer bien plus de dix mille dollars pour pouvoir bavarder avec Robert Henry Carey dans son bureau.

Tout ceci méritait réflexion, songea Girland. Il pourrait ramasser un joli paquet en jouant la partie prudemment. Il était temps que le gouvernement américain lui rapporte enfin de l'argent.

Il réfléchissait toujours, essayant de trouver un biais, lorsqu'un léger bruit derrière lui lui fit relever la tête.

Il aperçut alors, dans la grande glace, Thomas, revolver au poing et derrière lui la haute silhouette de Schwartz, au visage basané, impassible.

# CHAPITRE III

Les deux hommes avancèrent comme des ombres dans la pièce et refermèrent la porte.

La première réaction de Girland fut d'empoigner son arme, mais il se trouvait dans une situation désespérée. Il tournait le dos aux deux hommes et il aperçut le silencieux vissé sur le revolver de Thomas. Il demeura donc immobile et sentit un frisson lui parcourir l'échine : c'étaient sans doute ces deux types qui avaient torturé et assassiné Rossland.

— Où est-elle? demanda Thomas.

Sa voix était rauque et, en le regardant dans la glace, Girland remarqua que son visage jaune luisait de sueur.

Thomas était si terrifié qu'il arrivait à peine à parler. Il avait échoué! Radnitz avait précisé que Girland ne devait pas parler à cette femme. Par pure stupidité, il avait laissé Girland pénétrer dans le cabaret et lui parler. C'était la première fois qu'il n'exécutait pas à la lettre un ordre de Radnitz.

Girland réfléchit rapidement. Il se sentait à quelques secondes de sa mort.

— Elle est partie, dit-il sans bouger. Il y a plus de dix minutes déjà.

Thomas se retourna vers Schwartz :

— Je vais le tuer, dit-il. Essaie de la rattraper.

— Est-ce que vous savez à quoi elle ressemble? demanda Girland très vite. Moi pas. Nous avons parlé à travers cette fausse glace. Mais pourquoi me tuer? Nous pourrions nous entendre.

Il fut soulagé en voyant que Schwartz, toujours adossé à la porte, ne manifestait aucune intention de partir.

— Va la chercher! hurla Thomas en relevant son arme et en la braquant sur la tête de Girland.

« Eh bien, ça y est! » se dit Girland. Et, tout à coup, il eut peur de mourir. Il leva instinctivement les épaules et se ramassa sur lui-même dans une tentative dérisoire pour éviter la balle. Il regardait le revolver dans le miroir; il vit alors Schwartz bondir, rapide comme l'éclair, et rabattre d'un coup sec le bras de Thomas.

Un léger plop se fit entendre et Girland aperçut soudain à ses pieds un petit trou dans la moquette.

S'il n'avait pas eu peur de mourir, se dit-il par la suite, il aurait pu pivoter sur lui-même, saisir son pistolet et abattre ces deux tueurs. Mais la peur l'avait paralysé et, pendant les quelques secondes qu'il lui fallut pour se ressaisir, Schwartz braqua son arme sur eux deux. Le regard glacé de Schwartz annonçait le professionnel et prouvait qu'il était beaucoup plus dangereux que le jeune barbu.

Thomas sentit la main froide et humide de Schwartz se refermer sur la sienne et lui arracher son arme. Il se retourna, le souffle coupé, pour considérer Schwartz qui regardait Girland.

Il y eut un long silence. Girland s'appliquait à ne pas bouger. Thomas s'écarta de Schwartz.

— Tu t'en repentiras! hurla-t-il d'une voix aiguë. Je lui raconterai! Il a dit de liquider Girland! Tu...

— Voici un téléphone, coupa Schwartz. Appelle-le et explique-lui ce qui s'est passé.

— Je ne vois pas pourquoi! Il m'a donné carte blanche! Je n'ai rien à lui raconter, dit Thomas en essayant de ne pas élever la voix. C'est toi qui vas en baver, espèce d'imbécile! Tu ne vois pas que nous avons commis une erreur? Si nous le tuons maintenant, personne n'en saura rien. Descends-le!

Girland, pendant cette conversation, sentait une sueur froide lui dégouliner le long des côtes.

— C'est toi qui as commis une erreur, dit Schwartz. Ta première erreur. Allez, dis-le-lui, sinon c'est toi qui y passes!

Thomas, livide, recula contre le mur.

Girland observait la scène dans la glace, sachant bien que s'il amorçait le moindre geste, ce grand type inquiétant le descendrait.

— Allez répéta Schwartz, explique-lui que son brillant chouchou a commis sa première erreur.

Il y eut un silence, puis Thomas se dirigea vers le téléphone qui se trouvait sur une table à côté de Girland. Au moment où il prenait l'appareil, Girland dit :

— Vous allez passer par le standard du cabaret. C'est vos oignons, bien sûr, mais la standardiste va sûrement écouter votre conversation.

Il se rendait compte que Schwartz le regardait. Thomas se retourna lentement et le regarda aussi.

— Vous êtes vraiment obligés de jouer les terreurs? poursuivit Girland. Je suis prêt à conclure un marché. Non pas avec vous deux, mais avec votre patron. Cette affaire pourrait me rapporter du fric. Or, j'en ai bien besoin. Je veux expliquer à votre patron comment je suis arrivé jusqu'ici et m'arranger pour vous dédouaner. Travaillons donc ensemble.

Thomas commençait à se détendre. Il se tourna vers Schwartz. Girland, qui les observait, se rendit compte qu'il avait presque gagné, mais pas tout à fait.

— Vous êtes, vous autres, dans le même racket que moi, dit-il. Alors, pourquoi ne pas collaborer? Je vais vous accompagner à un endroit où vous pourrez téléphoner tranquilles. Pas de salades... pas de pépins. Tout ce que je vous demande, c'est de téléphoner à votre patron et de lui dire que je veux conclure un marché avec lui. J'ai rendez-vous avec cette femme demain, mais elle ne rencontrera personne d'autre que moi. Dites-le-lui.

Ils demeuraient toujours immobiles et le regardaient.

— Mon pistolet est dans mon étui, poursuivit Girland. Prenez-le.

Cette fois, il obtint enfin un résultat. Thomas se dirigea prudemment vers lui. Girland demeura immobile comme une statue tandis que Thomas prenait le pistolet dans l'étui. Puis, élevant les mains et les croisant sur sa tête, Girland se leva lentement. Thomas le fouilla pour s'assurer qu'il n'avait pas d'autre arme, puis s'écarta de lui.

Thomas regarda Schwartz qui inclina la tête.

— Allons-y! dit Schwartz qui se tourna vers Girland. J'ai un silencieux. Essaie de faire l'andouille et tu es mort.

— Ne sois pas si agressif, dit Girland en baissant les bras. Je te le répète : je veux conclure un marché.

Il se dirigea vers la porte, l'ouvrit et sortit dans le couloir.

Les deux hommes, Schwartz devant, Thomas derrière, l'escortaient de près, Girland sentait presque le canon du pistolet s'enfoncer dans ses reins.

Quand il ouvrit la porte du couloir, le tintamarre de l'orchestre le fit tiquer. Il s'avança dans la cave enfumée aux lumières tamisées. Un spot était braqué sur la petite scène où une jeune rouquine, nue, se tenait debout dans un petit tub, une énorme éponge à la main. Elle dissimulait certaines parties de son anatomie avec l'éponge, tandis que l'eau de la douche ruisselait sur son corps.

Les touristes, entassés à de petites tables comme des sardines dans leur boîte, la dévoraient des yeux.

Même si proche de la mort, Girland ne put s'empêcher de s'arrêter pour regarder la fille. Une poussée brutale, juste au moment où il était en train de se dire qu'elle était bien balancée, le projeta en avant et il gagna la sortie.

— J'espère que vous vous êtes bien amusé, monsieur, lui dit le portier en souriant.

— Tu parles! répondit Girland en grimaçant un sourire.

Puis, poussé par Schwartz, il quitta le cabaret et grimpa l'escalier.

— Attends! dit Schwartz lorsqu'ils atteignirent la porte.

Thomas les dépassa et s'engagea dans la rue. Après une brève attente. Schwartz poussa Girland en avant. Ils s'avancèrent sur le boulevard toujours animé, vers la Citroën noire, garée en double file. Les automobiles, derrière la Citroën, commençaient à klaxonner. Girland se glissa rapidement sur le siège arrière où Schwartz le rejoignit. Thomas était déjà assis sur le siège avant et Borg, ahuri, était installé au volant.

— Il y a un téléphone automatique dans un café, au bout de cette rue, dit Girland.

Schwartz pivota soudain et avant que Girland ait

pu esquiver, il encaissa un direct foudroyant à la mâchoire. Comme il basculait en avant, Schwartz le frappa sur la nuque avec le canon de son arme.

— Et voilà! conclut Schwartz. Maintenant, rentrons chez moi. Il ne nous embêtera pas.

— Mais bon Dieu! qu'est-ce qui se passe? demanda Borg en s'engageant dans le flot des voitures.

— Ta gueule! aboya Thomas.

Borg le regarda avec stupeur, puis se concentra sur les problèmes de la circulation.

Thomas, tassé sur son siège, regardait à travers le pare-brise. Depuis longtemps, il se doutait que Schwartz le haïssait. Maintenant, la situation était claire. Il lui faudrait dorénavant être sur ses gardes. Songeant à Radnitz, il se sentit la bouche sèche. Qu'est-ce qu'il lui arriverait lorsque Radnitz apprendrait qu'il avait laissé Girland rencontrer cette femme et lui parler?

Borg lança la Citroën dans une étroite impasse. Schwartz occupait trois pièces en sous sol, au-dessous d'une pâtisserie. C'était un endroit commode. Après huit heures du soir, la boutique et l'impasse étaient désertes.

Borg et Schwartz tirèrent Girland évanoui de la voiture et le transportèrent par l'étroit escalier jusqu'à l'appartement de Schwartz. Ils le déposèrent sur le sol du couloir tandis que Schwartz ouvrait la porte et allumait. Puis ils le traînèrent dans la grande pièce, à peine meublée. Thomas, qui les suivait, referma la porte à clé.

C'était la première fois que Borg venait chez Schwartz. Il regarda autour de lui avec curiosité. « Quel trou! » songea-t-il en fronçant son nez épais. Les murs étaient tachés d'humidité. Le sol était recouvert d'un tapis sale usé jusqu'à la trame. Un divan était adossé à l'un des murs. Les draps et la taie d'oreiller étaient gris de crasse. Il y avait quatre chaises recouvertes de velours vert pâle défraîchi. Une table, brûlée par les mégots, occupait le centre de la pièce. Une ampoule électrique dépourvue d'abat-jour pendait au plafond et jetait une lumière crue dans cette pièce sordide.

Abandonnant Girland auprès de la table, Schwartz se dirigea vers le téléphone installé sur un rayonnage poussiéreux, près du lit. Il composa un numéro et attendit. Thomas et Borg l'observaient.

— Monsieur Radnitz? demanda Schwartz lorsqu'on lui répondit.

Thomas sentit son estomac se contracter lorsque Schwartz lui passa l'appareil.

— Vas-y! Parle-lui, dit Schwartz.

Thomas prit l'appareil, comme quelqu'un qui, terrorisé par les serpents, en toucherait un.

Il y eut une brève attente.

— Eh bien? dit Radnitz.

— Ici, Thomas, monsieur. L'opération ne s'est pas déroulée selon le plan prévu, dit-il d'une voix rauque. Nous l'avons ramené chez Schwartz. Il a parlé avec elle.

Il attendit, l'estomac retourné. La sueur perlait au bord de sa barbe.

— Tu veux dire que tu l'as ramenée, elle, répondit Radnitz de sa voix glaciale et impersonnelle.

— Non, elle a réussi à filer. C'est Girland qui est ici.

Il y eut un long silence, puis Radnitz dit d'un ton beaucoup plus sec :

— Je vois. Très bien. J'arrive. (Il raccrocha.)

— Il arrive, dit Thomas en reposant l'appareil. Mettez-le sur le divan, ajouta-t-il pour tenter de réaffirmer son autorité.

Ni Schwartz ni Borg ne bronchèrent. Schwartz s'assit sur l'une des chaises, Borg prit un paquet de cigarettes et se mit à fumer.

— Je vous ai dit de le mettre sur le divan! hurla Thomas.

— Mets-le sur le divan si tu veux qu'il soit sur le divan, ricana Schwartz.

Girland bougea, gémit et ouvrit les yeux. Il considéra le plafond parsemé de taches d'humidité. Les trois hommes l'observaient. Comme il essayait de se redresser, Schwartz se leva et lui flanqua un violent coup de pied dans les côtes.

Le choc brutal réveilla Girland. Il roula sur lui-même, détendit le bras, attrapa le revers du pantalon de Schwartz et tira. Schwartz s'étala sur le plancher. Girland essaya de l'empoigner, mais Borg le saisit par son épaisse chevelure et l'écarta de Schwartz qui se remettait sur pieds.

Celui-ci, pâle de rage, avait son pistolet à la main. Le brandissant par le canon, il voulut assommer Girland d'un coup de crosse, mais Thomas lui immobilisa le bras et le tira en arrière.

— Il veut lui parler, dit Thomas; tiens-toi tranquille.

Borg s'écarta de Girland qui s'assit et considéra Schwartz.

— Un de ces jours, gueule-de-pierre, dit Girland, nous nous rencontrerons en étant à égalité, et alors, fais gaffe!

Schwartz repoussa Thomas, considéra Girland en ricanant et alla s'asseoir.

Girland se releva en vacillant et se frotta la nuque. Les trois hommes le regardèrent se diriger vers le divan et s'y asseoir.

Borg prit une topette plate, pleine de cognac, dans

sa poche-revolver. Il en avala une bonne rasade, puis la tendit à Girland.

— Bois un coup, dit-il. Tu as l'air d'en avoir besoin.

Girland prit le flacon et laissa couler au fond de sa gorge le mauvais cognac. Il fit la grimace, puis soupira en revissant le bouchon et rendit la topette à Borg qui lui sourit.

— Puisque tu es d'humeur généreuse, tu n'aurais pas une cigarette? lui demanda-t-il.

Borg lui lança un paquet que Girland attrapa au vol. Il en tira une cigarette qu'il alluma et il s'apprêtait à relancer le paquet à son propriétaire lorsque celui-ci lui dit :

— Garde-le.

Thomas observait la scène; il commençait maintenant à avoir peur de Borg. Pourquoi traitait-il cet homme ainsi s'il n'était pas certain que lui, Thomas, était lessivé?

Le silence régnait dans la pièce sordide, tandis que Girland fumait et se remettait peu à peu du coup qu'il avait reçu sur la nuque. De temps à autre, Borg buvait un coup à sa topette. Schwartz demeurait immobile, son regard brillant fixé sur Girland. Thomas finit par se fatiguer d'être adossé au mur. Il prit une chaise loin des deux autres et s'assit.

Le temps s'étirait. Ils entendirent soudain le bruit d'une portière qui claquait. Thomas bondit sur ses pieds et se dirigea vers la porte. Il l'ouvrit et recula devant Radnitz qui apparut, un cigare entre ses doigts boudinés.

Radnitz portait une cape noire accrochée à ses épaules massives. Cette cape, doublée d'écarlate, était aussi impressionnante que théâtrale. Il pénétra dans la pièce comme s'il s'était hasardé dans la cabane d'un lépreux.

— Voilà Girland, monsieur, dit Thomas d'une petite voix de fausset.

Radnitz lança un bref coup d'œil à Girland, puis renvoya les trois hommes d'un geste de la main.

— Attendez à l'extérieur, dit-il d'un ton bref.

Lorsqu'ils eurent disparu, et une fois la porte refermée, Radnitz enleva sa cape qu'il déposa soigneusement sur une chaise. Il jeta un coup d'œil à la pièce, l'air écœuré, puis, gagnant une chaise recouverte de velours vert, il s'y assit.

— Un cochon serait malheureux dans une pareille porcherie, commenta-t-il comme s'il pensait tout haut.

Girland l'observait.

Radnitz poursuivit son inspection. Ses petits yeux glacés finirent par se poser sur Girland.

— Je m'appelle Herman Radnitz, dit-il. Vous avez dû entendre parler de moi. (Girland demeura silencieux.) Moi, j'ai entendu parler de vous, monsieur Girland, poursuivit Radnitz. Vous êtes un agent de renseignements et vous travaillez pour les Américains. Vous vous chargez de missions délicates fort peu rémunérées. Il me semble que vous êtes un très petit bonhomme dans un métier dangereux. A mon avis, vous gaspillez votre talent et votre courage. Les résultats sont bien minces, compte tenu des années que vous avez travaillé. Je vous répète, monsieur Girland, que vous me paraissez un très petit bonhomme dans un métier dangereux.

Girland sourit, tout en continuant à frotter sa nuque douloureuse :

— Les petits ruisseaux font les grandes rivières, dit-il. Je suis patient : je commence à devenir quelqu'un.

Radnitz fit tomber la cendre de son cigare sans se soucier du tapis sale où elle fit un petit tas gris.

— Vous pourriez devenir quelqu'un, monsieur Girland, mais vous pourriez aussi devenir un cadavre.

Girland prit le paquet de cigarettes de Borg et en alluma une.

— Est-ce que nous pourrions parler affaires? dit-il en soufflant la fumée par les narines. Si vous me liquidez, vous ne serez pas plus avancé. Ce n'est pas mon habitude de bluffer. Nous pourrions conclure un marché.

— J'espère que nous le pourrons, monsieur Girland. Ou bien nous nous arrangeons, ou bien vous ne quittez pas cette pièce vivant.

— Dans ces conditions, nous concluons un marché, dit Girland.

Radnitz changea de position sur sa chaise inconfortable, puis demanda brusquement :

— Vous avez rencontré Mme Foucher?

— Oui.

— J'avais demandé à mes hommes de vous en empêcher.

— J'étais sur place bien avant qu'ils n'aient cerné le cabaret, prétendit Girland.

Radnitz le dévisagea, et Girland soutint son regard. Radnitz haussa les épaules :

— Elle sait où se trouve Carey?

— Oui.

— Elle vous a précisé l'endroit?

Girland hocha la tête et le regretta immédiatement : Une douleur lancinante inonda son visage d'une sueur froide. Il se frotta le cou et fit une grimace avant de répondre :

— Elle veut vendre ce renseignement. J'ai rendez-vous avec elle demain soir.

— Combien?

— Quinze mille dollars en liquide, répondit Girland sans hésiter.

— Je vois, monsieur Girland, répondit Radnitz en l'examinant de près, que vous commencez à devenir quelqu'un.

— Ma foi, je vous l'ai bien dit, n'est-ce pas?

— Ainsi, pour quinze mille dollars, cette femme vous précisera où l'on peut trouver Robert Henry Carey. Je ne me trompe pas?

— Non. Elle m'appellera au téléphone demain soir. Je dois la convaincre que j'ai la somme, après quoi je saurai où il se cache.

— Qui va vous lâcher ces quinze mille dollars? demanda Radnitz en faisant à nouveau tomber la cendre de son cigare.

— Dorey. Inutile de vous le décrire, n'est-ce pas?

— J'ai entendu parler de Dorey, fit Radnitz, l'air impassible. Je trouve, monsieur Girland, que vous travaillez dans le mauvais camp. Je veux retrouver Carey. Vous avez bien dit quinze mille dollars? Qu'est-ce que vous comptiez tirer de cette affaire?

— Je m'arrangerai, dit Girland en songeant qu'un bénéfice de cinq mille dollars valait bien une nuque froissée.

— Est-ce que vous ne préféreriez pas empocher cinquante mille dollars?

Girland poussa un soupir. Il avait souvent rêvé d'une pareille somme.

— Bien sûr, dit-il, circonspect.

— C'est la rémunération que je vous assurerais.

— Je vais parler avec cette femme demain soir. Donnez-moi quinze mille dollars et je pourrai vous dire où il se trouve. J'ai besoin de ces quinze mille dollars pour elle. Nous parlerons de ma rémunération quand je l'aurai vue.

Radnitz tira sur son cigare. L'extrémité rougit comme un signal d'alarme.

— Si tout était aussi simple, monsieur Girland, dit-il, en soufflant la fumée tout en parlant, la vie ne serait pas aussi compliquée. Il ne suffit pas de savoir où il est. Je veux m'assurer de sa disparition. Je vous donnerai certainement quinze mille dollars, mais, avant de toucher votre part, vous devrez me convaincre que vous pouvez retrouver Carey, que vous êtes prêt à le tuer lorsque vous le verrez et que vous me rapporterez tous les documents qu'il a emportés de Russie.

Girland se frotta à nouveau la nuque :

— Si je commençais par parler avec cette femme, nous pourrions ensuite réfléchir à cette proposition, dit-il.

Radnitz croisa ses jambes courtes et considéra Girland.

— Monsieur Girland, voici cinq ans que vous êtes un agent. Vous vous êtes contenté de grappiller cent dollars par-ci par-là. Vous vous trouvez maintenant dans une situation où vous pouvez gagner beaucoup d'argent, mais j'imagine que vous avez des idées trop étroites pour comprendre exactement ce que signifient cinquante mille dollars. Vous pourriez essayer de me rouler, empocher ces quinze mille dollars et quitter Paris. Mais je vous assure que si telle est votre intention, c'est très risqué. Je ne donnerais pas cher de votre vie.

Girland considérait attentivement Radnitz.

— Je rencontrerai cette femme. Je lui donnerai l'argent et je vous dirai ce qu'elle m'a dit, répondit-il tranquillement. A vous de me faire confiance.

— Je ne fais jamais confiance à personne. Mais quand je veux quelque chose, je m'arrange pour l'obtenir. Je veux retrouver Carey. Je pense que vous pouvez le retrouver pour moi. Je crois qu'une fois que vous l'aurez vu, vous êtes l'homme qui peut le tuer. Je vous paierai cinquante mille dollars pour cette mission. Acceptez-vous?

Girland songea à Robert Henry Carey. Personne ne pourrait jamais lui offrir assez d'argent, quelle que soit la somme, pour l'amener à tuer quelqu'un et surtout pas Carey. Mais Girland rêvait aussi de posséder cinquante mille dollars. Il avait grande confiance en lui. Ce gros homme trapu pouvait trouver son maître. Il décida de tenter l'aventure avec lui. Après tout, il avait du temps et du champ pour manœuvrer.

— Affaire conclue, dit-il. Je ferais beaucoup de choses pour une aussi grosse somme.

Radnitz parcourut d'un air songeur la pièce des yeux, puis demanda :

— Vous en êtes sûr, monsieur Girland?

Celui-ci saisit la nuance de menace dans la voix de Radnitz.

— J'en suis sûr, dit-il.

— Faites bien attention de ne pas laisser vos habitudes de gagne-petit vous inciter à me doubler, dit Radnitz avec une douceur trompeuse. Je sais beaucoup de choses sur vous, monsieur Girland. Une fois engagé envers moi, vous demeurez lié.

— J'ai dit que c'était une affaire conclue, elle est conclue, répondit Girland.

Radnitz approuva et se leva.

— Vous recevrez la somme chez vous demain après-midi. Vous verrez cette femme et elle vous indiquera la retraite de Carey. Vous viendrez ensuite à l'hôtel George V me dire où il se trouve. Nous arrêterons alors la meilleure méthode pour le liquider.

Radnitz s'enveloppa dans sa cape et gagna la porte.

— A demain soir, monsieur Girland, au George V. Vous êtes engagé. (Il s'arrêta pour considérer Girland.) Je vous certifie que vous ne vivrez pas très longtemps si vous changez d'avis.

Il quitta la pièce. Poussée par un brusque courant d'air, la porte se referma doucement.

*

John Dorey descendit les marches du perron de l'ambassade américaine et s'arc-bouta légèrement contre le vent froid. Il inclina la tête en passant devant la sentinelle qui montait la garde et qui le salua. Puis, il se dirigea vers sa 404, adressa de nouveau un signe de tête à l'agent parisien qui gardait le parking et qui, le reconnaissant, lui rendit son salut.

Dorey ouvrit la portière, se glissa au volant et alluma ses lanternes. Il jeta un coup d'œil à sa modeste « Omega » en argent, achetée à Genève quelques années auparavant. Il était dix heures moins vingt.

Il avait coutume de travailler tard. Tout en travaillant, il avait avalé un sandwich et un verre de lait qu'un huissier lui avait montés. Il avait également coutume de se contenter de cette sorte de dîner avant de rentrer chez lui. Il vivait seul. Ça faisait si longtemps qu'il était divorcé qu'il ne songeait jamais à sa femme. Il préférait vivre seul.

Il y avait trente-huit ans que John Dorey travaillait à l'ambassade américaine de Paris. Il avait eu toutes sortes de responsabilités et il se trouvait maintenant à la tête de la section française du service de Renseignements. Il s'était jeté à corps perdu dans ce travail et, depuis quelques années, il dirigeait la section avec beaucoup de brio. Mais maintenant, il était sans cesse obsédé par l'idée que dans trois ans, il devrait prendre sa retraite. Il avait été très frappé lorsque, deux mois plus tôt, Washington avait envoyé Thornton Warley à Paris pour s'occuper de la section. Il était entendu que Dorey pourrait garder ses agents et son propre réseau, mais que Warley devrait superviser et réorganiser le travail.

Bien que Dorey ne voulût pas le reconnaître, il était convaincu que Washington, mécontent de son travail, lui avait imposé Warley pour trouver quelques excuses à le liquider avant la limite d'âge. Dorey s'était souvent répété que ce ne serait en tout cas pas grâce à lui que Warley réussirait.

Ce que Rossland avait dit était vrai. Tout ce qui, au courrier ou au téléphone, semblait prometteur, Dorey se le réservait. Il se berçait de l'espoir que, s'il réussissait une affaire vraiment importante, Washington se calmerait et non seulement rappellerait Warley, mais lui accorderait une prolongation de deux ans.

Toujours obsédé par Warley, Dorey franchit le pont de la Concorde, tourna à droite, enfila le quai d'Orsay et gagna l'avenue Bosquet. Son appartement se trouvait dans l'une des petites rues perpendiculaires à cette avenue. Il passa cinq ou six minutes à pester en essayant de trouver un endroit où se garer. Il dut finalement abandonner la voiture à l'autre bout de la rue et regagner son domicile à pied. Bien que cette cérémonie fût quotidienne, elle le mettait chaque fois en colère.

Il pénétra dans le vestibule de l'immeuble; la concierge qu'il arrosait généreusement et régulièrement lui sourit de sa loge. Il la salua et prit l'ascenseur qui le déposa au quatrième étage.

Il pénétra dans son appartement dont il referma la porte. Il enleva son manteau de demi-saison, l'accrocha dans le placard de l'antichambre, puis gagna le grand salon, vaste et agréablement meublé, et alluma.

Il se dirigea vers son bureau, s'y assit, prit les clés

dans sa poche et ouvrit un tiroir. Au moment où il allait en tirer une épaisse liasse de papiers, le téléphone sonna. Il fronça les sourcils, hésita, puis décrocha.

— John? fit une voix féminine.

— Lui-même.

— Ici, Janine. Je voulais m'assurer que vous étiez rentré. J'arrive dans une demi-heure.

— Entendu, dit Dorey.

Il demeura immobile quelques minutes à contempler la blancheur neigeuse de son buvard, puis il referma le tiroir à clé. Il se leva et gagna l'un des grands fauteuils. Son visage fin d'oiseau avait une expression songeuse. Ses yeux, à l'abri des verres brillants de ses lunettes, exprimaient un léger sentiment de gêne. Il prit un numéro du *New Yorker* qui traînait sur une table et se mit à le feuilleter. Il le feuilletait pour la quatrième fois sans pouvoir se concentrer lorsque la sonnerie de la porte d'entrée retentit.

Il regarda soigneusement par le judas avant d'ouvrir.

Janine Daulnay s'engouffra dans l'antichambre. Dorey referma la porte tandis qu'elle se retournait en enlevant ses gants et lui adressait un léger sourire impersonnel. C'était une femme brune et soignée de trente, trente-cinq ans, de taille moyenne, vêtue d'un manteau de vison. Elle avait de grands yeux sombres. Leur expression moqueuse lui donnait un air sophistiqué que la plupart des hommes, sauf Dorey, trouvaient irrésistible. Il était depuis longtemps parvenu à la conclusion que les femmes étaient non seulement dangereuses mais gênantes. Il n'aimait guère avoir affaire à elles bien qu'il admît leur nécessité.

— Venez vous asseoir, dit-il en l'entraînant au

salon. J'ai encore beaucoup de travail. Je crains que vous ne puissiez rester longtemps. Que se passe-t-il?

Elle enleva son manteau, le déposa sur un fauteuil et le suivit dans le salon. En s'asseyant, elle tira légèrement le bas de sa robe signée Dior pour dissimuler ses ravissants genoux.

— Vous avez confié une mission à Harry Rossland? demanda-t-elle.

Cette question inattendue surprit tellement Dorey que, l'espace d'une demi-seconde, sa coutumière impassibilité se troubla.

Janine remarqua sa stupeur, les changements d'expression d'un homme ne lui échappaient jamais.

— Pourquoi me posez-vous cette question? demanda prudemment Dorey.

— Ecoutez, John. Ou bien je travaille pour vous ou bien je ne travaille pas, répondit tranquillement Janine. Je vous pose une question bien simple. Est-ce que Rossland travaille pour vous ce soir?

Dorey considéra cette femme impeccable, au visage froid, et il se souvint de différentes affaires qu'il lui avait confiées dans le passé. Il se dit qu'il aurait mieux fait de la consulter avant d'aller trouver Rossland.

— Il travaille pour moi ce soir, dit-il.

— Une affaire importante?

— Peut-être. Je ne sais pas encore.

Elle ouvrit son sac luxueux, en tira un étui à cigarettes en or, y prit une cigarette qu'elle alluma avec un briquet en or.

— Voulez-vous me parler de cette affaire, John?

Dorey hésita.

— Pourquoi toutes ces questions. Ça n'a rien à voir avec vous, Janine.

Elle laissa s'exhaler la fumée de ses narines et sourit :

— Très bien. (Elle lissa sa jupe.) Si vous l'entendez ainsi, je m'en vais et je vous laisse travailler.

Comme elle ne bougeait pas, Dorey reprit :

— Vous savez bien que j'ai confiance en vous, Janine. Vous avez appris quelque chose, n'est-ce pas? Qu'est-ce qu'il y a?

Elle soupira et fit tomber ses cendres sur le tapis de Perse.

— Oh! c'est un simple hasard. J'ai aperçu Harry Rossland, ce soir. Il était filé par un jeune homme barbu. Devant lui, se trouvait un autre homme. Harry s'est débarrassé du barbu, mais pas de l'autre. Il a semé le barbu dans le métro. Je me suis dit que ce n'était peut-être pas tellement important et je l'ai lâché. Et puis, je me suis souvenu avoir déjà aperçu ce barbu. (Elle observa une pause.) Il travaille pour Herman Radnitz, conclut-elle.

Dorey se pencha en avant.

— Vous en êtes sûre? demanda-t-il.

Elle fit un geste d'impatience.

— Vous devriez pourtant le savoir maintenant, John. Je suis toujours sûre de ce que je dis.

— Et alors?

— Je me suis interrogée, sachant que Rossland travaillait pour vous. J'avais un rendez-vous, mais j'ai laissé tomber. Je me suis rendue à l'hôtel George V. Radnitz attendait au bar. Le jeune homme barbu est arrivé, s'est entretenu avec Radnitz, est reparti. Au bout de cinq minutes, il est revenu et il a passé un coup de fil. Intriguée, j'ai appelé Harry chez lui. Pas de réponse. Alors, je vous ai téléphoné et me voici.

Dorey enleva ses lunettes et se mit à les nettoyer avec son mouchoir. Il avait l'air troublé. Un long moment, il fronça les sourcils et réfléchit, tandis que Janine l'observait.

— Tout ceci s'est passé très vite, dit-il enfin. J'aurais dû vous en parler, mais je n'avais guère le temps. Tout d'abord, je n'ai pas pris cette affaire très au sérieux. J'ai pensé que Rossland pouvait s'en occuper.

— Les gens prennent des habitudes. Ils finissent par avoir trop confiance en eux. Je crains que vous ne deveniez trop sûr de vous-même, John. Vous n'admettez pas que Rossland est lessivé. Je vous l'ai déjà dit, mais vous avez tellement l'habitude de vous reposer sur lui que vous continuez. Enfin, tant pis... Dites-moi simplement de quoi il s'agit.

— Ce matin, j'ai reçu un coup de fil d'une certaine Mme Foucher. Elle m'a expliqué qu'elle avait un renseignement à vendre, expliqua Dorey en changeant de position dans son fauteuil. Nous recevons un grand nombre de communications de ce genre. J'ai pensé que c'était peut-être une cinglée de plus. Elle m'a raconté qu'elle ne pouvait pas me donner de détails au téléphone et m'a demandé de venir la retrouver. Elle m'a précisé qu'elle se trouverait ce soir dans une boîte de troisième ordre. Elle a ajouté que son affaire intéressait la sûreté américaine et elle a raccroché. Alors, j'ai décidé de lui envoyer Rossland.

Janine écrasa son mégot dans un cendrier.

— Qu'est-ce qu'il a dit?

— J'attends son rapport. Ce n'est pas lui qui doit voir personnellement cette femme. Il a dépêché un de ses hommes.

— Pourquoi?

— Vous connaissez Rossland; il reste dans l'ombre.

— Mais alors, qui rencontre cette femme?

— Je vous le répète... un de ses hommes.

— Vous ne le connaissez pas?

Dorey enleva ses lunettes et se mit à les nettoyer :

— Non, dit-il.

— A quelle heure attendez-vous des nouvelles?

— Ils ne se rencontrent pas avant onze heures.

Elle jeta un coup d'œil à sa montre. Il était onze heures moins le quart.

— Je pense que vous ne devriez pas attendre, dit-elle. Si Radnitz est sur cette affaire, ça peut être dangereux.

Dorey était du même avis. Il se dirigea vers le téléphone et composa le numéro de Rossland. Au bout d'un certain temps, il raccrocha :

— Il n'est pas chez lui, dit-il.

Ils se regardèrent.

— Il pourrait y être, répondit Janine en se levant. Je crois que nous devrions y aller. Tout ça m'inquiète.

Dorey opina du bonnet. Il se dirigea vers son bureau, ouvrit un tiroir et y prit un 38 automatique. Il le vérifia en technicien, puis le glissa dans sa poche-revolver. Il prit son manteau dans le placard.

Vingt minutes plus tard, ils se trouvaient tous les deux dans l'ascenseur qui menait à l'appartement de Rossland.

Au moment ou Dorey allait sonner, il s'aperçut que la porte était entrouverte. Il sortit son pistolet et le transféra dans la poche de son manteau, puis il poussa doucement la porte et pénétra dans l'antichambre. Janine le suivit. Les lumières étaient allumées dans le salon. Se déplaçant comme une ombre, Dorey gagna la porte et jeta un coup d'œil dans la pièce. Il eut un hoquet convulsif en apercevant Rossland.

— Refermez la porte, dit-il doucement. Il est bien là... il est mort.

Le visage impassible, Janine referma la porte d'entrée, puis elle pénétra dans le salon et se rapprocha de Dorey qui examinait Rossland. Elle jeta un coup d'œil horrifié au cadavre et se détourna.

— Regardez sa main, dit-elle d'une voix mal assurée.

Dorey émit de nouveau un grognement. Le visage décomposé, il la rejoignit tandis qu'elle inspectait la pièce.

— Ils n'ont pas l'air d'avoir fouillé, dit-elle. Ils étaient pressés. Ils l'ont fait parler, l'ont tué et sont partis.

— Nous ferions bien d'en faire autant, Janine, dit Dorey en se dirigeant vers la porte. Mieux vaut ne pas se faire prendre ici.

Ils quittèrent l'appartement aussi discrètement qu'ils y étaient entrés. Une fois dans la voiture de Dorey, Janine dit :

— C'est une grosse affaire, John. Vous n'auriez pas dû la confier à Rossland. Vous auriez dû voir cette femme vous-même.

— Comment pouvais-je savoir? lui répondit Dorey sur la défensive. Je vous répète qu'il y a des tas de dingues qui me font le coup du téléphone.

— Où se trouve ce cabaret?

— Boulevard de Clichy.

— Allons-y!

Dorey lui lança un regard :

— Il est trop tard. Il est onze heures et demie.

— Allons-y, répéta Janine, et vite. (Elle attendit que Dorey ait démarré.) C'est signé Radnitz, j'en suis sûre! reprit-elle. Si ce n'était pas une affaire sérieuse, il n'aurait pas fait assassiner Rossland. Vous n'avez pas la moindre idée sur la personne que Rossland a envoyée à la rencontre de cette femme? Vous ne connaissez aucun de ses hommes?

— Non. Rossland ne me disait jamais les noms

de ses agents. Il avait peur que je les lui fauche.

— Tout ça ne va pas plaire à Warley, n'est-ce pas, John? dit-elle tranquillement. Vous recevez un tuyau. Au lieu d'en informer Warley, vous lancez Rossland en piste... Rossland, le pire de tous. Il lâche un type inconnu là-dedans et Radnitz intervient. A l'heure qu'il est, Radnitz a dû mettre la main sur le gars de Rossland et il doit savoir ce que cette femme veut vendre... Quelque chose d'important pour la sécurité de l'Amérique. Pas très brillant, n'est-ce pas?

Dorey sentit ses mains devenir moites. Il y avait des moments où il se sentait gêné devant Janine. Ce n'était pas la première fois qu'il regrettait de ne pas en avoir fait sa maîtresse, il aurait eut bien plus barre sur elle.

— Nous commettons tous des erreurs, dit-il. Je ne vois pas ce qu'on peut me reprocher.

Elle alluma une cigarette.

Il lui jeta un coup d'œil gêné, puis il se dit qu'il valait mieux ne pas se chercher plus d'excuses.

Ils atteignirent le cabaret quelques minutes avant minuit. Dorey s'était alors remis du choc provoqué par la mort de Rossland et son esprit agile fonctionnait de nouveau activement.

— Vous feriez mieux de rester dans la voiture, dit-il. Je vais m'occuper de cette affaire.

Elle inclina la tête et il se dirigea vers le cabaret.

Le gros homme en veste verte qui s'appelait Husson l'accueillit.

— Je voudrais vous parler, dit Dorey brièvement en exhibant sa carte de l'Ambassade. Il pourrait s'agir d'une affaire de police.

Husson eut l'air surpris. L'air d'autorité de Dorey l'impressionnait. Si la police faisait une descente et découvrait le miroir truqué, des ennuis sérieux pouvaient s'en suivre.

Il entraîna Dorey vers un petit bureau, derrière le bar.

— Voyons, monsieur, que puis-je faire pour vous? demanda-t-il en invitant Dorey à s'asseoir dans un fauteuil et en prenant place lui-même derrière le bureau.

— Une certaine Mme Foucher est, d'après ce que je sais, venue ici, dit Dorey.

Il vit Husson hésiter, puis approuver.

— C'est exact, monsieur.

— Est-elle encore là?

— Elle est partie il y a quelque temps.

— Est-ce qu'elle a rencontré quelqu'un?

— Un Américain est venu la voir.

— Qu'est-ce que vous pouvez me dire sur Mme Foucher?

Husson haussa les épaules.

— Elle est venue ici hier, a demandé un cabinet particulier où elle pourrait rencontrer un ami, ce soir à onze heures. Elle a payé largement. Je ne voyais pas de raisons pour lui refuser ce service, monsieur.

— Pouvez-vous la décrire?

— C'est une Noire, très grande, belle, jeune et bien habillée.

— Noire? demanda Dorey en se penchant pour considérer Husson.

— D'Afrique occidentale... Sénégalaise, peut-être.

Dorey se souvint alors du curieux accent de cette femme au téléphone. Il aurait dû se douter qu'elle était sénégalaise et il était furieux contre lui-même de ne pas s'en être rendu compte.

— Et l'homme est venu au rendez-vous?

— Oui, monsieur. Mais il est parti avec deux autres types il n'y a guère plus de dix minutes.

— Qui étaient ces deux types?

— Je ne sais pas. ils sont entrés, ont pris un verre

puis, quand je les ai revus, ils nous quittaient en compagnie de cet Américain qui avait rendez-vous avec Mme Foucher.

— Pourriez-vous me les décrire?

Husson réfléchit un instant.

— Je n'ai pas fait très attention à eux, monsieur. Ce n'est pas très facile d'observer les clients, dans notre cabaret. Je crois que le plus petit avait une barbe. Je n'ai pas remarqué particulièrement l'autre.

— Et l'Américain?

Husson lui fit une description assez précise de Girland qui n'éveilla aucun écho dans l'esprit de Dorey.

— Vous n'aviez jamais vu Mme Foucher auparavant?

— Non.

— Est-ce qu'elle avait une voiture?

— Je ne sais pas. Quand elle est arrivée, je l'ai conduite à cette pièce.

— Elle ne vous a pas dit le nom de l'homme qui devait la rencontrer?

— Non, monsieur.

Dorey en resta là. Il avait du moins découvert quelque chose, mais il ne pouvait dire pour l'instant si c'était une bonne piste. L'agent de Rossland avait rencontré cette femme. Elle était partie, puis les sbires de Radnitz avaient embarqué cet agent.

— Merci, dit-il en se levant. Je pense que vous m'avez communiqué tous les renseignements dont j'ai besoin.

— Je n'aurai pas d'histoires? demanda Husson en lui lançant un regard inquiet.

— Non, aucune, répondit Dorey.

Il se retourna et, quittant le cabaret, rejoignit Janine dans sa voiture.

Il lui raconta rapidement ce qu'il venait d'apprendre.

— Vous ne pensez pas que vous devriez maintenant déballer toute l'affaire à Warley, John?

— Certainement pas, répondit Dorey sans l'ombre d'une hésitation. Je peux m'occuper de cette affaire. Je vais retrouver cette Sénégalaise. Je vais alerter les aéroports. Elle n'est peut-être arrivée que ces jours-ci. Ça ne devrait pas être trop difficile. J'ai son signalement. On se la rappellera peut-être dans les aéroports.

— Pour l'instant, ils sont en train de faire parler l'agent de Rossland. Sous peu, ils sauront qui est cette femme et où la trouver. Je crains que vous n'arriviez trop tard, John.

— Il faut que je coure ce risque. Si j'arrive trop tard, Warley arrivera trop tard aussi. Il ne peut pas faire mieux que moi.

Une lueur obstinée dans le regard, Dorey fonça à toute vitesse dans la direction de son appartement.

# CHAPITRE IV

Quelques secondes après que Radnitz les eut quittés, Thomas pénétra dans la pièce et regarda Girland, l'air inquiet.

— Est-ce qu'il a parlé de moi? demanda-t-il.

Girland se frotta la nuque tout en considérant le visage blême et effrayé de Thomas.

— Je lui ai dit que je me trouvais au cabaret une heure avant que vous ne le cerniez, dit-il. Ça a eu l'air de le satisfaire. Ça devrait vous satisfaire aussi.

Borg et Schwartz débouchèrent dans la pièce. Borg sourit à Girland :

— Tu es un malin, dit-il. Je m'apprêtais à creuser une fosse pour toi.

— Je suis assez malin, dit Girland en observant Thomas. Il est l'heure d'aller au lit. Je voudrais bien mon flingue.

Thomas se hâta de lui rendre le 45 que Girland fourra dans son étui.

— Ça pourrait être le début d'une très belle amitié, dit Girland en se dirigeant vers la porte. (Il s'arrêta pour fixer Schwartz dans les yeux.) Le travail passe avant le plaisir, gueule-de-pierre. J'aurai ma revanche quand nous aurons terminé ce petit boulot.

Il sortit de la pièce tandis que Borg éclatait de rire.

Il était maintenant un peu plus d'une heure, mais Girland avait encore une chose à faire avant d'aller se coucher. Il trouva, non sans difficulté, un taxi et demanda au chauffeur de le conduire au « Figaro », aux Champs-Elysées.

Lorsque le taxi s'arrêta devant la porte cochère d'où l'on gagne les bureaux du journal, Girland régla la course, sortit et se dirigea vers la réception.

— M. Verney est là? demanda-t-il à une femme entre deux âges qui le considérait d'un air fatigué.

— Il est dans son bureau. Qui dois-je annoncer?

Girland épela son nom.

Son interlocutrice l'annonça au téléphone, puis fit un signe à une fille qui les rejoignit. Elle lui demanda de conduire Girland au bureau de M. Verney. Cette fille était pas mal balancée, mais malheureusement, songea Girland, elle avait le nez trop pointu et la bouche trop dure. Il l'accompagna dans le petit ascenseur, gagna le troisième étage et suivit son arrière-train ondoyant le long d'un couloir, jusqu'à une petite pièce où Jacques Verney, assis à son bureau, téléphonait.

Verney travaillait à la rubrique mondaine. Il était mince, portait ses cheveux bruns en brosse, arborait un bouc et affichait un goût marqué pour les vêtements de sport tapageurs qui faisaient grincer les dents à Girland.

Apercevant Girland, il désigna un fauteuil, termina sa conversation téléphonique et raccrocha.

Ils se connaissaient depuis longtemps. Verney se doutait que Girland était dans l'espionnage, mais un jour, trois ans plus tôt, Girland lui avait prêté de l'argent pour l'aider à se tirer d'une sale affaire. Verney savait bien que Girland ne pouvait pas se permettre de lui donner de l'argent, et pourtant il l'avait fait. Et ça, Verney ne l'avait pas oublié. Il était heureux de refiler à Girland des tuyaux qu'il pouvait lui fournir, sans lui poser de questions.

Girland s'assit et tendit le paquet de cigarettes de Borg. Quand tous deux eurent allumé leur cigarette, il lui demanda :

— Qu'est-ce que tu sais d'un certain Herman Radnitz qui habite au George V?

Verney scruta Girland à travers la fumée :

— Radnitz? mais voyons, tout le monde le connaît.

— Moi pas, répondit Girland avec une pointe d'irritation dans la voix. Sinon je ne te poserais pas la question.

— Excuse-moi, Mark. Je croyais, tout simplement, que tout le monde le connaissait.

— Qui est-il et qu'est-ce qu'il vend?

— Eh bien! Imagine que tu veuilles construire un barrage à Hong-Kong, monter une centrale électrique à Bombay, créer un service de bacs entre l'Angleterre et le Danemark. Avant même d'élaborer un projet, tu consulterais Radnitz qui t'établirait un bilan. Radnitz trempe dans tout ce qui coûte cher. (Verney fit tomber la cendre de sa cigarette.) En fait, il touche à tout : bateaux, pétrole, construction, aviation. Tu demandes qui il est : c'est Monsieur Grosse Galette.

Girland fronça les sourcils. Sa nuque le faisait souffrir à nouveau.

— Mais pourquoi diable est-ce que je n'ai jamais entendu parler de lui, s'il est tellement important?

— Il déteste la publicité, répondit Verney en souriant. Il connaît tous les directeurs de journaux; il les aide, moyennant quoi ils lui fichent la paix. C'est le Raspoutine de la finance, probablement le magnat le plus puissant du monde.

— Tu as une idée de ce qu'il vaut?

— Aucune. Je suis à peu près sûr qu'il pourrait lâcher dix millions de livres sterling sur cette table sans déséquilibrer son budget. Il est très fort, Mark. Vraiment très fort.

Girland changea de position dans son fauteuil :

— Il vit toujours au George V?

— Il ne vit nulle part longtemps. Il a un château sur la Loire. Il a son propre appartement à Paris. Il en a d'autres dans le monde entier, mais il y vit rarement. Il préfère un bon hôtel. Il a perdu sa femme il y a deux ans, alors, pourquoi aurait-il un foyer permanent? Il est toujours en déplacements. Il vient d'arriver de Moscou. On ne me surprendrait pas en m'annonçant qu'il a pris une option sur le Kremlin comme maison de week-end. C'est un type comme ça.

Girland se fit plus attentif.

— Qu'est-ce qu'il faisait à Moscou?

— Je n'en sais rien, dit Verney en haussant les épaules. Sans doute des affaires. (Il considéra pensivement Girland.) Tu débarques de temps en temps et tu poses toutes sortes de questions, mais tu n'en as jamais posé de si bizarres. Je ne me serais jamais douté que tu t'intéressais à Radnitz.

— C'est pour mon livre de souvenirs, répondit Girland en se levant. Je te remercie, Jacques. Je vais te laisser travailler. Ne te languis pas trop de moi. Tu me reverras bientôt.

— Je ne pose pas de questions, dit Verney, l'air sérieux. Mais puisque tu es mon ami, je dois te prévenir : ne te frotte pas à Radnitz. Il est dangereux.

— Merci, répondit Girland en souriant. Quand j'aurai économisé assez d'argent, je t'inviterai à dîner.

Il le salua de la main, quitta le bureau, redescendit au rez-de-chaussée par l'ascenseur et sortit dans le vent froid qui balayait les Champs-Elysées.

Il prit un taxi pour rentrer chez lui. Il monta l'escalier, lentement en se disant : « Voilà comment ça doit être de vieillir. » « La nuit a été plutôt mouvementée, songea-t-il encore, mais maintenant me voici enfin libéré de Rossland et la fortune m'attend. »

Arrivé dans son studio, il se déshabilla, prit une douche chaude, enfila un pyjama et se mit au lit.

Dans l'obscurité, il songea à cette femme mystérieuse, à Radnitz et à Robert Henry Carey. Il songea aussi à Rossland qui gisait tout seul dans son appartement, mort, les ongles arrachés, le visage congestionné.

Sa dernière pensée avant de s'endormir fut pour Tessa, la fille aux longues jambes, la blonde bien balancée.

Le sommeil le submergea enfin, balayant même Tessa de son esprit.

*

La sonnerie du téléphone tira Dorey de sa somnolence. Il était à son bureau, la tête entre les mains. Il se raidit et jeta un coup d'œil à sa pendule : il était trois heures vingt.

Janine, étendue sur le sofa, émergea d'un demi-sommeil et se redressa.

Dorey prit l'appareil.

— Allô, oui? Ici, Dorey.

— Ici, O'Halloran. Je téléphone de l'aéroport d'Orly, fit une rude voix de flic. (L'inspecteur Tim O'Halloran était l'un des meilleurs policiers de la Sûreté américaine.) Nous n'avons rien trouvé. Nous avons tout vérifié. La semaine dernière, une centaine de Sénégalais ont passé la douane. Elle était peut-être du nombre, mais j'en doute. Nous avons dépouillé toutes les cartes d'embarquement. La plupart des femmes accompagnaient leur mari et celles qui étaient seules étaient vieilles. Pensez-vous qu'elle voyageait avec un homme, monsieur Dorey?

— Je ne sais pas. Après tout, pourquoi pas?

— Bon, dans ce cas, je vais demander à mes gars de vérifier tous les couples. Ça fera un sacré boulot, mais c'est faisable. Elle est peut-être arrivée en bateau. L'*Ancerville* a accosté il y a deux jours. J'ai demandé à la police de Marseille de vérifier. Il y a également un cargo de Dakar qui vient de relâcher à Dunkerque. Elle était peut-être dessus.

— Ça va prendre combien de temps? demanda Dorey.

— Pour une vérification complète, au moins cinq jours. C'est le mieux que nous puissions faire.

— Elle risque d'avoir quitté la France d'ici là.

— Je ne crois pas, monsieur Dorey. Nous l'attendons de pied ferme. Elle ne peut pas partir. Nous avons alerté les aéroports, les gares de chemins de fer et les gares maritimes... Ça nous prendra peut-être du temps pour la retrouver, mais si elle essaye de repartir, nous la coincerons.

Dorey se dit, d'un ton amer : « A ce moment-là elle sera probablement morte. »

— Très bien, inspecteur, reprit-il. Faites de votre mieux. C'est une affaire urgente.

— Nous nous en occupons, répondit O'Halloran en raccrochant.

Janine jeta un coup d'œil interrogatif à Dorey, qui haussa les épaules.

— Vous avez raison, nous arrivons trop tard. Ils n'ont pas d'espoir de la retrouver d'ici cinq jours. (Il se passa la main sur le front.) Qu'est-ce qu'une femme venue du Sénégal peut avoir à vendre d'assez important pour que Radnitz liquide un de nos agents?

— Pourquoi n'envoyez-vous pas un de vos hommes chez Rossland pour fouiller son appartement? Il avait peut-être des dossiers sur ses agents. Nous aurions dû chercher nous-mêmes.

— Si quelqu'un était entré pendant que nous étions là, nous nous serions trouvés dans un foutu pétrin. (Dorey réfléchit un instant, puis saisit le téléphone.) Jack Kerman pourrait s'en charger. (Il composa le numéro et attendit. Une voix ensommeillée demanda qui appelait. Dorey expliqua rapidement ce qu'il voulait.) Priorité absolue. Allez-y et passez l'appartement au peigne fin.

Le type, au bout du fil, était tout à fait réveillé :

— D'accord... On y va, dit-il en raccrochant.

Dorey fit un signe de tête à Janine :

— Il va peut-être trouver quelque chose, dit-il.

— Nous nous y prenons bien tard, dit Janine. L'agent de Rossland est peut-être mort à l'heure qu'il est.

— Je vais faire surveiller l'hôtel de Radnitz par deux de mes hommes. S'ils repèrent ce jeune barbu, nous l'enlèverons et nous le ferons parler comme ils ont fait parler Rossland.

Janine, tout engourdie, se leva.

— Vous voilà enfin en selle, John. Je rentre à la maison. Il me faut mon sommeil de jouvence.

Dorey hésita, puis désigna une porte :

— Vous pouvez prendre la chambre d'amis. Allez-y. Epargnez-vous un voyage.

Janine sourit en hochant la tête.

— Je préfère dormir dans mon lit, même si je n'y dors pas toujours seule. J'aime avoir ma chemise de nuit et ma brosse à dents. Bonsoir!

— Si j'ai des nouvelles, je vous appellerai, dit

Dorey sans se lever. (Il saisissait déjà le téléphone.)

— Mais pas avant dix heures, à moins que ce ne soit urgent, répondit Janine en enfilant son vison.

— Je ne vous appellerai pas du tout, à moins que ce ne soit urgent, confirma Dorey.

Puis, ayant composé son numéro, il se mit à parler dans l'appareil.

Janine quitta l'appartement et regagna sa voiture.

*

Le lendemain matin, peu après onze heures, Girland faisait frire des œufs au bacon et grimaçait de douleur chaque fois qu'il bougeait la tête lorsqu'on frappa à sa porte.

Il jura à mi-voix, baissa le gaz et, touchant sa poche-revolver pour s'assurer qu'il avait bien son arme, il se dirigea à pas de loup vers la porte et regarda par le judas.

Borg, vêtu d'un chapeau et d'un manteau de cuir, se tenait sur le palier. Girland ouvrit.

— Salut, vieux, dit Borg, ses lèvres épaisses s'étirant en un sourire amical. Comment va le cou?

— Il me fait un mal de chien, répondit Girland en s'effaçant pour laisser entrer Borg.

Il remarqua que celui-ci portait une serviette de cuir noire.

— Je vais t'arranger ça, dit Borg qui renifla et haussa ses maigres sourcils. Ça sent bon, ajouta-t-il.

— Tu as faim? J'ai plus qu'il ne m'en faut, dit Girland en refermant la porte.

— Non, merci. J'ai déjà déjeuné, dit Borg en tapant sur sa bedaine. Il faut que je me surveille. On dirait que j'attends des jumeaux : ça pousse. Mais ne te gêne pas pour moi.

— T'en fais pas, dit Girland en revenant à son fourneau.

Il sortit habilement le bacon et les œufs de la poêle et apporta son assiette sur la table. Borg inspectait les lieux.

— C'est chouette, ici. S'il n'y avait pas ce foutu escalier...

— Tu veux du café? demanda Girland qui s'en versait dans une tasse.

— Toujours prêt pour du café, dit Borg en enlevant son chapeau et son manteau.

Il s'assit en face de Girland. Il prit du café noir sans sucre, alluma une cigarette et regarda Girland avaler goulûment son petit déjeuner.

Ils se turent l'un et l'autre jusqu'à ce que Girland ait fini. Puis, avec un soupir de satisfaction, Girland emporta l'assiette sur l'évier. Il alluma une cigarette et revint s'asseoir à la table.

— Tu te souviens de Kid Hogan? demanda Borg. C'était, pendant des années, le meilleur poids-plume. Je parie que tu t'en souviens. J'ai été son manager. Il est tombé dans la mouise quand il n'a plus été champion du monde. Du coup, j'y suis tombé aussi. Ce que je veux dire, c'est que si ta nuque te fait mal, je peux t'arranger ça.

— Vas-y! dit Girland en vidant sa tasse de café.

Borge prit un petit pot dans sa poche.

— Allonge-toi sur le lit. C'est de la graisse d'ours. Ça pue, mais c'est souverain.

Dix minutes plus tard, Girland se redressa, bougea la tête prudemment, puis plus franchement et sauta sur ses pieds.

— C'est merveilleux! dit-il.

Borg sourit et se dirigea vers le lavabo pour se laver les mains :

— Je te disais bien : ça guérit tout. (Il jeta un

coup d'œil dans la direction de la serviette qui se trouvait sur le lit.) J'ai le fric, poursuivit-il. Le patron me l'a donné pour toi, ce matin.

Girland se dirigea vers la serviette, mais Borg, toujours souriant, lui barra la route.

— Une minute, vieux, dit-il. Pas si vite! Il n'y a que sept mille dollars là-dedans. Il faut t'assurer qu'elle sait bien où se trouve Carey avant de lui donner le reste. Compris?

Girland réfléchit à ces conditions et les trouva raisonnables. Cette femme pouvait les mener en bateau.

— C'est bon, dit-il.

Il ouvrit la serviette et compta les billets. Puis il remit l'argent dans la serviette qu'il referma.

— Je suis bien content que tu sois de l'équipe maintenant, dit Borg en reprenant du café. Ça fait trop longtemps qu'elle est dirigée par cette mauviette de Thomas. D'accord, il est malin — il a réussi deux ou trois affaires qui ont fait du foin — mais s'il y a un truc qui me rend dingue, c'est d'être commandé par un gamin.

— Gueule-de-pierre me paraît un peu dangereux, dit Girland en se versant également du café. Ça fait longtemps qu'il travaille avec vous?

— Trop longtemps, répondit Borg en faisant une grimace. C'est un animal, mais il fait bien son boulot. Il nous faut une brute et c'est une brute. Les trucs que peut faire ce type me font vomir rien que d'y penser. Radnitz paie bien, mais t'as vu comment vit ce gars?... Pire qu'un cochon.

— Pourquoi Radnitz a-t-il besoin d'hommes comme vous? demanda Girland d'un ton négligent. Qu'est-ce que vous faites pour lui?

— Oh! des trucs, dit vaguement Borg. (Il termina son café et se leva.) Il faut que je me taille. J'ai rendez-vous avec une blonde qui travaille la nuit et dort le jour. Fais gaffe à ce fric! Adieu!

Girland referma la porte derrière lui, revint à la serviette, l'ouvrit et étala les billets sur le lit. Il n'avait jamais vu autant d'argent d'un coup, mais, comparé aux cinquante mille dollars, ce n'était que de la roupie de sansonnet.

Il regarda les billets un certain temps, puis se remit à les compter. Il mit de côté cinq mille dollars et en glissa deux mille dans la serviette. Il décida d'en donner deux mille à Mme Foucher et de déposer le reste à sa banque. Quand elle lui aurait dit où se trouvait Carey, il prendrait le solde chez Radnitz et le lui remettrait. Comme ça, il était sûr de son bénéfice.

Il alluma une cigarette et réfléchit à la situation. Il avait un léger sentiment de culpabilité. Rossland lui avait confié une mission et l'avait payé pour la mener à bien. Girland savait que l'argent venait de Dorey. Si Radnitz ne s'était pas amené avec sa proposition de cinquante mille dollars, Girland aurait déjà téléphoné à Dorey.

Mal à l'aise, il tournait en rond, puis il se rappela qu'il avait frôlé la mort en traversant les toits pour gagner le cabaret, que Schwartz lui avait presque brisé la nuque et il songea à la somme dérisoire que lui avait donnée Dorey.

« Radnitz a raison, se dit-il. Je suis un petit bonhomme dans un métier mal payé. Voici l'occasion de ma vie. Je serais un imbécile de ne pas suivre Radnitz. Il faut que je lui soutire cinquante mille dollars sans toucher à Carey et en sauvant ma peau. Mais comment m'y prendre? » Il se souvint alors que Mme Foucher avait dit que Carey était malade et n'en avait plus pour longtemps à vivre. « Ce serait une chance si Carey mourait juste après notre rencontre. Je serais alors peinard. Mais pourquoi Radnitz désire-t-il tellement se débarrasser de Carey? » Il fronça les sourcils, puis haussa les épaules. « Ce n'est pas mes oignons. J'ai travaillé pour Dorey pendant des années pour peau de balle. Maintenant, ce que je veux, c'est le gros fric. »

Il s'aperçut, fort irrité, qu'il éprouvait toujours ce sentiment de culpabilité. Jusqu'à présent, il n'avait pas compris quelle mainmise Rossland avait sur sa vie. Il savait qu'il devrait téléphoner à Dorey, mais il savait aussi qu'il ne le ferait pas.

*

Tandis que Girland prenait son petit déjeuner sous l'œil de Borg, Dorey, de son bureau de l'Ambassade, téléphonait à Jack Kerman.

— Pas de chance, lui disait Kerman. Je viens de passer l'appartement au peigne fin, mais il ne gardait pas ses dossiers chez lui... si tant est qu'il en ait eu.

Dorey fit un geste exaspéré de la main :

— C'est bon, Jack, merci. N'en parlons plus.

— Ecoutez, monsieur Dorey. Rossland est en train de se gâter. Est-ce que nous ne devrions pas faire quelque chose?

— Oui, bien sûr. Appelez d'un café le commissariat de police le plus proche et dites-leur qu'il y a un cadavre dans l'appartement de Rossland. Videz les lieux le plus vite possible.

— Entendu, monsieur Dorey, dit Kerman en raccrochant.

Dorey frotta ses yeux rougis de sommeil, puis considéra d'un air dégoûté les dossiers qui s'empilaient sur son bureau. Il se demanda ce que cette Sénégalaise avait à vendre qui ait pu provoquer l'assassinat de Rossland.

Au moment où il saisissait un dossier, le téléphone sonna.

— Ici, l'inspecteur O'Halloran. Nous avons peut-être trouvé une piste, monsieur Dorey. (Sa voix de flic déchirait le tympan de Dorey.) Une Sénégalaise qui répond au signalement que vous m'avez donné se trouvait sur un cargo qui a fait escale à Anvers il y a trois jours. J'ai parlé au commandant du cargo. Il ne sait rien d'elle. Elle est restée dans sa cabine pendant tout le voyage. Selon lui, elle n'avait pas le pied marin et ils ont essuyé des tempêtes. J'ai envoyé un télégramme à Dakar et notre agent au Sénégal a vérifié l'adresse portée sur sa carte d'embarquement. C'est une fausse adresse. Elle a dû louer une voiture pour gagner Paris. Je vérifie.

Dorey avait maintenant l'esprit en éveil.

— Vérifiez auprès des polices frontalières françaises et belges pour voir s'ils se souviennent d'elle, dit-il. Vous avez demandé à Dakar de faire une enquête à son sujet? Si son passeport est valide...

O'Halloran répondit d'un ton légèrement excédé :

— On s'occupe de tout ça. Elle a peut-être voyagé avec un faux passeport. J'ai demandé à la police française de s'en occuper. On est en train de chercher dans les hôtels de Paris. On ne peut pas boucler cette affaire en cinq heures, monsieur Dorey. Je vous ai demandé cinq jours. En tout cas, nous avançons. Je suis prêt à parier que Rosa Arbeau est la femme que vous cherchez.

— Bravo, inspecteur, répondit Dorey. Continuez.

Il raccrocha, réfléchit quelques minutes, puis il jeta un coup d'œil à sa montre. Il était midi moins vingt. Il appela Janine. Au bout d'un certain temps, elle répondit d'une voix peu aimable.

Quand elle se rendit compte qu'elle avait affaire à Dorey, elle expliqua :

— J'étais dans mon bain, John. Quoi de neuf?

— Déjeunons ensemble à une heure, voulez-vous? Il semble que nous ayons avancé. Nous nous retrouvons chez Lasserre?

— Très bien, dit Janine qui raccrocha.

*

A sept heures dix, Girland, la serviette sous le bras, pénétra dans un café bruyant, du côté de l'avenue Mozart. Il se dirigea vers le bar et serra la main du barman.

— J'attends un coup de fil à sept heures, Jean, dit-il. Je serai là, dans le coin.

Jean, grisonnant, corpulent, le visage réjoui, lui fit un clin d'œil :

— Une bonne femme, bien sûr.

— Qu'est-ce que tu crois? répondit Girland en souriant. Pas un singe, non?

Il commanda un scotch nature et emporta son verre à une table du coin où il s'assit. Il jeta un coup d'œil à sa montre, incapable de maîtriser son impatience, puis avala une rasade de whisky.

A sept heures exactement, Jean lui fit signe. Girland n'avait pas entendu la sonnerie du téléphone, noyée par le vacarme du café.

Il se dirigea rapidement vers l'extrémité du bar et prit l'appareil :

— Ici, Girland, dit-il.

— C'est oui ou non? (Il reconnut la voix de Mme Foucher.)

— C'est oui.

Il l'entendit étouffer une exclamation.

— Vous avez l'argent sur vous?

— Une partie.

— Qu'est-ce que vous voulez dire?

— Vous toucherez le reste quand vous m'aurez indiqué où il se trouve.

— Combien m'apportez-vous maintenant?

— Deux mille.

Il y eut un long silence et Girland se demanda, soudain mal à l'aise, s'il s'était trop sucré.

— Très bien, finit-elle par dire. Je me trouverai dans la salle d'attente des premières à la gare Saint-Lazare à huit heures et demie.

Elle raccrocha. Girland en fit autant, adressa un signe au barman, puis gagna le restaurant. Il commanda une entrecôte pommes frites, une salade verte et une carafe de beaujolais.

Peu après huit heures, il régla l'addition et gagna la rue, fort animée. Il eut du mal à trouver un taxi et lorsque celui-ci se gara devant Saint-Lazare, il était huit heures trente et une.

Il se dirigea d'un pas vif vers la salle d'attente des premières et s'arrêta un instant pour regarder par la porte vitrée.

Une femme et un petit enfant étaient assis sur un des bancs. Plus loin, un homme entre deux âges, un colis sale enveloppé de papier d'emballage sur ses genoux, sommeillait. De l'autre côté, une belle Noire, vêtue d'un tailleur sombre, était assise dans un coin. Ses longues jambes minces étaient croisées, comme ses mains. Elle avait l'immobilité et l'irréalité d'une statue d'ébène.

Girland ouvrit la porte et pénétra dans la salle d'attente. Un train vint s'arrêter sur le quai. La femme à l'enfant prit celui-ci par la main et sortit précipitamment.

Girland hésita, puis, au moment où il allait s'asseoir, la femme noire lui fit un léger signe de tête et l'invita à venir la rejoindre. Girland fut sidéré. Il s'attendait à tout, sauf à rencontrer une Africaine. Il se dirigea vers elle et s'assit.

— Madame Foucher? demanda-t-il, sensible au charme sensuel de cette femme.

— Oui. (Il vit les grands yeux noirs humides se braquer sur la serviette qu'il portait.) Vous avez l'argent?

— Deux mille dollars en billets.

— Puis-je voir?

Girland parcourut du regard la salle d'attente; le vieillard sommeillait toujours. Il ouvrit la serviette et la lui tendit. Elle examina son contenu.

— Vous êtes certain qu'il y a bien là deux mille dollars?

— Oui.

— Il me faut le reste.

— Vous l'aurez plus tard.

Elle hésita, puis referma la serviette et la posa sur le banc, de l'autre côté.

— Eh bien, où se trouve-t-il? demanda Girland.

— A Diourbel, à quelques kilomètres de Dakar.

Girland la regarda, les yeux ronds.

— Vous voulez dire qu'il n'est pas à Paris?

— Je n'ai jamais dit qu'il était à Paris. Il est dans la brousse, du côté de Diourbel. Personne ne pourra jamais le trouver.

L'expression de Girland se durcit.

— Et s'il n'y est pas? Si c'est une blague pour gagner facilement de l'argent?

— Je vous conduirai jusqu'à lui.

Girland se frotta la joue, les sourcils froncés.

— Très bien. Et maintenant qui êtes-vous et comment êtes-vous entrée dans cette affaire?

— Je travaille dans une boîte de nuit à Dakar. Je...

— Pas si vite. Comment s'appelle cette boîte de nuit?

— Le « Floride ». C'est la meilleure boîte de nuit de Dakar.

— Bien, continuez.

— Un de mes clients... qui vient souvent à la boîte... m'a demandé si j'aimerais gagner dix mille dollars.

— Comment s'appelle-t-il?

— Je ne sais pas. Je l'appelle Enrico. C'est un Portugais.

— Comment est-il?

— C'est un gros avec une moustache. Il porte une grosse chevalière en or au petit doigt de la main gauche. Il est bien habillé. Il a beaucoup d'argent.

— Poursuivez.

— Il m'a expliqué que je devais me rendre à Paris et téléphoner à M. Dorey au sujet d'un homme. Il m'a dit que M. Dorey me donnerait dix mille dollars.

— Mais alors, vous n'avez jamais vu Robert Henry Carey?

— Si, je l'ai vu. Quand Enrico m'a promis de payer tous les frais, je ne voyais pas ce que j'avais à y perdre. Alors, je lui ai dit que j'irais. Il m'a emmenée dans la brousse où j'ai rencontré cet homme.

Elle ouvrit son sac et en tira une petite photographie qu'elle passa à Girland.

Celui-ci étudia la photographie. C'était un gros plan de Carey et de Mme Foucher. Il reconnut Carey, bien qu'il eût l'air beaucoup plus âgé et beaucoup plus maigre qu'à l'époque où Girland l'avait vu pour la dernière fois. Ça ne faisait pas de doute, c'était Carey. La photographie avait été prise d'en bas avec le ciel pour tout décor.

— Je peux la garder?

— Oui.

Girland glissa la photo dans son portefeuille « Au

moins, se dit-il, voici une preuve capable de convaincre Radnitz. »

— Vous avez parlé avec Carey?

— Oui. Il m'a dit ce que je vous ai dit hier soir.

— Hier soir, vous m'avez dit qu'il était malade.

— Oui, il est malade.

— Qu'est-ce qu'il a?

— Je ne sais pas, dit-elle en haussant les épaules... Une sale maladie. J'ai déjà vu des hommes dans cet état. Je ne crois pas qu'il vivra très longtemps.

— Enrico était avec vous quand vous l'avez rencontré?

— Bien sûr. Il a pris la photographie parce que, disait-il, ce serait la preuve que j'avais rencontré Carey.

— Est-ce que Carey et lui avaient l'air en bons termes?

— J'imagine. Nous ne sommes pas restés longtemps. Enrico m'a dit que je devrais voyager par bateau. Il m'a réservé une cabine sur un cargo et j'ai quitté Dakar trois jours après ma rencontre avec Carey. Je veux prendre l'avion demain. Si vous venez avec moi, je vous mènerai auprès de Carey.

— Je ne peux pas partir demain, dit Girland. Il faut que je demande un visa. Dès que je l'aurai, je vous le dirai et nous partirons.

— Il faut que je parte demain, répéta-t-elle.

— A quelle heure l'avion s'envole-t-il?

— A vingt-deux heures cinquante.

— Je verrai ce que je peux faire. Où est-ce que je peux vous toucher si je n'y arrive pas?

Elle lui donna un numéro de téléphone dans le quartier Odéon et se leva. Il fut étonné de constater qu'elle était aussi grande que lui.

— J'espère vous retrouver dans l'avion, dit-elle. Ah! j'oubliais. Il me faut trois mille dollars de plus avant le départ. Il faudra me les donner à l'aéroport.

— Je les apporterai, dit Girland, espérant réussir à persuader Radnitz de lâcher encore un peu d'argent.

Elle se dirigea vers la porte que Girland ouvrit devant elle. Sans se retourner, elle s'éloigna rapidement en direction de l'entrée du métro.

Girland la regarda partir. « C'est peut-être la dernière fois que je la vois », se dit-il. Si l'argent lui avait appartenu, la voir ainsi partir si tranquillement avec ses billets l'aurait empêché de dormir. Mais l'argent était à Radnitz et Girland avait déjà cinq mille dollars planqués à sa banque. Il pouvait prendre des risques. Si l'affaire tournait en eau de boudin, il aurait du moins été payé.

Il gagna la station de taxis et demanda au chauffeur de le conduire au George V. Le bar de l'hôtel était bondé. Girland s'immobilisa un instant sur le seuil. Puis il aperçut une table libre à proximité, alla s'y asseoir et commanda un whisky au garçon. Il jeta un coup d'œil autour de lui et ne tarda pas à repérer Radnitz dans un coin, à l'autre bout du bar, en compagnie de deux hommes. Ceux-ci étaient d'un certain âge. L'un d'entre eux tenait sur ses genoux une serviette luxueuse. Radnitz parlait et scandait ses phrases de son index épais. Girland alluma une cigarette et sirota son verre. Le milliardaire ne faisait pas mine de le reconnaître. Finalement, les trois hommes se levèrent et quittèrent le bar en poursuivant leur conversation. Au moment où Radnitz arrivait à la hauteur de Girland, il le regarda sans le voir et disparut. Girland vida son verre. De sa place, il apercevait les trois hommes qui bavardaient dans le hall. Ils se serrèrent la main, puis les deux visiteurs prirent congé. Radnitz se dirigea vers la réception et dit un mot à l'employé. Puis il gagna l'ascenseur et Girland le perdit de vue.

Deux minutes plus tard, un groom s'approcha de Girland.

— Voulez-vous monter à l'appartement 127, monsieur? lui dit-il. M. Radnitz vous attend.

Girland opina du bonnet, se leva, régla sa consommation et se dirigea vers le hall. Au lieu d'attendre l'ascenseur, il grimpa l'escalier jusqu'au premier étage. Après s'être assuré qu'il était seul dans le long couloir, il gagna rapidement la porte sur laquelle était inscrit le chiffre : 127. Il s'arrêta, jeta un coup d'œil à droite et à gauche, puis frappa.

La porte s'ouvrit immédiatement et il se trouva en face d'un serviteur japonais en veste blanche et pantalon de soie noire. Girland pénétra dans une petite antichambre. Le Japonais ouvrit une porte et l'introduisit dans une grande pièce, meublée avec élégance. Radnitz, debout près d'une fenêtre, regardait les voitures qui montaient, en rangs serrés, vers les Champs-Elysées.

Le Japonais referma la porte derrière Girland qui attendit.

Radnitz se retourna.

— Ah! monsieur Girland! Venez vous asseoir. Voulez-vous prendre un verre?

— Non, merci.

Girland arrêta son choix sur un fauteuil confortable dans lequel il s'enfonça.

— Un cigare?

— Non, merci.

Radnitz prit un cigare et sortit de sa poche un coupe-cigare en or.

— Quoi de neuf? demanda-t-il. (Il s'assit dans un fauteuil à côté de Girland, coupa son cigare, l'examina, puis jeta un coup d'œil à Girland.) Vous avez rencontré Mme Foucher?

— Je l'ai rencontrée, dit Girland qui lui raconta brièvement l'entrevue.

Radnitz écoutait. Lorsque Girland lui tendit la photographie de Carey et de Mme Foucher, il la prit et l'examina longuement.

— Oui, c'est bien Carey, dit-il finalement en déposant la photographie sur une table à côté de lui. Vous avez très bien travaillé monsieur Girland. Je suis satisfait de vous.

Girland ne répondit rien.

— Vous allez, bien entendu, partir avec cette femme, demain soir. (Radnitz s'interrompit pour exhaler un filet de fumée odorante entre ses lèvres minces.) Je ferai en sorte que vous ayez un visa. (Il observa une pause.) Ma foi, monsieur Girland, reprit-il, c'est maintenant que vous allez commencer à gagner les cinquante mille dollars que je vous ai promis. Vous ne devez pas oublier que Carey doit penser que vous représentez Dorey. Vous devez éviter qu'il soupçonne le contraire. Quand vous le rencontrerez, essayez de découvrir ce qu'il a à vendre. Je crois qu'il a mis la main sur quelque chose de très important. Quels qu'ils soient, ces documents doivent me parvenir, à moi, et non pas à Dorey. C'est compris?

— Oui.

— Lorsque vous vous serez assuré que Carey vous a tout dit, poursuivit Radnitz, et qu'il vous a remis ce qu'il a emporté de Russie, vous le tuerez. (Il se leva, se dirigea vers son bureau, ouvrit un tiroir et en tira une petite boîte. Il y prit une lourde chevalière en or.) Voyons si ce bijou vous va, monsieur Girland, dit-il en tendant la bague à Girland.

Girland réussit à passer la chevalière au médius de sa main droite. Radnitz qui l'observait approuva, puis tendit la main pour reprendre la bague. Girland la lui remit.

— Cette bague, monsieur Girland, a une certaine utilité. Approchez-vous. Je vais vous montrer comment elle fonctionne.

Girland se leva et vint auprès de Radnitz.

— Cette petite plaque qui porte les initiales coulisse comme ceci, expliqua Radnitz. (Il poussa le rebord de la bague et la surface plate glissa sans difficultés. Dans la minuscule cavité dissimulée sous le plateau se trouvait une sorte de crin épais qui dépassait du niveau de la plaque.) Lorsque vous prendrez congé de Carey, vous lui serrerez bien entendu la main, poursuivit Radinitz. Vous porterez cette bague à l'envers, c'est-à-dire que le sceau se trouvera du côté de votre paume. Ce petit crin, que vous voyez, et qui dépasse de la bague entrera en contact avec la main de Carey. Ça suffira. Une heure après votre poignée de main, Carey sera mort. Comme il est déjà malade, je doute qu'on s'étonne beaucoup de son décès. Même s'il devait y avoir autopsie, le poison qui se trouve sur ce crin est si rare qu'aucun médecin ne pourrait l'identifier. Vous voyez que je vous facilite les choses. (Il repoussa le plateau de la bague et lança celle-ci à Girland qui l'attrapa, la considéra et la glissa à son doigt.) Avez-vous l'habitude. monsieur Girland, de vous déguiser? demanda Radnitz à Girland qui se rasseyait.

— Assez souvent. Pourquoi?

— Nous ne devons pas sous-estimer Dorey. Il ne fait pas de doute qu'il s'est rendu à ce cabaret et qu'après avoir interrogé le personnel, il possède maintenant un bon signalement de vous et de Mme Foucher. Nous ne pouvons rien faire pour Mme Foucher. S'ils surveillent l'aéroport, il est probable qu'ils l'arrêteront. C'est un risque que nous devons courir. Mais il importe qu'ils ne vous arrêtent pas. (Radnitz fit tomber la cendre de son cigare.)

J'ai la liste des passagers. Il y a parmi eux cinq hommes d'affaires américains. Vous serez le sixième. Demain matin, Borg vous apportera un passeport. Vous voyagerez sous le nom de John Gildchrist. Vous vous rendez à Dakar pour étudier la possibilité de construire une usine concurrente de Schweppes déjà installée dans la banlieue de Dakar. Vous ne devez pas négliger le fait que les Russes sont également à la recherche de Carey. Leurs agents se trouvent presque certainement à Dakar. Vous leur serez suspect, dès votre arrivée, tout comme les cinq autres hommes d'affaires. Vous descendrez à l'hôtel N'Gor où vous passerez deux journées avant d'essayer de rencontrer Carey. Laissez les documents que je vous fournirai dans votre chambre d'hôtel, de manière à satisfaire leur curiosité, puis, au bout de deux jours, mais pas avant, vous irez voir Carey. C'est compris?

— Mais si Mme Foucher se fait arrêter à l'aéroport?

Radnitz haussa ses lourdes épaules :

— Ce n'est pas votre problème. Vous prendrez l'avion sans elle. Il vous faudra un petit peu plus longtemps pour retrouver Carey, mais vous avez deux pistes importantes : le « Floride » et ce Portugais. Il doit savoir où se trouve Carey. Si Mme Foucher ne peut pas vous aider, vous devez compter sur cet homme.

— Mais si Mme Foucher est arrêtée et se rend compte que je ne travaille pas pour Dorey, elle va parler.

— Cela non plus n'est pas de votre ressort. Nous nous en occuperons. (Radnitz se leva.) Il est fort possible qu'elle ne soit pas arrêtée. Vous ne rentrerez pas chez vous. Il se peut que Dorey connaisse maintenant votre identité. J'ai fait réserver une chambre pour vous au nom de John Gildchrist à l'hôtel California.

C'est là que je loge les hommes d'affaires américains. Vous n'aurez pas de fiche à remplir. Allez-y maintenant et restez dans votre chambre jusqu'à ce que Borg vienne vous y retrouver demain à dix heures. Il vous apportera tout ce qui vous sera nécessaire pour ce voyage.

— Mme Foucher exige trois mille dollars de plus, dit Girland. Elle a beaucoup insisté là-dessus.

Radnitz l'observa.

— Vous continuez à grandir, monsieur Girland?

— Je ne demande rien pour moi, rétorqua Girland. C'est pour elle.

— Fort bien. Je vais m'en occuper, répondit Radnitz. Bonne chance, monsieur Girland! Lorsque nous nous reverrons, j'espère que vous pourrez m'annoncer que Carey est mort.

Girland lui souhaita bonne nuit et considéra un instant Radnitz. Puis il fit demi-tour et sortit de la pièce.

Radnitz demeura immobile. Il fumait son cigare lorsque le serviteur japonais entra et lui confirma que Girland avait quitté l'hôtel.

— Je voudrais parler à Schwartz, dit Radnitz. Va me le chercher.

Le Japonais s'inclina et quitta la pièce.

# CHAPITRE V

L'inspecteur O'Halloran était un homme de trente-huit ans, grand, solidement charpenté. Il avait un visage rougeaud, un nez informe de boxeur, le regard et la bouche d'un flic rusé et brutal.

Il entra dans le bureau de Dorey peu après huit heures, referma la porte, enleva son képi et attendit qu'on l'invite à s'asseoir.

Dorey repoussa un dossier sur lequel il travaillait.

— Bonjour, inspecteur! dit-il. Asseyez-vous. Quoi de neuf?

— Nous avons failli la retrouver, il y a une demi-heure, dit O'Halloran en s'installant dans le grand fauteuil de cuir, en face de Dorey. Elle est descendue à l'hôtel Astor, il y a trois jours, sous le nom de Mme Foucher, en provenance de Dakar. Elle a quitté l'hôtel cet après-midi à six heures. Je suis à peu près certain que c'est la femme que vous recherchez. Elle est seule, cela, nous en sommes sûrs. Elle a probablement changé d'hôtel. Nous poursuivons nos recherches; tous les hôtels sont alertés.

— Aucune nouvelle de ce jeune homme barbu?

— On ne l'a pas vu aux alentours du George V. J'ai posté deux de mes hommes à proximité. Jusqu'à présent, il ne s'est pas montré.

— Radnitz a eu des visiteurs intéressants?

— Des masses, répondit O'Halloran en haussant les épaules. Certains nous sont connus, les autres non.

Dorey fit passer son coupe-papier de la gauche à la droite de son buvard.

— J'essaye de retrouver la trace d'un Américain, dit-il enfin. Cet homme a peut-être quelque rapport avec notre affaire, inspecteur. J'ai son signalement. (Il prit dans le tiroir de son bureau une feuille de papier qu'il tendit à O'Halloran.) Avez-vous une idée comment le retrouver?

O'Halloran étudia le signalement, puis considéra Dorey avec une nuance interrogative dans ses yeux bleus.

— Qu'est-ce qui vous fait penser que cet Américain pourrait nous aider?

Dorey se frotta le bout du nez et évita le regard scrutateur de O'Halloran. Il était dangereux de communiquer trop de détails à son interlocuteur avant d'avoir parlé avec cette Sénégalaise.

— Je ne peux pas vous le dire, inspecteur. En tout cas, pas pour l'instant. Mais il importe que nous retrouvions cet homme.

— Qui vous a fourni ce signalement?

— Un certain Husson. C'est le gérant du cabaret « Allô, Paris. »

— Je connais cette boîte, répondit O'Halloran, l'air intéressé. Elle est interdite à nos militaires. Nous avons eu des histoires autrefois avec Husson. Vous voulez que j'aille lui dire un mot?

— Nous voulons simplement retrouver cet homme, inspecteur.

— Il habite Paris?

— Oui.

— Tous les Américains de Paris ont un dossier

muni d'une photographie à la Préfecture de police. Voulez-vous que j'y mène Husson? Il pourrait peut-être le reconnaître.

Dorey sentit le rouge lui monter au front. Il était furieux de ne pas avoir pensé à cette solution si simple lorsque Husson lui avait communiqué le signalement de Girland.

— Je vous en serais très reconnaissant, inspecteur. Quand pourriez-vous vous en occuper?

— Pourquoi pas maintenant? (Il jeta un coup d'œil à sa montre). Non, la boîte n'ouvre pas avant dix heures. J'y enverrai deux de mes gars à dix heures pile. Ils embarqueront Husson, l'emmèneront à la Préfecture et nous saurons l'identité de ce garçon en moins de deux heures.

— Entre temps, vous continuez à rechercher cette femme?

— Nous continuerons à la rechercher jusqu'à ce que nous la trouvions.

— Si vous découvrez l'identité de cet Américain, téléphonez-moi chez moi, quelle que soit l'heure.

— Je n'y manquerai pas, répondit O'Halloran qui, après avoir salué, quitta le bureau.

Dorey demeura immobile quelques instants, réfléchit, puis saisit le téléphone et appela Janine.

— Le filet se resserre, lui dit-il. O'Halloran a failli retrouver cette femme ce soir. Il s'occupe maintenant d'identifier le type de Rossland. Je pense que vers minuit nous saurons qui il est.

— Ou qui il était, répondit Janine. Ecoutez, John, je suis pressée. Je prends demain l'avion de vingt-deux heures cinquante pour Dakar et j'ai beaucoup à faire.

Dorey se raidit.

— Vous... Comment?

— Je vais à Dakar.

— Je ne vous y ai pas autorisée. Vous ne pouvez pas filer comme ça, sans mon accord. C'est un voyage coûteux et je ne vois vraiment pas pourquoi vous iriez là-bas.

— Je pars et c'est moi qui paye, répondit fermement Janine. Je serai plus utile là-bas qu'ici. Je pense que l'agent de Rossland est mort à l'heure qu'il est. Vous pourriez téléphoner à l'ambassade américaine de Dakar et les prévenir que j'arrive. J'aurai peut-être besoin d'aide.

Dorey réfléchit quelques instants. Assuré que ce voyage n'allait rien coûter au bureau, il se dit que ce n'était pas une mauvaise idée d'avoir Janine sur le terrain.

— Très bien, dit-il. Vous trouverez peut-être une piste. Il vous faudra un visa.

— Je m'en suis occupée, dit-elle sèchement. Si je découvre quelque chose d'important, je vous téléphonerai. Adieu, John, dit-elle et elle raccrocha.

Dorey rentra chez lui peu après dix heures. Il s'assit à son bureau et se mit à travailler sur les dossiers qu'il avait apportés de l'Ambassade. Vers minuit, il débarrassa son bureau, rangea ses papiers et alla s'asseoir dans l'un de ses énormes fauteuils. Il ne quittait guère sa montre des yeux. Il attendait toujours lorsque la sonnerie du téléphone retentit. Il était une heure moins dix. Il se leva et décrocha.

— Nous avons identifié votre homme, lui dit O'Halloran. Il s'appelle Mark Girland. Il habite un studio rue des Suisses. Il se dit journaliste indépendant. Si je vous appelle si tard, c'est que nous sommes allés chez lui avec deux de mes hommes pour passer la pièce au peigne fin. Il n'y a aucun doute, c'est un agent. Il possède tout l'équipement du métier. Il était absent, bien entendu. La concierge m'a expliqué qu'il avait quitté l'immeuble vers six heures et demie. Il peut encore rentrer. Voulez-vous que je vous l'amène au bureau si nous l'attrapons?

— Oui. Je veux lui parler. Que personne d'autre ne le questionne. Il peut nous donner du fil à retordre et je dois prendre toutes les responsabilités.

— S'il revient, je vous appelle.

— Il a peut-être décidé de se rendre à Dakar avec cette femme. Vous surveillez l'aéroport?

— Nous ne faisons que cela, répondit O'Halloran en raccrochant.

*

Le lendemain matin, peu après dix heures, on frappa à la porte de la chambre d'hôtel où Girland avait passé la nuit.

Il venait d'avaler un petit déjeuner copieux et lisait le *New York Herald Tribune.* Il se leva silencieusement et prit son 45 automatique qui se trouvait sur la table.

— Qui est-ce? demanda-t-il.

— Moi et un copain.

Dès que Girland eut reconnu la voix de Borg, il dissimula le pistolet sous le journal, traversa la pièce et ouvrit.

Borg entra, suivit d'un homme mince, entre deux âges, couronné d'une masse de cheveux blancs. Girland referma la porte à clé tandis que Borg et son compagnon se débarrassaient de leur manteau.

— Je te présente Charlie, dit Borg en désignant l'autre du pouce. Il va t'arranger la figure. (Il sourit.) C'est un as, Charlie. Ta propre mère ne te reconnaîtrait pas lorsqu'il aura fini.

Charlie avait ouvert une valise qu'il avait apportée avec lui et, tout en chantonnant, il se mit à en sortir des boîtes, des flacons, une paire de ciseaux, un peigne et une serviette de coiffeur.

— S'il vous plaît, monsieur, dit-il à Girland. Voudriez-vous vous asseoir ici?

Girland s'assit et Charlie lui noua la serviette autour du cou. Borg s'installa dans le seul fauteuil de la pièce, alluma une cigarette et croisa les jambes.

— Tu as trouvé cette valise que j'ai déposée à l'hôtel, hier soir?

— Oui, répondit Girland.

Il avait été surpris de découvrir un luxueux bagage d'avion dans la pièce où l'avait introduit le groom. Dès que celui-ci avait refermé la porte, Girland avait ouvert la valise qui contenait trois complets tropicaux d'excellente qualité, des chemises, des pyjamas, des mouchoirs, des vêtements de sport, une robe de chambre, des pantoufles, un assortiment de belles cravates, un nécessaire de toilette, un imperméable léger, des lunettes fumées et un portefeuille usagé mais d'excellente qualité, décoré des initiales J. G. en lettres d'or et bourré de billets sénégalais. Une fois de plus, il avait dû admirer la précision de Radnitz et lui rendre hommage.

— C'est une valise à double fond, lui expliqua Borg. Tu y trouveras tout ce qu'il faut en cas de malheur. Je te montrerai comment ça fonctionne quand Charlie en aura fini avec toi.

Cependant, Charlie était occupé à couper les cheveux de Girland en brosse. Il emmena ensuite Girland dans la salle de bains pour le décolorer. Girland perdait la notion du temps. De temps à autre, Borg le contemplait, s'exclamait « mince alors! » et se replongeait dans la lecture du *Tribune*. Deux heures et demie plus tard, Charlie s'éloigna de quelques pas et se déclara satisfait.

De la valise, il tira un complet de tweed bien

coupé, une chemise blanche qui portait les initiales J.G. brodées sur la poche, une paire de luxueuses chaussures sport et il invita Girland à se changer.

Cinq minutes plus tard, Girland s'étant exécuté reçut un étui à cigarettes en or qui portait également les initiales J.G., un briquet en or, un mouchoir avec son monogramme, quelques billets de banque français; il logea le tout dans ses poches. Le détail le plus soigné consistait en une carte du « Diner Club » au nom de John Gildchrist que Borg lui tendit avec un large sourire.

— Eh bien, monsieur Gildchrist, allez vous regarder dans la glace, lui dit Borg en lui indiquant le grand miroir qui se trouvait à l'autre bout de la pièce.

Girland s'approcha de la glace pour s'y contempler. Il aperçut un grand homme blond, les cheveux taillés en brosse à l'américaine, dont le regard étonné le considérait avec curiosité. Les rides de son visage maigre étaient estompées par l'action de petites ventouses en caoutchouc logées à l'intérieur de ses joues. Une fine moustache fixée poil par poil, lui donnait l'aspect d'un homme du monde un peu roué et son teint, au lieu d'être jauni par trop de nuit blanches, était bien bronzé. Charlie n'avait pas oublié les mains qui s'harmonisaient avec le visage. Cette métamorphose était si étonnante que Girland ne pouvait en croire ses yeux : il dut lever les bras et gesticuler devant la glace pour se convaincre.

Charlie remballa rapidement son attirail, adressa à Girland un signe de tête satisfait et quitta la pièce.

— Formidable, hein? dit Borg. Je te l'avais bien dit : même ta mère ne te reconnaîtrait pas.

— Je ne me reconnais pas moi-même, dit Girland en se détournant de la glace. Mais est-ce que ça va tenir? Cette moustache... et mes cheveux vont repousser bruns.

— Ça tiendra assez longtemps. Tu pourras toujours retoucher tes cheveux s'il le faut. La moustache ne craint pas l'eau. Tu peux laisser pousser la tienne par la suite. Quant au hâle, il sera remplacé par un véritable bronzage dès que tu seras exposé au soleil d'Afrique.

— Tu dois avoir raison, dit Girland en glissant dans sa poche le portefeuille qu'il avait laissé sur la table.

Borg se dirigea vers la valise et montra à Girland comment fonctionnait le double fond. Il y découvrit un 38 automatique, un couteau à cran d'arrêt, un petit flacon contenant un certain nombre de cachets qui, commenta Borg, étaient des somnifères sans saveur particulière.

— Tu peux même, expliqua-t-il, les mettre dans un verre d'eau; ils se dissolvent immédiatement et ta victime ne se réveille pas avant au moins six heures.

L'arsenal comportait également une matraque impressionnante et une boîte contenant une centaine de balles.

— Et voilà! conclut Borg. S'il te manque quoi que ce soit, tu n'as qu'à me le dire et je te l'apporterai. On m'a donné l'ordre de te traiter luxueusement.

Girland hocha la tête.

— Je ne vois pas ce qu'on pourrait désirer d'autre, dit-il.

Borg prit une grosse serviette qu'il avait apportée.

— Tu ferais bien de passer la journée à potasser ces documents. Tu représentes l' « Orangeolo Corporation » de Floride. Voici tous les papiers. Tu te rends à Dakar pour y déterminer la rentabilité d'une usine. Tu dois connaître par cœur le nom des directeurs, des représentants, et toute l'histoire de cette compagnie. C'est une boîte de Radnitz et si quelqu'un entreprend des vérifications, on ne te laissera pas tomber. (Il jeta un coup d'œil à sa montre.) Voici l'heure du déjeuner. Je vais régler ta note d'hôtel et emporter ta valise à l'aérogare. Tu ferais bien de quitter les lieux maintenant. Descends par l'escalier. Personne ne te reconnaîtra. Prends la serviette... tu y trouveras cinq mille dollars en gros billets... et va dans un endroit où tu pourras étudier tous ces documents. (Il adressa un large sourire à Girland.) Eh bien, au revoir et bonne chance!

Girland opina du bonnet, prit la serviette et, après avoir serré la main de Borg, il quitta sa chambre et descendit rapidement l'escalier.

Une fois éloigné de l'hôtel, il entra dans un café et appela Mme Foucher au numéro de téléphone qu'elle lui avait donné. Il lui confirma qu'il se trouverait dans l'avion, le soir même.

— J'ai votre argent, poursuivit-il. Je ne sais pas ce que vous allez en faire. Vous feriez mieux de ne pas passer la douane avec.

— Je suis à l'hôtel Palace, répondit-elle. Voulez-vous me l'apporter? Vous le donnerez au portier qui me le remettra.

— J'arrive dans une demi-heure. Je vous le répète : N'essayez pas de passer la douane avec une pareille somme.

— Je me débrouillerai, dit-elle avec une nuance d'impatience. Apportez cet argent à mon hôtel.

*

A vingt heures trente, Girland arriva en taxi à l'aérogare. Il se dirigea d'un pas vif vers le car qui devait l'emmener à l'aéroport.

Il remarqua Borg, assis sur un banc, la valise de Girland à ses pieds. Il ralentit lorsqu'il vit Borg se lever et s'en aller. Sans hésiter, Girland prit la valise et poursuivit son chemin en direction du car.

A l'aéroport, il enregistra sa valise, prit sa carte d'embarquement et rejoignit les voyageurs qui faisaient la queue pour passer le contrôle de police. Devant lui se trouvait une femme élégante. Lorsqu'elle tendit son passeport français à l'officier de police, Girland lut : Janine Daulnay. Il admira sa taille fine et ses longues jambes sveltes. Quand elle eut franchi le contrôle, ce fut à son tour de tendre son faux passeport. Un homme corpulent se tenait derrière l'officier de police. A la coupe de ses cheveux et au mouvement régulier de ses mâchoires qui mastiquaient du chewing-gum, Girland reconnut un Américain. Ce devait être un des agents de Dorey.

Le policier et l'Américain regardèrent fixement Girland qui les considéra d'un air indifférent. Le policier examina le passeport, puis le tendit à l'Américain qui l'étudia également.

— Pour quelle raison vous rendez-vous à Dakar, monsieur? demanda le policier, tandis que l'Américain lui rendait son passeport.

— Pour affaires, dit Girland.

— Qu'elles affaires?

Girland ouvrit sa serviette gonflée et en tira une carte imprimée et une lettre.

Le policier et l'Américain épluchèrent la carte et lurent la lettre qui, expédiée par la compagnie Orangeolo de Floride, demandait à John Gildchrist d'étudier la possibilité de trouver à Dakar un site où installer une succursale.

Le policier se retourna vers l'Américain qui notait dans son carnet l'adresse de la compagnie. Ce dernier fit un signe de tête, le policier tamponna le passeport de Girland et lui fit signe de passer.

Girland pénétra dans le local où les douaniers vérifiaient les bagages. Il jeta un coup d'œil par-dessus son épaule. Mme Foucher venait d'arriver. Elle portait un grand sac et, sous le bras, la serviette que Girland lui avait apportée.

Girland fit la grimace. Elle devait être folle pour essayer de passer la douane avec tout cet argent. Avant qu'elle eût atteint le guichet de la police, trois hommes, un inspecteur de police français, les deux autres manifestement des policiers américains en civil, s'approchèrent d'elle et l'entourèrent.

Girland, les mains moites, observa la scène. Il vit Mme Foucher protester. Des gens se retournaient. Les trois hommes l'entraînèrent très vite vers le bureau de la Sûreté.

Personne ne remarqua Schwartz, assis tout seul sur un banc, la main dans la poche de son imperméable, une cigarette collée à ses lèvres minces. La veille, Radnitz lui avait donné des ordres.

— Si cette femme est arrêtée à l'aéroport, elle ne doit pas parler. C'est compris? avait dit Radnitz. Prends tous les risques. Elle ne doit pas parler.

Mme Foucher et les trois policiers se dirigeaient vers lui. Un des Américains suivait. L'inspecteur français et l'autre Américain l'encadraient. La terreur se lisait dans ses grands yeux noirs et ses lèvres tremblaient.

L'index de Schwartz se crispa sur la détente de son arme. Il avait confiance dans son silencieux. De plus, le bruit du Boeing qui faisait chauffer ses moteurs couvrirait la détonation.

Il releva l'arme à l'intérieur de sa poche. C'était un tir difficile, puisqu'il devait être mortel, mais Schwartz avait l'habitude des tirs difficiles. Il pressa sur la détente et sentit le pistolet tressauter dans sa main. Il entendit un son assourdi : les gaz demeuraient prisonniers du silencieux. Il vit Mme Foucher tituber, puis basculer en avant tandis que l'inspecteur français faisait un geste vain pour la rattraper.

Schwartz sortit négligemment la main de sa poche et ouvrit un journal qu'il tenait sur ses genoux. Au moment où il l'ouvrait, il fit semblant de s'intéresser à ce qui venait d'arriver. Une foule de gens entourait déjà les trois policiers et la Sénégalaise.

Girland observa la scène à travers la cloison vitrée, puis le douanier arriva et lui demanda s'il avait quelque chose à déclarer.

— Non... rien, dit Girland, qui éprouvait une sensation glaciale au creux de l'estomac.

— Voudriez-vous ouvrir votre serviette, monsieur?

Girland obéit.

Le douanier vérifia rapidement mais consciencieusement le contenu de la serviette. Pendant qu'il était ainsi occupé, Girland regarda à nouveau de l'autre côté de la cloison vitrée. Il aperçut Schwartz, à l'extérieur du cercle des curieux, regardant par-dessus les têtes. Girland comprit immédiatement ce qui s'était passé. Il était certain que Schwartz avait tué cette femme sur l'ordre de Radnitz.

— Merci, monsieur, dit le douanier en traçant une croix à la craie sur la serviette de Girland. A droite et tout droit.

Girland prit sa serviette et se dirigea vers la salle d'attente où une trentaine de voyageurs étaient déjà assemblés.

Lorsque des policiers entreprirent de disperser les badauds, Schwartz se détourna, sortit de l'aéroport et rejoignit Borg qui l'attendait dans la Citroën noire. Il y grimpa, et Borg, le visage luisant de sueur, gagna prudemment et sans hâte l'autoroute.

Les policiers emportèrent rapidement le cadavre de Mme Foucher dans le bureau de la Sûreté et refermèrent la porte au nez des curieux. L'un des agents américains téléphona à l'inspecteur O'Halloran, tandis que l'autre examinait la Sénégalaise. Il se redressa et poussa un juron :

— Tuée sur le coup, dit-il. (Il se tourna vers l'inspecteur français.) L'assassin est dans les parages. Demandez à vos hommes de fouiller tout le monde. Il savait bien que c'était inutile : l'assassin s'était déjà éclipsé.

*

John Dorey était sur le point d'aller se coucher lorsque la sonnette de sa porte d'entrée retentit. Il jeta un coup d'œil à sa montre : il était minuit moins vingt. Il fronça les sourcils, s'approcha de la porte et ouvrit le judas. Il aperçut l'inspecteur O'Halloran qui attendait sur le palier, ouvrit le verrou et la porte.

— Entrez, inspecteur, dit-il en s'effaçant.

Il se rendit compte, d'après l'expression maussade de O'Halloran, que celui-ci était porteur de mauvaises nouvelles.

L'inspecteur commença par s'installer dans l'un des gros fauteuils confortables et alluma une cigarette.

— La Sénégalaise à qui vous vouliez parler, monsieur Dorey, est morte, dit-il enfin. Elle a été descendue au moment où nous l'arrêtions.

Dorey le regardait fixement. Son visage sembla s'amenuiser; ses yeux, derrière les verres épais de ses lunettes, s'assombrirent.

Il se dirigea lentement vers son bureau et s'y assit :

— Qui l'a tuée? demanda-t-il.

— Je ne sais pas. Nous l'avons repérée au moment où elle allait passer au contrôle. L'inspecteur

Delrieu s'est approché d'elle et lui a demandé de le suivre au bureau de la Sûreté. Elle a eu très peur, mais elle a suivi. Elle n'a fait que quelques pas et soudain elle s'est effondrée : tout d'abord mes hommes ont cru qu'elle s'était évanouie; ils l'ont transportée dans le bureau et dès qu'ils l'ont examinée, ils se sont aperçus qu'elle avait été tuée d'une balle. L'arme était évidemment munie d'un silencieux. De plus, un Boeing essayait ses moteurs; personne n'a entendu la détonation ni vu l'assassin.

Dorey se frotta les tempes du bout des doigts.

O'Halloran ouvrit une serviette qu'il avait apportée.

— Voici sa serviette. Elle contient sept mille dollars et un passeport au nom de Rosa Arbeau. J'ai demandé à la police de Dakar de vérifier le passeport.

Dorey prit la serviette et examina les dollars.

— Est-ce qu'ils peuvent nous mettre sur une piste?

— Non.

— On a retrouvé Girland?

— Pas encore. Il n'était certainement pas dans l'avion qui s'est envolé ce soir pour Dakar. Nous avons vérifié l'identité de chaque passager. Mes hommes attendent sur place et nous avons alerté toutes les compagnies en liaison avec Dakar.

Dorey ne fut pas étonné. Il était maintenant convaincu que Girland avait subi le même sort que Rossland.

— Nous n'avons guère de chance, n'est-ce pas, inspecteur. dit-il. Ma foi, restons-en là pour ce soir. Je vais garder ceci, dit-il en désignant la serviette. Aucune trace de ce jeune homme barbu? C'est désormais notre dernier espoir.

— Aucune. Mes hommes surveillent toujours l'hôtel. Il pourrait arriver, bien entendu, à n'importe quelle heure, et dans ce cas, nous l'arrêterons.

Quand il fut parti, Dorey demeura à son bureau quelques minutes, plongé dans ses réflexions. Il était heureux maintenant que Janine ait eu la bonne idée de partir pour Dakar. Il faudrait lui envoyer un télégramme chiffré pour lui annoncer la mort de la Sénégalaise. Dorey avait l'impression que le théâtre des opérations, c'était désormais le Sénégal. Soudain, il décida d'envoyer Jack Kerman à Dakar, au cas où Janine aurait besoin d'aide. Kerman était un excellent agent. Dorey regrettait de ne pas l'avoir dépêché à la place de Rossland au-devant de Mme Foucher.

Il prit le téléphone et, quelques instants plus tard, il lui disait :

— Je voudrais vous voir, Kerman. C'est urgent.

— D'accord, j'arrive, répondit son interlocuteur.

Vingt minutes plus tard, il était assis dans le fauteuil récemment occupé par O'Halloran et écoutait les explications de Dorey.

Kerman était un petit homme nerveux de trente-trois ans, aux cheveux bruns coupés en brosse, les yeux vifs, l'air gai et plaisant. Il gagnait tranquillement sa vie en co-dirigeant un garage, ce qui lui laissait le temps de travailler pour Dorey quand celui-ci avait besoin de lui.

Dorey lui expliqua ce qui s'était passé sans omettre aucun détail.

— Je n'ai plus la situation bien en main, conclut-il. A vrai dire, Kerman, j'aurais dû transmettre le rapport d'O'Halloran à Warley. Il est évident que cette femme avait à vendre des renseignements précieux que Radnitz est décidé à étouffer. Vous savez ce que je pense de Radnitz. J'ai toujours eu envie de le coincer. Dès le début, j'aurais dû en parler à Warley, je le sais, mais Warley étant ce qu'il est et moi étant ce que je suis, je ne l'ai pas fait. Maintenant que je suis certain que Radnitz est mêlé à cette affaire, j'ai encore moins envie de mettre Warley dans le coup. Si j'arrive à coffrer Radnitz, j'aurai réussi là où tout le monde s'est cassé le nez. Vous pigez?

Kerman approuva de la tête.

— Comptez sur moi, monsieur Dorey. Dites-moi ce que vous voulez faire, je suis à vos ordres.

— Janine Daulnay est déjà en route pour Dakar. Elle a la tête sur les épaules et elle réussira peut-être à trouver une piste là-bas. Je voudrais que vous preniez l'avion de demain pour la rejoindre. En vous y mettant tous les deux, vous arriverez peut-être à découvrir ce que cette femme avait à vendre et les raisons pour lesquelles Radnitz s'intéresse à cette affaire.

Kerman se mordilla le pouce et considéra Dorey.

— Tout cela va coûter cher, fit-il remarquer. Si ça doit rester officieux. Où allons-nous trouver l'argent?

Dorey prit la serviette sur son bureau.

— Nous avons là-dedans sept mille dollars, Kerman. C'est la serviette de Mme Foucher. Je suis convaincu que cet argent vient de Radnitz. Ce ne serait que justice si nous l'utilisions pour le coffrer. Prenez ce fric, je m'occuperai de votre visa. Soyez à mon bureau demain matin à neuf heures avec votre passeport et des photographies. Tout sera prêt.

— Très bien, dit Kerman. Vous êtes bien sûr que vous ne voulez pas en parler à Warley?

— Ne vous occupez pas de Warley, répondit sèchement Dorey. Faites ce que je vous dis.

— Ce Girland, j'ai entendu parler de lui sans jamais le rencontrer. Vous croyez qu'il va essayer de gagner Dakar?

— Je crois qu'il est mort. La dernière fois que

j'ai entendu parler de lui, il était aux mains des sbires de Radnitz. Ils l'ont sans doute traité comme ils ont traité Rossland.

Kerman considéra le bout de ses ongles.

— Radnitz l'a peut-être acheté. Vous y avez pensé?

Dorey eut l'air interloqué :

— Qu'est-ce que vous voulez dire... l'acheter?

— Regardons les choses en face, reprit Kerman. Vous ne payez pas tellement bien, monsieur Dorey. N'allez pas croire que je me plains, ce n'est pas le cas. Mais Radnitz est riche comme Crésus. Girland aurait pu trouver son compte à changer de camp.

Dorey réfléchit, puis hocha la tête.

— Radnitz a sa propre organisation. Pourquoi irait-il gaspiller de l'argent sur un type comme Girland? C'est beaucoup plus simple de le liquider. Girland est mort, j'en suis sûr.

Kerman se leva.

— Eh bien, d'accord, à demain dans votre bureau à neuf heures.

*

De l'aéroport, Borg gagna son appartement, rue Louise-Michel. Ni lui ni Schwartz n'échangèrent un mot durant le trajet. Borg gara la Citroën devant son immeuble et les deux hommes prirent l'ascenseur qui les déposa au quatrième étage. Borg ouvrit la porte et pénétra dans une grande pièce aérée, meublée de fauteuils et d'une table. Une grande glace était disposée sur le manteau de la cheminée. Sur les murs étaient accrochées des photographies de filles nues qu'il avait achetées dans une boutique pour touristes de la rive gauche.

Thomas, assis dans l'un des fauteuils, feuilletait nerveusement un numéro de *Lui*. Il habitait chez

Borg depuis deux jours, et Radnitz lui avait interdit de descendre dans la rue.

— Alors? demanda-t-il à Schwartz.

Schwartz ricana et lui montra un petit trou dans la poche de son imperméable.

— Elle est morte?

— Je ne commets jamais d'erreur, mignon, répondit Schwartz en s'asseyant.

Borg alla prendre dans le réfrigérateur de la cuisine deux bouteilles de bière. Il versa de la bière dans des verres, en donna un à Schwartz et but l'autre.

Thomas considéra d'un air gêné les deux hommes et se remit à feuilleter son magazine.

Schwartz alluma une cigarette et, se renversant dans son fauteuil, ferma les yeux. Borg remplit à nouveau son verre et alla à la fenêtre pour regarder dans la rue.

Dix minutes plus tard, on sonna. Borg alla ouvrir.

Radnitz entra et considéra les trois hommes. Thomas et Schwartz se levèrent.

— Tu as été obligé de la tuer? demanda Radnitz à Schwartz.

— Ils l'avaient repérée. Quand elle s'est approchée du contrôle, ils l'ont coincée. Elle avait l'air prête à lâcher le morceau. Alors, j'ai tiré.

Radnitz faisait les cent pas dans la pièce, le visage sombre.

— Si Girland ne se manifeste pas d'ici trois jours, tu vas te rendre à Dakar avec Borg, dit-il en s'arrêtant pour regarder Schwartz. Vous allez travailler avec lui. Je n'ai pas une confiance aveugle en lui. C'est compris?

Schwartz approuva.

— Et moi, qu'est-ce que je vais faire, monsieur? demanda Thomas. Je ne les accompagne pas?

— Toi, tu iras à Londres, répondit sèchement

Radnitz. Coupe-moi cette barbe ridicule. Les agents de Dorey te recherchent. Pour l'instant, tu ne me sers à rien. Tu te présenteras à mon bureau de Londres. Ils te trouveront peut-être un job.

Thomas rougit, puis pâlit.

— Oui, monsieur.

— Et prends garde en quittant Paris. (Radnitz prit une liasse de billets dans sa poche et la jeta sur la table.) Partagez-vous cela, dit-il. Toi, Schwartz prends-en la moitié. Tu as bien travaillé.

Puis, sans se préoccuper de Thomas, il quitta l'appartement.

Schwartz se dirigea vers la table.

— On dirait qu'il n'aime plus guère notre petit copain, pas vrai? dit-il en ricanant.

*

Girland tendit à l'hôtesse de l'air sa carte d'embarquement, puis grimpa la passerelle, derrière les passagers qui gagnaient lentement la classe touriste. Il s'avança dans l'allée centrale, aperçut un siège libre, juste en face de lui, et s'y assit. Il se rendit compte qu'il se trouvait à côté de Janine Daulnay, la femme élégante dont il avait surpris le nom sur son passeport. Elle était en train d'ajuster sa ceinture de sécurité. Il lui lança un rapide coup d'œil et fit de même. Puis il posa sa serviette par terre et s'installa confortablement sur son siège.

C'était au tour de Janine de se tourner vers lui. Leurs regards se croisèrent.

— Vous avez vu ce qui est arrivé à cette Noire? demanda-t-elle. On était en train de l'arrêter, n'est-ce pas? Vous observiez la scène. De l'endroit où je me trouvais, je ne voyais pas grand-chose. J'ai pensé qu'elle s'était évanouie. C'est exact?

Girland plongea son regard dans ses grands yeux avertis. Il se dit que c'était une des plus belles femmes qu'il ait vu depuis longtemps.

— En tout cas, elle s'est écroulée, dit-il. Je ne sais pas ce qui s'est produit. J'imagine qu'elle a essayé de passer quelque chose en contrebande et ils l'ont arrêtée. Mais ce que je vous en dis...

Les réacteurs se mirent à rugir, mettant fin à la conversation. Girland se renversa sur son dossier et ferma les yeux. Janine le considéra. Elle se disait « Hum... séduisant, ce type! Parle couramment français, mais c'est un Américain. J'aime le dessin de sa mâchoire et de ses mains : la force alliée à la douceur. Oui... ça, c'est un homme! »

Girland était inquiet. Le Portugais nommé Enrico était maintenant le seul qui pouvait le mettre sur la piste de Carey. S'il n'arrivait pas à le dénicher, il ne pourrait pas retrouver Carey.

L'avion s'élança et, en quelques secondes décolla. Girland déboucla sa ceinture et prit son étui à cigarettes. Il en offrit une à Janine qui accepta. Tandis qu'ils fumaient, il lui dit :

— Je m'appelle John Gildchrist. C'est votre premier voyage à Dakar?

— Je m'appelle Janine Daulnay. Oui, c'est mon premier voyage. Je n'y passerai qu'une quinzaine. Juste de quoi me bronzer.

— Madame Daulnay? demanda Girland en lui souriant.

— Non, répondit-elle en riant. Je trouve la vie de célibataire plus amusante. Vous êtes marié?

Girland fit non de la tête.

— Pour la même raison, expliqua-t-il.

Ils éclatèrent de rire, puis elle reprit :

— Vous parlez très bien français, mais vous êtes américain, n'est-ce pas?

— Ma mère était française. On m'a dit qu'il faisait étouffant à Dakar en cette saison, mais que la plage de l'hôtel N'Gor était excellente.

— C'est ce qu'on m'a dit aussi. Vous y allez en vacances?

— Non, pas de chance. Voyage d'affaires.

Janine inclina légèrement le dossier de son fauteuil, puis écrasa son mégot.

— Nous arriverons vers trois heures, n'est-ce pas?

— C'est exact.

— Eh bien, si vous voulez bien m'excuser, je vais dormir un peu.

— Bonne idée, dit Girland. Moi aussi.

Janine ferma les yeux et, au bout d'un certain temps, elle parut dormir. Girland finit sa cigarette, puis ferma aussi les yeux, mais il continua à réfléchir pendant près d'une heure. Il songeait à Mme Foucher. La cruauté de Radnitz l'emplissait de fureur. Peut-être viendrait un temps où il prendrait sa revanche en vengeant la mort de la jeune femme et celle de Rossland. Il finit par se détendre et sombra dans un profond sommeil. Il fut réveillé par l'hôtesse de l'air.

— Voulez-vous boucler votre ceinture, monsieur? dit-elle. Nous allons atterrir dans trois minutes.

Girland s'assit, bâilla et ajusta sa ceinture. Janine se maquillait.

— Nous voici déjà arrivés, dit-elle. J'ai dormi. Et vous?

— Je crois bien que oui, dit Girland.

Elle regarda, par le hublot, les lumières de l'aéroport vers lequel l'avion descendait.

— L'Afrique. C'est excitant, n'est-ce pas?

Lorsque l'avion eut atterri et que la porte fut ouverte, une bouffée d'air chaud et humide s'engouffra dans l'avion.

— Bon sang! s'exclama Girland en se levant. Quelle chaleur!

Il traversa la piste en compagnie de Janine et gagna l'aéroport. Ils passèrent les différents contrôles sans difficultés et arrivèrent devant le car de l'hôtel N'Gor.

Un grand porteur noir, vêtu d'un uniforme rouge, prit leurs bagages et les déposa dans le car. Trois hommes d'affaires américains montèrent également dans le car qui les amena à l'hôtel par la route du bord de mer. Ils attendirent à la réception de l'hôtel et Girland nota que cette femme intéressante avait une chambre voisine de la sienne.

— Mais vous êtes ma voisine! dit-il. Quelle coïncidence! J'espère que nous nous reverrons.

— Mais vous allez être très occupé, n'est-ce pas? Ils prirent l'ascenseur.

— Oui, bien sûr, dit Girland d'un air dégagé, mais pas à ce point. J'aurai le temps d'aller à la plage.

— Très bien. Dans ce cas, nous nous reverrons.

L'ascenseur les déposa au septième étage; ils suivirent le groom le long d'un couloir, puis descendirent quelques marches qui donnaient sur un petit vestibule. A droite et à gauche de ce vestibule, il y avait une porte. Le groom ouvrit l'une des portes et transporta les bagages de Janine dans une grande chambre aérée.

— Eh bien, bonne nuit! dit-elle en lui tendant la main.

Girland la retint un tout petit peu plus longtemps qu'il n'était nécessaire et quand elle haussa les sourcils il la relâcha.

— Bonne nuit, répliqua-t-il. J'aurai plaisir à vous revoir demain

Puis il suivit le groom qui était entré dans sa chambre.

# CHAPITRE VI

Le lendemain matin à neuf heures et demie, Girland commanda son petit déjeuner. Puis il téléphona à la réception afin de louer une voiture pour trois jours. On lui répondit que celle-ci se trouverait devant l'hôtel dans moins d'une heure.

Après avoir avalé son petit déjeuner, Girland déballa sa valise, enfila un complet tropical et remisa son bagage dans l'un des placards. Il abandonna sa serviette bourrée de papiers sur une chaise et descendit dans le hall.

Le concierge l'informa que la voiture venait d'arriver et, après lui avoir donné un pourboire, Girland descendit le perron pour prendre possession de la D.S. garée à l'ombre.

Il s'engagea sur la large autoroute. Arrivé à Dakar, il se gara place de l'Indépendance et entreprit d'explorer la ville à pied. Les rues grouillantes de Noirs vêtus de couleurs vives offraient un spectacle fascinant et pendant une heure il se contenta de marcher au hasard pour saisir l'atmosphère de la ville. Il entra chez un libraire, acheta des plans de Dakar et des environs et un guide. Tandis que la vendeuse lui faisait un paquet, il lui demanda où se trouvait le « Floride ».

— Au bout de la rue Carnot, lui répondit-elle. C'est la deuxième à gauche après la place de l'Indépendance.

Girland revint à sa voiture et la prit pour descendre la rue Carnot jusqu'à la boîte de nuit. Il se gara quelques mètres plus loin, puis il revint sur ses pas. La façade ne payait pas de mine. Une grille de fer rouillée barrait l'entrée. Une pauvre affiche de couleur annonçait que la boîte ouvrait à vingt et une heures quinze.

Il était maintenant midi et les boutiques fermaient. Girland décida qu'il ne pouvait rien faire d'autre et revint à l'hôtel.

Quelques minutes après son départ pour Dakar, Janine avait été réveillée par la sonnerie du téléphone. Tout endormie, elle avait décroché l'appareil.

— Nous avons un télégramme pour vous, madame, lui dit l'employé. Je vous le fais monter?

— Oui, s'il vous plaît, avec du café et du jus d'orange, répondit-elle.

Elle se leva, enfila une robe de chambre et gagna la salle de bains.

Quelques minutes plus tard. un garçon dont les dents blanches étincelaient dans sa figure noire, apporta un plateau et lui tendit le télégramme.

Lorsqu'il fut parti, Janine ouvrit le télégramme et s'aperçut immédiatement qu'il était chiffré et signé de Dorey.

Elle avala le jus d'orange, alluma une cigarette, se versa une tasse de café, prit un crayon dans son sac et se mit à déchiffrer le texte suivant :

*Femme assassinée à l'aéroport. Envoie Kerman. Arrivera par avion de 15 h 50 pour travailler avec vous. Compte sur vous. Dorey.*

Elle brûla le télégramme avec son briquet et laissa tomber les cendres sur le carrelage, puis préoccupée, une tasse de café à la main, elle alla s'asseoir dans un fauteuil de la véranda.

Peu après onze heures, elle se mit en maillot de bain, enfila un peignoir et gagna la plage.

Il y avait déjà pas mal de monde sur le sable : les uns nageaient, d'autres étaient étendus sous des parasols. Un Noir lui installa un parasol et un matelas pneumatique.

Elle ouvrit son sac de plage, en tira le dernier roman de Françoise Sagan, s'étendit sur le matelas et commença machinalement à tourner les pages de son livre. Elle y renonça et prit une cigarette. Au moment où elle cherchait son briquet, une ombre lui cacha le soleil. Elle leva le nez et aperçut un grand type en slip de bain qui, s'étant approché en silence, lui tendait un briquet à gaz.

Elle avait rarement vu un géant aussi bien bâti. Son corps musclé était bronzé par le soleil. Il était si blond que ses cheveux en brosse avaient des reflets platinés. Son visage carré aux pommettes saillantes, sa mâchoire puissante et agressive, son nez camus révélaient une origine slave. Il pouvait avoir vingt-huit, vingt-neuf ans. Un magnifique athlète, vraiment, mais ses yeux verts et froids révélaient une volonté implacable alliée à quelque chose de si maléfique que Janine eut un mouvement de recul. La regardant intensément, il se pencha et lui tendit la flamme de son briquet. Janine se ressaisit et alluma sa cigarette. Elle esquissa un sourire de remerciement.

— 4 plus 2 plus 6 font 12, dit-il en français avec un accent guttural. Je m'appelle Malik.

Elle se raidit, et le dévisagea, ses yeux violets arrondis de stupeur.

— Vous trouverez une voiture devant l'hôtel à quinze heures, dit-il. Soyez exacte.

Il fit demi-tour et se dirigea à longues enjambées vers la mer.

Janine admira les mouvements de ses muscles tandis qu'il avançait sur le sable brûlant et plongeait dans la mer. Il s'éloigna à la nage avec la puissance et l'aisance d'un professionnel.

Elle aspira une longue bouffée de cigarette, puis s'étendit sur le matelas.

Malik! Elle avait entendu parler de lui. C'était donc ça, Malik! Elle avait un jour entendu quelqu'un dire de lui : « La seule différence entre Malik et un cobra, c'est que Malik peut marcher et le serpent seulement ramper. »

Elle songeait toujours à lui lorsque Girland, en maillot de bain, vint la retrouver.

— Bonjour! dit-il en l'examinant de la tête aux pieds avec un intérêt non déguisé. Vous vous êtes déjà baignée?

— Non, dit-elle en se redressant.

Elle se demanda soudain, maintenant que Malik s'était manifesté, s'il était sage de se lier avec ce bel Américain.

— Allons nous tremper, après quoi nous déjeunerons ensemble. Qu'en dites-vous? demanda Girland en lui tendant la main.

Elle la saisit et opéra une traction pour se redresser, puis ils coururent ensemble vers l'océan. Elle constata que, comme Malik, il était excellent nageur.

Ils nagèrent pendant dix minutes, puis revinrent à la plage. Ils enfilèrent leur peignoir, puis se dirigèrent vers le restaurant au toit de chaume qui se trouvait en plein air à quelques mètres de la plage.

— Ça fait du bien, dit Girland tandis qu'ils s'asseyaient à une petite table. Prenons un verre.

Un garçon noir s'approcha.

Janine commanda un Martini à la vodka et Girland

un gin-soda bien tassé. Puis ils se mirent en devoir d'étudier le menu.

— Qu'est-ce que vous diriez de crevettes, d'un poulet froid et d'une laitue arrosés de chablis bien glacé? demanda-t-il en la regardant.

— Ce sera parfait, répondit-elle.

Quand il eut commandé, elle lui demanda :

— Vous avez fait de bonnes affaires, ce matin?

— Je me suis promené en ville. Je dois trouver un terrain pour ma compagnie, expliqua Girland très à l'aise. Que faites-vous cet après-midi? J'ai loué une voiture. Voulez-vous venir faire une promenade avec moi? Je pensais aller faire un tour à l'intérieur des terres pour voir à quoi ressemble la campagne.

Le garçon leur apporta l'apéritif.

— Cet après-midi, je ne suis pas libre. J'ai une visite à faire.

— Vous avez des amis ici? lui demanda Girland en lui jetant un coup d'œil.

— Simplement une amie.

Ils burent une gorgée, poussèrent un soupir de satisfaction et se sourirent.

— C'est bien mieux que Paris, ici, dit Girland.

— Vous n'habitez pas Paris, je suppose?

— Non, la Floride.

Il s'interrompit et une lueur étrange s'alluma dans ses yeux. Janine suivit la direction de son regard : Malik se dirigeait vers le restaurant.

— Bon sang! dit doucement Girland. Voilà un gars rudement bien balancé!

Malik s'approcha du bar et commanda un Coca-Cola.

Janine observa son long dos musclé et approuva :

— Vous avez raison. Il est taillé pour jouer les Samson.

— C'est un Russe, dit Girland dont l'expression était songeuse. Je me demande ce qu'il fait ici.

Il ne remarqua pas le léger tressaillement de Janine, ni le regard dur qu'elle lui lança.

— Il pense probablement la même chose de vous, dit-elle.

A ce moment, le garçon leur apporta les hors-d'œuvres, tandis que Malik, qui avait fini son verre, faisait demi-tour et se dirigeait vers l'hôtel de sa longue démarche souple.

Girland le regarda s'éloigner. Il se souvint de l'avertissement de Radnitz : les Russes devaient aussi rechercher Carey. Ce géant blond était-il l'un d'eux?

— Vous êtes devenu bien pensif tout à coup, dit Janine en décortiquant une énorme crevette. A quoi pensez-vous?

— N'insistez pas trop, sinon vous allez rougir.

— A moi?

— Bien sûr.

— Oh! je devine, dit-elle en riant. J'ai vécu assez longtemps en compagnie des hommes pour savoir ce qu'ils pensent quand ils sont avec moi.

— Votre beauté en est responsable.

Elle changea de sujet de conversation et le pria de lui parler de la Floride. Girland n'était pas allé à Miami depuis quelques années, mais il réussit à parler d'une manière vivante de la ville. Ils bavardaient encore sur ce thème lorsqu'il régla l'addition.

— Il faut que je me dépêche, dit-elle en se levant. Sinon je serai en retard.

— Je pars aussi. Vous êtes certaine que je ne peux pas vous déposer en ville?

— Non. On doit m'envoyer une voiture. Je vous remercie.

Ils montèrent ensemble dans l'ascenseur et se séparèrent devant leur porte.

Girland prit une douche, s'habilla, puis s'approcha de la fenêtre qui donnait sur l'entrée de l'hôtel. Il aperçut Janine, vêtue d'une robe vert émeraude sans manches, qui montait dans une Cadillac noire, conduite par un Sénégalais, coiffé d'un fez rouge, et il vit la voiture gagner rapidement l'autoroute.

*

Janine n'avait aucune idée de l'endroit où on la conduisait. Elle regardait la nuque noire du chauffeur et se demanda si elle devait lui poser la question, mais elle y renonça.

Le chauffeur ralentit pour tourner à gauche. Elle aperçut un poteau qui indiquait *Rufisque*. Cela ne lui disait rien. La chaleur de l'après-midi lui parut plus forte qu'elle ne l'avait imaginée, mais elle ne lui déplaisait pas.

Au bout de quelques kilomètres la voiture quitta la route, ralentit et s'engagea sur un chemin de sable cahoteux. Un nuage de fine poussière jaillissait de chaque côté de l'automobile. Celle-ci emprunta une avenue plantée, de part et d'autre, d'arbres qui fournissaient une ombre agréable, puis s'engagea soudain dans une allée et s'arrêta devant un grand bungalow dont les fenêtres étaient protégées par des stores verts.

Le chauffeur sortit et lui ouvrit la portière. Janine descendit dans l'air surchauffé et suivit le Noir qui l'amena par une terrasse, jusqu'à la porte du bungalow. Il l'ouvrit et lui fit signe d'entrer.

Elle pénétra dans l'obscurité fraîche d'un vestibule, tandis que le chauffeur s'esquivait.

Malik sortit d'une pièce qui donnait sur le vestibule. Il portait une culotte et une chemisette blanches et des sandales.

Il s'effaça pour la laisser entrer dans une pièce vaste et fraîche, à peine meublée, au mur de laquelle était épinglée une grande carte du Sénégal.

Malik l'invita à s'installer dans l'un des fauteuils et s'assit à la table.

— Nous vous avons demandé de venir, lui dit-il en la regardant, parce que nous désirons savoir exactement ce qui s'est passé à Paris et ce que sait ou devine Dorey. La situation ici est complexe.

Janine lui relata les événements, sans omettre aucun détail, depuis le coup de fil de Mme Foucher à Dorey.

Malik écouta attentivement. Quand elle eut terminé, il lui dit :

— Cet imbécile n'a par conséquent aucune idée de ce qu'elle voulait vendre?

— Aucune.

Les yeux verts et méchants l'observaient.

— Et vous non plus?

— Non.

— De sorte que les seules personnes au courant sont Radnitz et Girland.

Janine demeura silencieuse.

— Dorey pense que Girland est mort?

— Oui.

— Il n'est pas mort. Il est ici.

Janine le regarda avec stupeur.

— Qu'est-ce qui vous permet de le penser? Dorey m'a dit que si jamais il était encore vivant, il ne pourrait pas quitter Paris.

— Dorey est un imbécile. Girland est ici. Vous avez déjeuné avec lui.

Janine pâlit.

— L'homme avec qui j'ai déjeuné est un homme d'affaires américain. J'ai le signalement de Girland.

Les deux hommes sont absolument différents. Je crois que vous commettez une erreur.

Les lèvres minces de Malik se durcirent.

— Je ne commets jamais d'erreur. J'ai fouillé sa chambre pendant que vous déjeuniez. Il a une valise à double fond. Pourquoi un homme d'affaires se promènerait-il avec un pistolet, un couteau, une matraque et des somnifères? Il représente une compagnie de Floride dont le propriétaire est Radnitz. Cet homme est bien Girland. La couverture est astucieuse. Il est évident qu'il ne travaille plus pour Dorey. Radnitz l'a acheté.

— Pensez-vous qu'il sache qui je suis? demanda Janine, les poings serrés, les phalanges blanches.

— Pourquoi le saurait-il? Girland est un homme à femmes. (Malik s'interrompit un instant.) Quand j'ai appris qu'un représentant de la compagnie Orangeolo allait descendre au N'Gor, j'ai immédiatement pensé que c'était un émissaire de Radnitz. Je me suis arrangé pour qu'il ait la chambre contiguë à la vôtre. (Il la regarda intensément.) C'était une raison de plus de vous faire venir ici, ajouta-t-il. Vous allez vous occuper de Girland. Compris?

Janine approuva.

— Vous allez vous occuper de lui à fond, poursuivit Malik. Vous devriez coucher avec lui d'ici demain soir.

— Je peux m'en occuper sans coucher avec, protesta Janine dont les yeux étincelèrent soudain. Je n'accepte ce genre d'ordre de personne!

— Vous n'avez pas le choix, dit Malik. Vous coucherez avec Girland demain soir à moins, bien entendu, que vous ne préfériez qu'il découvre en vous l'agent double qui transmet des renseignements de l'ambassade américaine à l'ambassade soviétique.

Janine se raidit.

— Mais vous prétendez que Girland travaille maintenant pour Radnitz! Il n'a aucune raison de me trahir.

— Vous dites cela parce que vous ne savez pas ce que cette femme avait à vendre. Moi, je vais vous le dire. Vous vous souvenez de Robert Henry Carey?

— Carey? Oui, bien sûr. Quel rapport?

— Un rapport direct. Carey est au Sénégal. Girland est venu pour lui parler. Dorey n'a pas compris que cette femme pouvait lui indiquer le repaire de Carey, mais elle l'a révélé à Girland qui l'a dit à Radnitz. Avant de quitter l'U.R.S.S., Carey a réussi à s'emparer d'un grand nombre de renseignements explosifs. Il détient, entre autres, votre dossier russe. Il possède assez de documents microfilmés pour expédier Radnitz en prison jusqu'à la fin de ses jours. Girland communiquerait votre dossier à Dorey. Même s'il ne travaille plus pour lui, il est toujours américain et les Américains ne laissent pas un agent russe jouer son jeu s'ils sont en mesure de l'en empêcher.

— Si vous savez que Carey est ici, répondit Janine en se redressant, pourquoi n'avez-vous pas mis la main sur lui? Vous n'avez pas l'intention de me protéger? Je suis utile à votre pays, non?

— Je sais qu'il est ici, mais je ne sais pas où il se cache. Le Sénégal est vaste. Girland vous conduira jusqu'à lui si vous savez comment le prendre.

— Pourquoi est-ce que vous n'emmenez pas Girland faire un tour pour le cuisiner?

— Ne soyez pas stupide. Girland ne peut pas savoir où se cache exactement Carey. Celui-ci doit avoir un agent de liaison qui a organisé le voyage de cette Sénégalaise à Paris. Il faut que Girland nous conduise jusqu'à cet homme qui, à son tour, nous conduira, avec Girland, auprès de Carey. (Il se leva et se dirigea vers la carte du Sénégal.) Venez ici. (Lorsque Janine l'eut rejoint, il lui montra un grand espace vide sur la carte.) C'est la brousse. Si vous n'avez pas de vos yeux vu la brousse africaine, vous ne pouvez pas l'imaginer. C'est un pays plat. Vous avancez de trois kilomètres et vous vous demandez si vous avez bougé. Tous les arbres, tous les arbustes, toutes les touffes d'herbe se ressemblent. Rien n'est plus facile que de se perdre, et une fois perdu dans la brousse, vous êtes vraiment perdu. (Il tapota la carte.) Quelque part dans cette brousse, se cache Carey. Il y a là des centaines de villages peuplés d'Africains; les uns sont importants, les autres composés de trois ou quatre huttes... Lorsqu'il était jeune, Carey a travaillé au Sénégal. Il sait comment prendre les indigènes. Il parle leur langue. Je suis certain qu'il se cache dans l'un de ces petits villages et il pourra y demeurer le temps qu'il lui plaira.

— Mais pourquoi êtes-vous certain qu'il est dans la brousse?

— Nous l'avons poursuivi depuis qu'il a quitté Moscou. Nous l'avons chassé d'Europe et il est allé en Egypte. Nous avons failli l'attraper au Caire, mais il s'est envolé vers l'Afrique. Il a gardé une longueur d'avance sur nous en loupant un avion. Il a pris un appareil pour Dakar, mais il a eu un accident. L'avion s'est écrasé à quinze kilomètres de Diourbel. Nous savions qu'il essayait d'atteindre Dakar et nous étions déjà à Diourbel. Nous nous sommes rendus en automobile sur les lieux de l'accident. Le pilote était mort. Carey avait disparu. Il ne pouvait se réfugier ailleurs que dans la brousse. Il s'y trouve toujours. J'ai des hommes à Linguère, Bakel, Matam et Kaolakh. Il est cerné. J'ai engagé trente Arabes qui connaissent la brousse et qui fouillent chaque mètre carré de terrain, mais, à moins d'une chance inouïe, Carey peut encore leur échapper. Une poursuite comme celle-là peut durer des mois. Il faut que nous le retrouvions rapidement. Girland est notre meilleur appât. Vous comprendrez peut-être maintenant pourquoi vous devez devenir sa maîtresse. Vous devez l'amener à vous révéler qui est l'agent de liaison de Carey.

Malik s'écarta de la carte, alluma une cigarette et s'assit. Après avoir considéré la carte quelques instants, Janine vint s'asseoir près de lui.

— Je ferai ce que je pourrai, dit-elle.

— Qui est Kerman?

— Comment le connaissez-vous? demanda Janine en le regardant brusquement.

— C'est mon métier de savoir ces choses. J'ai eu un double du télégramme de Dorey avant qu'il ne vous soit remis. Le chiffre ressemble à Dorey, aussi simple et aussi bête. Qui est Kerman?

— C'est un des agents de Dorey.

— Nous ne voulons pas qu'il descende au N'Gor. Il risque de gâcher vos chances auprès de Girland. Quand il arrivera, dites-lui de rester à Dakar. Moins vous le verrez, mieux ça vaudra.

— Ça ne sera pas si facile, fit remarquer Janine, l'air soucieux. Kerman a des idées très arrêtées. Il n'acceptera pas d'ordre venant de moi.

Malik réfléchit un instant.

— Essayez de le persuader de rester à Dakar. S'il devient gênant, j'en ferai mon affaire. Votre mission consiste maintenant à vous occuper de Girland.

— Il a deviné que vous étiez russe. Il se demandait ce que vous faisiez ici.

— Je ne me montrerai plus au N'Gor. Je resterai ici. Si vous voulez me joindre, téléphonez-moi. (Il lui donna son numéro.) Dites simplement que vous voulez me voir et je vous enverrai la voiture. (Il se leva.) N'oubliez pas que cette affaire est aussi importante pour vous que pour moi. Je veux des résultats rapides.

Janine le suivit jusqu'à la porte d'entrée. La Cadillac attendait à l'ombre d'un arbre. Le chauffeur ouvrit la portière.

Elle descendit le perron sans regarder Malik et monta dans la voiture.

*

Girland rentra à l'hôtel N'Gor peu après six heures. Il avait passé l'après-midi à Diourbel. Il faisait une chaleur de fournaise dans la petite ville abandonnée, mais plaisante. Mme Foucher lui avait dit que Carey se trouvait dans la brousse, autour de Diourbel. Girland dut quitter la route et pénétrer dans la brousse pour comprendre combien on pouvait s'y perdre facilement. Il se rendit compte également que la Citroën n'était pas la voiture idéale pour les pistes étroites et sableuses qui sillonnent la brousse. Les roues arrière s'enlisèrent plusieurs fois dans le sable et il dut la dégager, opération qui le mit en nage et l'épuisa. Il n'avait guère fait plus d'un kilomètre ou deux quand il décida de revenir sur ses pas et il se félicita de retrouver la route.

Il rentra à l'hôtel, se déshabilla et prit une douche froide. Il enfila un complet tropical, emprunta l'ascenseur et gagna le bar. En descendant les quelques marches qui y menaient, il se dit qu'il n'avait pas perdu son après-midi. Il avait maintenant une bonne idée de Diourbel. Il avait vu un peu de brousse et il avait compris les difficultés qu'il aurait à retrouver Carey. Il se dit qu'il irait au « Floride » le soir même, dans l'espoir d'y retrouver Enrico.

Il se dirigea vers une table et aperçut Janine, assise à l'autre extrémité de la grande salle. Elle avait l'air fraîche et séduisante dans une robe blanche très simple. Elle lui fit signe de la main lorsqu'il la regarda et il vint s'asseoir auprès d'elle.

— Vous avez fait une bonne promenade? lui demanda-t-elle.

— Un peu trop chaude pour mon goût, dit-il. Lorsque le garçon s'approcha, il commanda un gin-soda bien tassé. Elle buvait un campari-soda glacé.

— Et vous? Vous avez eu un bon après-midi?

— Très bon, merci.

Elle le considéra pensivement tandis qu'il allumait une cigarette. Elle avait du mal à croire que cet Américain blond, solidement bâti, était le mystérieux Girland.

Ils bavardèrent en sirotant leur verre.

— Vous me faites le plaisir de dîner avec moi? demanda Girland. J'ai un rendez-vous d'affaires à huit heures et demie, mais, si cela ne vous gêne pas de dîner tôt, je serais heureux de manger avec vous.

— Excellente idée, dit-elle. Je déteste dîner seule. (Elle cambra son buste épanoui.) Je me demande si j'ai été bien avisée de venir ici toute seule. Je risque de m'ennuyer.

— Mais non, répondit Girland en souriant. Pas tant que je suis là.

— Vous irez à Dakar ce soir?

— Oui. Vous voulez que je vous emmène?

Elle hocha la tête :

— Je ne veux pas me promener toute seule dans Dakar. Non. Je crois que je vais rester ici. J'ai un bon roman.

Girland fut sur le point de lui demander de l'accompagner au « Floride », mais il se dit qu'elle le gênerait s'il avait la chance de tomber sur Enrico.

— Vous rentrerez tard? demanda-t-elle d'un ton négligent. Nous pourrions prendre un verre avant d'aller nous coucher.

— Je ne sais pas à quelle heure je rentrerai, dit Girland. Vous savez comment sont les hommes d'affaires. Ils bavardent... ils bavardent... Mais je passerai voir si vous êtes ici, au cas où il ne serait pas trop tard. (Il jeta un coup d'œil à sa montre.) Allons dîner.

— Vous me donnez trois minutes? demanda-t-elle en se levant. Je vous rejoins.

Il aurait été ahuri s'il avait su ce que Janine allait faire en le quittant. Sans perdre une minute, elle s'enferma dans une des cabines téléphoniques du hall et appela Malik. Celui-ci décrocha immédiatement.

— Mon ami américain quittera l'hôtel à huit heures et demie pour Dakar, dit-elle. Il compte rentrer tard.

Elle raccrocha, quitta la cabine, se rendit aux toilettes, se refit une beauté et revint au bar. En la voyant, Girland se leva pour aller à sa rencontre.

Ils gagnèrent le restaurant et commandèrent du saumon avec de la vodka, une escalope à la crème et des fruits. Pendant le dîner, ils bavardèrent et, cette fois, ce fut au tour de Girland de poser des questions. Cette ravissante femme l'intriguait.

— Vous vivez toute seule, à Paris? demanda-t-il en pressant un citron sur son saumon fumé.

— Oui, mon père m'a laissé pas mal d'argent et un appartement, répondit-elle en souriant. Je suis plutôt gâtée. Je passe mon temps à m'amuser, à acheter des robes et à voyager.

— Vous ne vous ennuyez jamais?

— Parfois, mais pas souvent. Il y a tant à faire à Paris!

Quelques minutes avant huit heures et demie,

après avoir pris un café arrosé sur la terrasse. Girland se leva :

— Je regrette d'avoir à partir, mais il le faut. Je viendrai vous retrouver ici ce soir.

— Pas après onze heures, dit-elle. Amusez-vous bien!

Il la quitta, se dirigea vers la réception, rendit sa clé et sortit dans l'air chaud du soir pour gagner sa voiture.

Il prit tout son temps pour aller en ville et arriva devant le « Floride » peu après neuf heures et demie. Il était de bonne humeur et détendu, de sorte qu'il ne remarqua pas la Dauphine noire qui l'avait suivi depuis l'hôtel. Cette Dauphine, conduite par un jeune Noir, le doubla au moment où il garait la Citroën. Le chauffeur nota que Girland traversait la rue et pénétrait dans la boîte de nuit. Il gara, lui aussi, sa voiture, en sortit, et se dirigea lentement vers le cabaret. Grand et mince, vêtu d'un mauvais complet européen, ce Noir passait inaperçu. Il s'arrêta devant la boîte de nuit, y entra, se dirigea sans hésiter vers le bar, se hissa sur un tabouret et commanda un Schweppes.

Girland était déjà assis à une table dans un box.

La salle était vaste et climatisée. A un bout, était installé, sur une estrade, un quintette de Sénégalais qui jouaient de l'excellent jazz. Des tables et des chaises étaient disposées autour de la salle. La piste de danse occupait le centre. Dans un grand boxe, en face de Girland, un certain nombre de négresses attablées bavardaient avec la volubilité bruyante et inlassable d'une colonie de pies.

Un garçon apporta à Girland un whisky. Celui-ci alluma une cigarette et se résigna à une longue et pénible attente.

Des gens, pour la plupart des Sénégalais bien mis,

ne cessaient d'entrer. Certains dansaient, mais la plupart préféraient s'attabler, boire du jus de fruit et écouter l'orchestre.

Girland jetait un coup d'œil inquisiteur vers la porte chaque fois qu'elle s'ouvrait, mais il ne vit personne qui ressemblât, même de loin, au Portugais.

Soudain, une grande fille noire, fort belle, arriva de l'autre bout de la pièce. Elle s'arrêta avec un sourire crispé à la table de Girland.

— Voulez-vous danser? demanda-t-elle en roulant ses grands yeux noirs.

Elle portait une robe blanche sur laquelle elle avait jeté un châle de nylon vert pâle et elle était coiffée d'un ruban de nylon vert. A ses poignets fins et osseux tintaient de lourds bracelets d'or et de longues boucles d'oreilles étincelantes encadraient son visage.

— Pourquoi pas? fit Girland en se levant.

Toutes les filles du box, prises de fou rire, se poussaient du coude, comme s'il s'était agi d'une excellente blague. Tandis qu'ils se dirigeaient vers la piste, la fille lui expliqua :

— Elles ont parié que je n'oserais pas vous inviter à danser. Vous êtes américain, n'est-ce pas?

Elle parlait un français chantant et elle le regardait droit dans les yeux, faisant éclater la blancheur de ses dents en un sourire heureux.

— Oui, dit Girland.

Elle se révéla une excellente danseuse, si légère et si prompte à épouser son rythme qu'il eut l'impression d'être un peu gauche.

— Je m'appelle Awa. Ma sœur, qui est assise là-bas s'appelle Adama. Nous sommes jumelles. C'est la coutume du pays d'appeler les jumelles Awa et Adama. Quel est votre nom?

— John, répondit Girland.

Ils se turent à nouveau et s'abandonnèrent au rythme de la musique. Quand l'orchestre s'arrêta de jouer, ils s'arrêtèrent aussi et se sourirent.

— Venez prendre un verre avec moi, Awa, proposa Girland. Venez me tenir compagnie.

Elle rit et lança un regard de triomphe à ses amies, à l'autre bout de la salle.

— Oui, ça me ferait plaisir.

Ils revinrent à sa table, s'assirent, et Girland fit signe au garçon. Il commanda un Schweppes à l'orange pour la fille et un second whisky pour lui.

Quand ils eurent dansé bon nombre d'autres danses, et bu bon nombre d'autres verres, Girland, mine de rien, lui dit :

— Il y avait autrefois ici une belle et grande fille. Je ne la vois pas ce soir

— Nous sommes toutes ici, sauf Rosa, répondit Awa. Mais vous n'étiez jamais venu?

— Non. Mais je l'ai rencontrée par hasard. Elle m'a expliqué qu'elle travaillait ici. Vous savez où elle habite?

— Chez son père, dans la Médina.

— C'est loin?

— Non. C'est un faubourg de Dakar.

— Comment s'appelle son père?

— Momar Arbeau. Il a une boutique de fruits.

— Est-ce que Rosa n'a pas un ami? Enrico ou quelque chose comme ça?

Awa fit oui de la tête.

— Oui, il est très riche, expliqua-t-elle. D'habitude, il venait ici tous les soirs. Mais depuis que Rosa est partie, je ne l'ai pas revu.

— Où habite-t-il?

Elle hocha la tête et il perçut une gêne dans son

regard. Toutes ces questions commençaient à l'inquiéter.

— Rosa m'a prêté de l'argent, dit Girland, sentant qu'une explication devenait nécessaire. Si je ne peux pas la retrouver, je voudrais au moins rendre cct argent à Enrico.

La gêne disparut et Awa arbora un beau sourire :

— Je ne sais pas où il habite. Rosa ne me l'a jamais dit.

— Vous connaissez son nom de famille?

— Non. Rosa l'appelait toujours Enrico. Elle ne doit pas savoir où il habite, sans quoi elle me l'aurait dit.

Girland éprouva une certaine déception. Il avait compté sur le « Floride » pour retrouver ce Portugais. La seule piste qui lui restait était le père de Rosa. Si Awa avait dit la vérité, comment le père de Rosa pourrait-il savoir où habitait Enrico alors que sa fille l'ignorait?

— Ecoutez, Awa, dit-il. Si vous pouvez découvrir l'endroit où habite Enrico, je vous ferai un cadeau. (Il chercha dans la poche de son pantalon et détacha un billet de mille francs de la liasse qui s'y trouvait. Il glissa le billet à sa compagne.) Je vous en donnerai trois autres, si vous me trouvez son adresse.

Les doigts effilés d'Awa attrapèrent le billet si rapidement que le grand Noir maigre qui les observait dans la glace du bar ne s'aperçut de rien.

— Je m'appelle John Gildchrist, poursuivit Girland. Voulez-vous me téléphoner à l'hôtel N'Gor quand vous l'aurez trouvée?

— Je la trouverai, dit-elle en secouant la tête. Je vais la demander à tous mes amis. Quelqu'un saura bien où il habite.

— Une dernière chose, Awa. Ne parlez de moi à

personne et ne dites pas que je veux voir Enrico. C'est compris?

Une certaine anxiété assombrit à nouveau son visage, mais le contact du billet de mille francs lui redonna confiance.

— Oui, dit-elle.

— Très bien, dit Girland en vidant son verre. Maintenant, il faut que je parte. Essayez de retrouver Enrico au plus vite.

Il quitta le cabaret et s'enfonça dans l'air étouffant de la nuit. Il s'arrêta pour jeter un coup d'œil à sa montre. Il était onze heures cinq. Sans se presser, il se dirigea vers sa Citroën.

Dans le cabaret, Awa vit le grand Sénégalais maigre s'approcher d'elle. Il s'appelait Samba Dieng. Elle savait que ce vaurien tirait le plus clair de ses revenus de deux vieilles prostituées du quartier arabe. Elle savait également qu'il avait été emprisonné plusieurs fois pour vol. Quand il s'assit à sa table, elle le toisa avec un mépris non dissimulé.

— Qui était l'homme blanc? lui demanda-t-il en la fixant de ses petits yeux méchants.

— Je ne sais pas, je l'ai invité à danser et nous avons dansé. Qu'est-ce que ça peut te faire, négro?

— De quoi avez-vous parlé?

— De rien. De quoi est-ce que parlent les hommes blancs?

— Est-ce qu'il t'a parlé de Rosa?

— Il ne m'a parlé de personne, répondit Awa en se levant.

Elle traversa la piste avec une ondulation méprisante de la croupe et alla rejoindre ses amies rieuses.

*

Dès que Girland eut quitté l'hôtel, Janine monta dans sa chambre. Elle enleva sa robe blanche, enfila un chemisier blanc et une jupe noire et demanda un taxi au téléphone.

— Je voudrais me rendre à l'aéroport, ensuite à Dakar, et revenir ici, expliqua-t-elle. Je vais à l'avion de Paris.

La réception lui assura que le taxi se trouverait devant l'hôtel dix minutes plus tard.

Elle descendit par l'ascenseur et alla s'asseoir dans l'un des fauteuils du hall où elle feuilleta le *France-soir* de la veille. Après une brève attente, l'un des grooms s'approcha d'elle et lui annonça que son taxi était arrivé. Il ne lui fallut pas plus de cinq minutes pour atteindre l'aéroport. Elle sortit du taxi et demanda au chauffeur de l'attendre.

Au bureau de renseignements, on lui confirma que l'avion de Paris était à l'heure et atterrirait dans cinq minutes. Janine s'assit, alluma une cigarette et attendit.

Peut après neuf heures, elle entendit le vrombissement de l'avion, se leva et se dirigea vers la sortie des voyageurs.

Quelques minutes plus tard, des passagers se pointèrent à la porte et elle repéra, l'un des premiers, Jack Kerman. Il portait un complet de tergal froissé et n'avait pour tous bagages qu'un fourre-tout fatigué. Il lui fit signe de la main en l'apercevant :

— Salut! dit-il en s'approchant d'elle. Bon sang! qu'il fait chaud! Allons boire un verre.

Elle lui serra la main et lui emboîta le pas. Ils se dirigèrent vers le bar.

Janine redoutait Kerman. C'était le plus fin limier de Dorey, l'opposé de Rossland. Elle se dit qu'il lui faudrait procéder envers lui avec la plus extrême prudence. Elle lui demanda des nouvelles de Dorey.

— Il est dans tous ses états! répondit Kerman en se hissant sur un tabouret du bar. Qu'est-ce que vous prenez?

— Un gin-soda.

Il commanda une bière. A cette heure-là, l'endroit était désert et le barman, après les avoir servis, retourna à l'autre bout du bar et se plongea dans un journal.

— Pourquoi est-il dans tous ses états? demanda Janine, son verre à la main.

— Parce qu'il a fait une sacrée boulette. Vous avez reçu son télégramme?

Elle opina du bonnet.

— Ce n'était pas très malin de laisser assassiner cette femme, pas vrai? commenta Kerman en avalant une gorgée de bière. Elle possédait évidemment des renseignements précieux. Enfin, elle est morte maintenant, elle ne peut donc plus nous aider. (Il jeta un coup d'œil perçant à Janine.) Pourquoi êtes-vous venue ici?

— Je me suis dit que si cette femme nous glissait entre les doigts, je pourrais la récupérer ici.

— On dirait que vous n'avez pas grande confiance dans O'Halloran. Vous avez réellement cru qu'elle parviendrait à quitter Paris?

— Je n'en savais rien. Mais au cas où elle aurait passé à travers les mailles du filet, j'étais là pour l'accueillir.

— Eh bien, puisque vous êtes ici, est-ce que vous avez trouvé une piste? demanda Kerman en tirant du paquet froissé une cigarette qu'il alluma.

— Pas encore.

Il reposa les coudes sur le bar et la considéra.

— Vous avez une idée de la direction dans laquelle il faut chercher?

Mal à l'aise, elle regrettait amèrement que Dorey lui ait envoyé ce petit homme inquisiteur.

— Pas exactement. J'espérais que cette femme...

— Pourquoi mentir? fit Kerman en souriant. Pourquoi ne pas reconnaître que vous en avez soupé, de Dorey, et que vous vouliez vous payer des vacances?

Elle se força à éclater de rire.

— Vous ne voudriez tout de même pas que je vous avoue tout, Jack? En tout cas, l'endroit est agréable.

— Girland n'a pas voyagé avec vous?

La question était si inattendue que Janine renversa quelques gouttes de son verre. Elle n'osa pas regarder Kerman, sachant bien qu'il l'observait.

— Girland? Mais je ne comprends pas. Il est mort, lâcha-t-elle enfin.

— C'est ce que pense Dorey. Selon lui, Girland a été vu sortant de la boîte « Allô, Paris » en compagnie de deux sbires de Radnitz. Vous voulez savoir mon opinion? Radnitz a dû faire des propositions à Girland. Girland a toujours été fauché. Radnitz pouvait facilement l'acheter, surtout s'il ne lui offrait d'autre alternative que de subir le même sort que Rossland. Je parie que Girland est ici ou qu'il va arriver.

Janine se passa la langue sur ses lèvres sèches.

— Ma foi, c'est une idée, dit-elle en considérant son verre. J'ai son signalement. Je tâcherai de le repérer.

— Qu'est-ce que vous avez, ce soir? demanda Kerman en souriant. Je doute que vous puissiez le reconnaître. Girland ne s'amènera certainement pas ici tel quel. Quand il arrivera, il sera métamorphosé au point que sa mère ne le reconnaîtrait pas.

Janine sirota son verre. Son cœur battait la chamade. Kerman approchait dangereusement de la vérité.

— Qu'est-ce que vous envisagez? lui demanda-t-elle en se forçant à soutenir son regard scrutateur.

— Il n'y a pas d'hommes d'affaires américains solitaires à votre hôtel?

— Si, un certain nombre.

— Il n'y en a pas un qui a essayé de vous aborder?

Janine avala sa salive, toussota et répondit :

— Ma foi, non. Pas encore.

— Eh bien, ouvrez l'œil. Girland a une seule faiblesse... les jolies femmes.

— Je vois.

Il but un coup, poussa un soupir et s'essuya la bouche avec son mouchoir.

— Autre chose... Vous avez aperçu des Russes, à votre hôtel?

Le cœur de Janine se serra.

— Des Russes? Je n'en ai pas remarqué. Qu'est-ce que vous voulez dire?

— J'ai réfléchi à cette affaire. Cette femme a dû mettre la main sur un secret capital. Ne venez pas me raconter que Radnitz l'aurait descendue ainsi que Rossland s'il ne s'agissait pas d'une affaire importante. Il arrive de Moscou. Je suis certain que les Russes sont au courant et nous devons tenir compte d'eux. Je parie qu'ils sont ici. D'où ma question.

— Je vois. (Elle se rendit compte que c'était une remarque stupide, mais l'astuce de Kerman la paralysait). Je vais ouvrir l'œil.

Il lui jeta un regard pensif, approuva de la tête et finit son verre.

— Oui, ouvrez l'œil. Maintenant, filons à l'hôtel. J'ai besoin de dormir.

— Vous ne descendez pas au N'Gor, n'est-ce pas?

— Pourquoi pas?

— Je pensais que vous préféreriez vous trouver dans le centre. Je peux surveiller ce qui se passe par ici. Après tout, le N'Gor est à plusieurs kilomètres de la ville. S'il se passe quelque chose, ce sera à Dakar

— Qu'est-ce qui vous fait penser ça? demanda-t-il en se retournant sur son tabouret pour la scruter attentivement.

— Ma foi, ce n'est pas votre impression? Ici, il n'y a guère que la plage.

— Et des hommes d'affaires américains. (Il réfléchit un instant, puis haussa les épaules.) Après tout, vous avez peut-être raison. Je vais m'installer à Dakar. Surveillez l'aéroport. Je pourrai trouver un taxi?

— Bien sûr. (Elle était décidée à ne pas l'accompagner en ville. Elle en avait assez de lui pour l'instant.) Il y a une station de taxis devant l'aéroport.

Elle le suivit. Il s'arrêta avant de monter dans un taxi.

— Je vous téléphonerai dans la journée pour vous préciser l'endroit où je suis descendu. Bonsoir!

Il lui jeta le même regard déconcertant, grimpa dans son taxi et disparut.

Elle hésita quelques instants, puis rentra dans l'aéroport et s'enferma dans une cabine téléphonique. Elle appela Malik.

*

En rentrant à l'hôtel, Girland prit sa clé et descendit les marches qui menaient au bar. Quelques hommes d'affaires américains bavardaient en prenant un verre, mais Janine n'y était pas. Il se dit qu'elle était montée dans sa chambre. Il avala un campari-soda pour calmer sa soif, puis il emprunta l'ascenseur. Il prit une douche, et, vêtu d'un peignoir léger, il sortit sur la terrasse.

La pleine lune illuminait la mer et les jardins d'agrément à ses pieds. Les mains sur la balustrade de la terrasse, il contempla la mer et il eut soudain envie de nager. Il était en train de se demander si ça valait la peine de reprendre l'ascenseur et de traverser toute la plage pour gagner la mer, lorsqu'il perçut un mouvement sur la terrasse voisine.

Les terrasses étaient séparées par une cloison, mais l'on pouvait, en se penchant en avant, voir ce qui se passait chez le voisin. Il prêta l'oreille et entendit un soupir.

— Vous ne pouvez pas dormir? demanda-t-il, devinant que Janine était sur sa terrasse.

— Oh! Vous voilà rentré! Non, il fait trop chaud pour dormir.

— Je ne comprends pas pourquoi un hôtel de cette catégorie n'est pas climatisé.

— Certaines chambres le sont. Vous avez passé une bonne soirée?

— C'était plutôt ennuyeux, comme prévu. J'ai trop bu et trop causé.

Il y eut un silence, puis elle reprit :

— C'est quand même un peu bête de bavarder comme cela sans se voir.

Girland haussa les sourcils. Il agrippa le rebord supérieur de la cloison, se hissa sur la balustrade du balcon et sauta légèrement sur la terrasse de Janine.

— Pas plus difficile que ça! commenta-t-il en lui souriant.

— Vous auriez pu vous tuer, dit-elle, en le regardant.

Il s'affala dans un fauteuil, attrapa un paquet de cigarettes sur la table et en alluma une :

— N'est-ce pas exactement ce que Juliette a dit à Roméo?

Elle éclata de rire, puis, détournant son regard, elle contempla la lune. Il y eut un long silence, tandis qu'il l'observait.

— J'envie les hommes, dit-elle. Ils font tout ce qui leur plaît. Ils peuvent agir à leur guise et aller où ils veulent. Une femme seule est toujours suspecte.

— Vous croyez vraiment? Ce n'est pas mon avis. Aujourd'hui la moitié des gens qui voyagent seuls sont des femmes.

— De vieilles femmes.

Il l'observa.

— Vous vous sentez déprimée? demanda-t-il.

— Non. Je suis simplement restée assise ici à réfléchir. J'imagine que je me suis sentie un peu seule. Je n'aime guère être seule.

Elle se leva et s'avança sur la terrasse. Les mains sur la balustrade, elle contemplait la lune. Il l'observait; il devinait le dessin de ses longues jambes à travers son peignoir vaporeux. Il se leva sans bruit et se dirigea vers elle. Il l'enlaça et lui caressa les seins. Elle s'appuya contre lui et il se pencha pour l'embrasser dans le cou. Il la sentit frissonner. Elle pivota dans ses bras et lui offrit ses lèvres.

## CHAPITRE VII

« Il y a quelque chose de louche dans cette affaire », se disait Kerman tandis que le taxi l'emmenait à vive allure, sur l'autoroute déserte, vers Dakar.

Pourquoi Janine était-elle si nerveuse? Il ne l'avait jamais vue dans cet état. Pourquoi avait-elle failli renverser son verre quand il avait évoqué Girland? Pourquoi avait-elle pâli quand il avait parlé des Russes? Quelque chose ne tournait pas rond. Pourquoi était-elle venue ici? Dorey lui avait bien dit qu'il ne l'avait pas envoyée en mission. Il avait ajouté qu'il était content de ce voyage, mais ce n'était pas lui qui l'avait expédiée au Sénégal. Pourquoi avait-elle payé son propre billet? Elle savait combien O'Halloran était minutieux : elle devait bien se douter que la Sénégalaise n'avait aucune chance de quitter Paris. Pourtant, elle avait prétendu qu'elle était venue pour contacter cette femme, si elle passait à travers les mailles du filet. Elle n'avait aucune raison valable de venir jusqu'ici.

Kerman ne cessait de croiser ses jambes. « Il y a quelque chose de louche », se répétait-t-il. Plus il y songeait, plus il en était convaincu. Il avait un très grand respect pour l'astuce de Dorey. Est-ce que Dorey l'avait expédié à Dakar pour surveiller Janine?

Est-ce que Dorey finissait par perdre confiance en elle?

Kerman s'était toujours senti réticent vis-à-vis de Janine. Elle était, bien sûr, d'un genre un peu particulier, froide, distante et... ma foi il fallait bien le reconnaître... un peu méprisante pour la vie de bohème qu'il menait. Etait-ce la raison pour laquelle il ne l'aimait pas ou éprouvait-il un sentiment plus profond? « Oui, c'est bien ça, se dit-il en allumant une cigarette. Ce n'est pas qu'elle est distante, c'est que je n'ai pas pleinement confiance en elle. Mais pourquoi? Nous avons parfois travaillé ensemble au cours des quatre dernières années. C'est la favorite de Dorey. Il la considère comme son meilleur agent. Quelles sont les raisons de cette méfiance? »

Il n'en trouvait aucune. Elle s'était bien tiré de plusieurs affaires difficiles. Elle avait dénoncé Nayland, qui fournissait depuis des années des renseignements très confidentiels aux Russes. C'était, dans les dossiers de l'Ambassade, l'un des succès les plus brillants du contre-espionnage.

Kerman fit tomber la cendre de sa cigarette.

« Voyons, se dit-il, Nayland a été brillamment démasqué, mais l'opération s'est quand même soldée par la mort de Nayland. Est-ce qu'il s'est vraiment suicidé ou est-ce qu'il a été opportunément réduit au silence avant de passer sur la sellette? Il y a eu également l'affaire Bronson. Elle l'a démasqué, lui aussi, mais au moment où il tentait de s'échapper, Bronson a été réduit au silence par un mystérieux chauffard : une voiture dont les plaques d'immatriculation étaient fausses, l'a écrasé et a disparu aussi vite qu'elle était apparue. Nayland et Bronson ont fait beaucoup de dégâts, mais ils étaient déjà suspects lorsque Janine est intervenue. O'Halloran aurait fini par avoir leur peau. »

Il fallait pourtant bien reconnaître également, à la décharge de Janine, que ces deux agents seraient morts avant qu'on ait pu les interroger. N'empêche que leur mort avait arrangé les Russes. *Arrangé les Russes?* Le regard de Kerman se durcit. Pourquoi Janine avait-elle pâli lorsqu'il lui avait demandé si elle avait aperçu des Russes au N'Gor? Tout le monde avait regretté que le travail de Janine ait été réduit à néant. C'est parce qu'elle avait dénoncé Nayland et Bronson que Dorey en avait fait son premier agent. Cette affaire avait donc également arrangé Janine.

Kerman se raidit. « Au fond, songea-t-il, je suis en train de faire de Janine un agent double. On se fait vraiment des idées bizarres! Pourquoi tient-elle tellement à ce que je ne vienne pas au N'Gor? Veut-elle me cacher ce qui s'y passe? »

Le taxi ralentit et le chauffeur demanda :

— On arrive à Dakar, monsieur. Où voulez-vous descendre?

— Dans un bon hôtel du centre, répondit Kerman.

« Eh bien, se dit-il, tandis que le taxi reprenait de la vitesse, en attendant de retrouver la piste de Mme Foucher, je ne perdrai pas mon temps si je surveille Janine. »

Le taxi stoppa devant l'hôtel Continental dans la rue Galandou-Diouf. Un portier noir traversa rapidement le trottoir et s'empara du sac de voyage de Kerman. Celui-ci régla la course et suivit le portier à l'intérieur de l'hôtel.

Il demanda une chambre avec salle de bains et signa sa fiche. Puis, il alla trouver le réceptionniste et lui expliqua qu'il voulait louer une voiture sans chauffeur pour le lendemain matin huit heures. L'employé lui répondit que rien n'était plus facile et lui réclama son passeport que Kerman lui abandonna. Il prit l'ascenseur et gagna une chambre agréable et climatisée, au second étage.

Il ôta sa veste et, toujours songeur, déballa ses affaires.

Janine!

Il ne pouvait croire qu'elle traitait avec les Russes. « On se laisse emporter par son imagination, se dit-il en empilant ses chemises de nylon dans un tiroir. Je finis par soupçonner tout le monde. »

Il repoussa sa valise vide dans le placard et s'assit sur le lit.

— Demain matin, j'irai faire un tour du côté de l'hôtel N'Gor », conclut-il. Dès qu'il serait en mesure d'innocenter Janine, il retrouverait sa tranquillité d'esprit.

*

Samba Dieng arrêta sa 2 CV cabossée devant un bungalow. Deux grands Sénégalais sortirent de l'ombre et se dirigèrent vers lui.

— C'est moi, Dieng, dit-il, mal à l'aise. Il faut que je voie M. Jenson.

L'un des Noirs fouilla Dieng pour s'assurer qu'il n'avait pas d'armes, puis l'introduisit dans le bungalow.

Malik, assis à une table, étudiait une carte. Dieng s'arrêta sur le seuil. Un homme puissamment bâti, le crâne nu comme une boule de billard, le visage brutal et cruel, congestionné à force de vodka, se tenait derrière Malik. On l'appelait Ivan. C'était un des meilleurs tireurs au pistolet d'U.R.S.S. Malik et lui faisaient équipe. Ils ne se quittaient jamais.

Malik se tourna vers Dieng et lui fit signe de s'approcher. A contrecœur Dieng s'avança vers la table.

Il était inquiet. Il savait que la soirée n'avait pas été couronnée de succès, mais il tenait à toucher la prime que Malik lui avait promise.

— Alors?

— Je l'ai suivi, comme j'en avais reçu l'ordre, expliqua Dieng. Il s'est rendu au « Floride » rue Carnot. Il a passé la soirée à boire et à danser et il est rentré à son hôtel.

Malik observa son interlocuteur. Ses yeux verts étincelaient.

— C'est tout? demanda-t-il de sa voix gutturale.

Dieng haussa ses minces épaules en signe d'impuissance.

— Tous les Américains vont boire et danser quand ils s'arrêtent à Dakar, monsieur, reprit-il. Celui-ci n'a pas fait exception.

— Avec qui a-t-il dansé?

Dieng se dandina.

— Une Sénégalaise qui s'appelle Awa.

— Une entraîneuse?

— Oui. C'est une putain. Elle est toujours là.

— Etait-elle une amie de Rosa?

— Oui. Rosa est aussi une entraîneuse et une putain

— Il a dansé avec d'autres filles?

— Non. Il n'a pas quitté Awa.

— Combien de temps est-il resté?

— Près de deux heures.

— Tu les as observés tout le temps?

— Toute la soirée, oui... sans arrêt. Je les surveillais dans la glace au-dessus du bar. Il ne s'est pas aperçu que je l'avais à l'œil.

— Ils ont parlé?

— Oui.

— De quoi?

— De rien d'important, répondit Dieng d'un air

hautain. J'ai interrogé la fille une fois qu'il était parti. Ils n'ont même pas parlé de Rosa.

— Est-ce qu'il lui a donné de l'argent?

— Non.

— Elle a dansé avec lui pendant deux heures pour rien?

Dieng se gratta l'oreille.

— Je ne l'ai pas vu lui donner de l'argent.

— En somme, tu n'as rien à signaler?

— J'ai fait de mon mieux, protesta Dieng sur un ton de reproche. Il ne s'est rien passé.

Malik haussa les épaules avec irritation. Puis il prit dans sa poche-revolver un billet de mille francs et le tendit à Dieng.

— Tu connaissais bien Rosa? lui demanda Malik, mécontent de laisser partir le Noir sans lui avoir extirpé le moindre renseignement.

— J'ai souvent bavardé avec elle. Elle avait de la classe... Pas facile à approcher. Son ami était très riche et avait le bras long.

— Son ami? demanda Malik en se penchant vers lui. Qui ça?

— Je ne sais pas qui c'est, mais je sais qu'il est très riche.

— Tu l'as vu?

— Oui. Quand Rosa était là, il venait tous les soirs.

— A quoi est-ce qu'il ressemble?

— C'est un gros Portugais avec une moustache.

Malik se redressa.

— Un Portugais? Tu en es sûr?

— Oui.

— Tu peux disposer, dit Malik en se levant.

Il se dirigea vers le coffre-fort d'acier dressé contre le mur, de l'autre côté de la pièce. Dieng jeta un regard d'impuissance à Ivan qui lui fit signe de partir. Dès qu'il fut sorti, Ivan demanda :

— Qu'est-ce qu'il se passe?

Malik qui avait ouvert le coffre-fort, prit un dossier volumineux, le disposa sur la table et s'assit.

Ivan haussa les épaules et se versa un grand verre de vodka.

— Quelque chose que je me rappelle avoir vu dans le dossier de Carey, commenta Malik en feuilletant les documents.

Ivan lampa sa vodka et remplit à nouveau son verre. Il attendit sans broncher pendant vingt minutes, tandis que Malik continuait à feuilleter ses papiers. Soudain, celui-ci frappa le bureau du plat de la main :

— Ça y est! s'écria-t-il. En 1925, Carey était ingénieur dans une fabrique de glace de Dakar dont le propriétaire était un Portugais, Enrico Fantaz. Les deux hommes habitaient la même maison. (Il considéra Ivan.) C'est Fantaz qui a dû payer à Rosa son voyage à Paris. Il sait peut-être où se cache Carey.

— Il y a longtemps de ça. Est-ce qu'il est toujours à Dakar? demanda Ivan.

Malik prit, sous une pile de vieux journaux, l'annuaire du téléphone. Après vérification, il déclara : « Il n'est pas dans l'annuaire. (Il chercha encore.) Mais la fabrique de glace s'y trouve. Demain, nous irons à Dakar pour en avoir le cœur net. (Il regarda Ivan, le visage animé, la bouche cruelle :) Pour Carey, c'est peut-être le commencement de la fin.

*

Janine émergea lentement d'un sommeil profond. Eblouie par le reflet du soleil sur le sol carrelé, elle cligna des yeux, se dressa sur un coude et consulta sa petite montre-bracelet. Il était sept heures deux.

Elle se retourna et observa Girland, endormi à ses côtés. Comme s'il s'était douté qu'elle l'examinait, il remua, étendit le bras et attira à lui la jeune femme.

Janine se laissa aller, la main sur son torse nu.

Elle avait eu beaucoup d'amants. Les hommes étaient un besoin pour elle, mais elle avait été souvent déçue. Et, devant l'égoïsme des hommes, elle était devenue cynique. Ils prenaient leur plaisir sans se soucier d'elle, la laissant le plus souvent insatisfaite et frustrée. Girland était différent.

Aucun amant n'avait fait l'amour avec elle aussi bien que Girland cette nuit-là.

Elle supportait mal l'idée qu'une telle expérience pût s'interrompre et, une fois de plus, depuis qu'elle avait commencé à travailler pour Dorey et ensuite pour les Russes, elle regretta amèrement de s'être engagée dans ce jeu dangereux et solitaire.

Non qu'elle eût besoin d'argent. Ce qu'elle avait dit à Girland était vrai. Grâce à son père, qui avait fait fortune en boursicotant, elle était largement pourvue. Mais elle s'était lassée de ses robes, de sa fortune et de son inaction.

Elle avait rencontré John Dorey à une soirée et elle lui avait plu. Au cours de la conversation, il se rendit compte que Janine avait de nombreuses relations. Elle était riche et fêtée, fréquentait diverses ambassades, assistait à des dîners et des cocktails.

Le fait que sa mère était américaine, le fait qu'elle était riche, belle et gaie, lui assuraient ses entrées un peu partout.

Quelques jours plus tard, il l'avait invitée à dîner.

— Je voudrais vous parler, lui avait-il dit. Je pourrais vous faire une proposition si vous vous ennuyez autant que vous le dites.

Elle avait accepté avec enthousiasme de travailler pour lui. Elle n'avait guère qu'à se promener, écouter les commérages, les ragots et lui adresser des rapports hebdomadaires. La première année, c'était amusant. Puis, elle recommença à s'ennuyer. Elle souhaitait quelque chose de plus excitant et même dangereux, mais Dorey ne lui confiait aucune mission importante. Elle était plus utile ainsi, lui expliquait-il.

Un après-midi, elle reçut un coup de fil d'un homme qui dit s'appeler Dupont. Elle l'avait rencontré un soir sur un bateau-mouche et, assis à côté d'elle, tandis que le bateau descendait la Seine, il lui avait parlé d'une voix douce avec un accent guttural. C'était un homme maigre et sombre, les yeux enfoncés dans leurs orbites, les pommettes saillantes. Il semblait tout savoir d'elle. « C'est dommage que vous vous ennuyiez, lui expliqua-t-il. A moins d'accomplir un exploit extraordinaire, Dorey ne vous accordera aucune promotion. Est-ce que vous éprouvez des sentiments hostiles envers l'Union soviétique? » avait-il demandé.

Janine n'éprouvait aucun sentiment hostile envers aucune nation. Elle recueillait sur l'U.R.S.S. des renseignements dont Dorey avait besoin. Non, elle n'avait aucune objection à recueillir des renseignements sur les Etats-Unis, si les Russes désiraient recourir à ses services. Elle avait adopté ce métier pour s'amuser mais, après tout, elle était française. Les Russes pourraient peut-être utiliser ses talents. Pourquoi pas?

Ainsi, au fil des années, Janine acquit une réelle expérience et se trouva de plus en plus engagée. C'était Dupont qui lui avait communiqué les renseignements qui lui avaient permis de démasquer Nayland et Bronson. L'affaire avait été astucieusement montée et Dorey n'y avait vu que du feu. Il crut sincèrement que la découverte de ces deux traîtres était due à l'intelligence et à la patience de Janine. En fait, ces deux agents n'offraient plus aucun intérêt pour les Russes.

Ce fut pour Janine le début d'une nouvelle carrière. Elle devint l'agent numéro un de Dorey et ce fut alors que les Russes commencèrent à la talonner. Ils lui confièrent des missions, au lieu de se contenter d'accepter les bribes de renseignements que, jusqu'alors, elle leur communiquait. Des missions dangereuses et difficiles. Elle ne refusa qu'une fois d'exécuter ce genre de travail.

Dupont l'avait alors regardée fixement.

— Votre sort est entre nos mains, mademoiselle, avait-il dit. Souvenez-vous de Nayland et de Bronson. Eux aussi étaient des agents doubles.

C'est ainsi que le charme et l'amusement s'évanouirent sous ses yeux. Ce n'était plus un jeu. C'était sérieux, comme avait dit un jour O'Halloran. Elle était prise au piège sans aucun moyen de s'en sortir.

La sonnerie aiguë du téléphone interrompit ses réflexions.

Girland dormait du côté du téléphone, posé sur la table de nuit. Comme il commençait à bouger, elle se dépêcha de le prévenir, se coucha sur lui et prit l'appareil.

— Oui?

— Chez moi à neuf heures, dit Malik.

— Mais c'est trop tôt, gémit Janine. Je ne peux pas.

— A neuf heures, répéta Malik en raccrochant.

Girland, réveillé, caressa lentement le dos de Janine. Elle se dégagea et s'assit sur le lit en ramenant le drap sur sa poitrine.

— Oh! zut! dit-elle. J'avais oublié. C'était Hilda,

mon amie. Nous avions décidé d'aller faire une promenade ensemble. Il faut que j'aille la retrouver à neuf heures.

— Elle est baryton dans une chorale? demanda Girland qui se croisa les mains sur la nuque en souriant. Tu sais, j'ai comme une impression que Hilda a une voix d'homme, ajouta-t-il.

— Eh bien, non! Elle est tout simplement enrhumée.

— Pauvre Hilda! dit Girland en prenant Janine dans ses bras. Bonjour, ma beauté !

Il se mit à lui baiser doucement les paupières. Elle frissonna et se pelotonna contre lui. Ses lèvres descendirent vers son cou. Elle secoua la tête et essaya de le repousser.

— Non, mon chéri! Il faut que je me lève. Tu dois partir. Vraiment, John... Non... Oh! mon chéri! Je t'en prie!

Les lèvres de Girland se refermèrent sur les siennes et soudain elle s'abandonna en soupirant tandis que le désir l'embrasait. Elle le serra dans ses bras et sentit, au bout de ses doigts, les muscles d'acier de son dos.

Il se retrouvèrent plus tard, étendus côte à côte, les yeux dans les yeux.

— C'est bon d'être avec toi, murmura Janine en lui caressant le visage.

— Moi aussi, je me sens bien, dit-il en souriant. (Il se dressa sur son séant et jeta un coup d'œil à sa montre.) Il est près de huit heures. Je ferais bien de rentrer dans ma chambre.

Il quitta le lit et alla chercher son peignoir.

— A ce soir, John? Tu viendras me retrouver?

— Bien sûr. Je ne sais pas mon programme pour aujourd'hui, mais je reviendrai ce soir. Si je peux, je passerai te prendre à midi, sur la plage.

Quand il fut parti, elle se leva paresseusement et gagna la salle de bains. A neuf heures moins vingt, elle descendit dans le hall et sortit sur la terrasse de l'hôtel. La Cadillac noire attendait. Le grand Sénégalais, son fez rouge sur l'oreille, mâchonnait un bâton de bétel. Elle se dirigea vers lui. Il s'inclina légèrement, lui ouvrit la portière et lui adressa un large sourire.

Vingt minutes plus tard, environ, ils atteignaient le bungalow; durant tout le trajet, mal à l'aise, nerveuse elle se demanda ce que voulait Malik. Elle aurait été encore plus inquiète si elle avait su que Jack Kerman, qui s'était rendu au N'Gor dès huit heures et demie, l'avait vue monter dans la Cadillac. Il avait été tenté de la suivre, mais s'était dit que ce serait trop dangereux. Janine était du métier; elle n'aurait pas tardé à se rendre compte qu'on la filait. Il se contenta de relever le numéro minéralogique de la voiture puis, remontant dans sa Simca, il rentra rapidement à Dakar.

La Cadillac s'arrêta devant le bungalow. Janine en sortit, escalada le perron et entra dans le vestibule.

Malik l'attendait. Ils pénétrèrent dans la grande pièce.

— Où est allé Girland hier soir? s'enquit Malik en s'asseyant. Il vous en a parlé?

— Il m'a raconté qu'il avait passé la soirée à bavarder avec des hommes d'affaires.

— Il a passé la soirée au « Floride » avec une Sénégalaise amie de Mme Foucher. Vous comprenez? Vous faut-il d'autres preuves que non seulement cet homme est Girland, mais aussi qu'il travaille maintenant pour Radnitz?

Janine ne répondit rien.

— J'ai des nouvelles, poursuivit Malik. Il est inutile que vous couchiez ce soir avec Girland, comme prévu. Je suis à peu près certain de pouvoir retrouver Carey sans son aide. Je saurai à quoi m'en tenir dans quelques minutes.

Janine lui lança un regard perçant :

— Qu'est-ce qui s'est passé? demanda-t-elle.

— Je suis persuadé que Carey possède un agent de liaison ici. Je suis également convaincu que Girland essaie, lui aussi, de retrouver cet agent. Grâce à lui, nous découvrirons Carey. Je suis à peu près sûr que cet agent est un certain Enrico Fantaz. Il y a des années, il était lié d'amitié avec Carey. Il... (Il s'interrompit. Ivan entrait.) Eh bien? lui demanda-t-il.

— Fantaz a abandonné la fabrique de glace, l'an dernier, expliqua Ivan qui jeta un coup d'œil à Janine, puis détourna son regard. Il habite maintenant dans l'île de Gorée, à trois kilomètres en mer. Sa villa s'appelle « Mon repos ».

— Comment peut-on rejoindre cette île?

— Il y a un bac. La traversée prend une demi-heure, expliqua Ivan.

Il s'empara d'une chaise, s'assit et son regard sensuel effleura les jambes de Janine.

— Nous allons y aller ce matin, dit Malik.

— Pas tous les deux, répondit Ivan. Un seul suffira. Ce n'est peut-être pas l'homme que nous cherchons. Ce serait imprudent de nous montrer ensemble. Je vais y aller. Je prendrai quatre hommes avec moi. Il est peu probable qu'il consentira à nous dire d'emblée ce que nous voulons savoir. Il faudra le cuisiner.

— Très bien, Ivan. Vas-y. (Malik jeta un coup d'œil à sa montre.) A quelle heure part le bac?

— Je prendrai celui de onze heures et demie. (Il se leva et son regard se détacha de Janine.) Enfin, la chance est peut-être de notre côté.

Quand il fut parti, Malik reprit :

— Si cet homme nous révèle la cachette de Carey, nous éliminerons Girland. Vous lui proposerez d'aller faire une balade en voiture. Vous me l'amènerez. Expliquez-lui que votre amie habite ici. Nous n'aurons pas de mal alors à le liquider.

Janine sentit son estomac se nouer.

— Je ferai ce que je pourrai, dit-elle en se levant.

Malik posa sur elle un regard aigu qu'elle s'efforça de soutenir.

— Et Kerman? demanda Malik. Hier soir, quand vous m'avez téléphoné, vous aviez l'air de penser qu'il se méfiait de vous.

— Oui, mais je me trompais peut-être, répondit Janine en ouvrant et refermant nerveusement son sac. Il m'a posé des tas de questions. Je vous le répète, il est dangereux.

Les lèvres minces de Malik esquissèrent un sourire.

— Moi aussi. Chaque chose en son temps. Nous supprimerons d'abord Girland et Kerman ensuite. Les vautours peuvent se préparer à un festin.

A l'hôtel, Girland prenait tranquillement son petit déjeuner. Quand il eut fini, il sortit sur la terrasse et se demanda ce qu'il allait faire de sa journée.

Il songea tout d'abord à Janine. C'était une femme étonnante, mais qui le mettait mal à l'aise. Le regard qu'elle lui avait jeté au moment où il l'avait quittée laissait à penser qu'elle allait tomber amoureuse de lui. C'était fâcheux. Pour lui, l'amour ne dépassait pas le contact de deux épidermes. Parfois, au cours de sa vie, il avait rencontré des femmes qui s'étaient révélées possessives et impossibles, mais la plupart d'entre elles se contentaient de se donner à lui pour le plaisir d'une heure, comprenant bien qu'il ne serait jamais leur proie.

Abandonnant Janine comme sujet de réflexion, il concentra son attention sur Radnitz. Il était là depuis deux jours; Radnitz allait s'impatienter. C'était trop dangereux de téléphoner à Paris. Il ferait mieux d'envoyer un télégramme. S'il l'expédiait de la poste de Dakar, personne n'y prendrait garde. Il y avait aussi le père de Rosa. Obtiendrait-il de lui des renseignements? C'était douteux. Une visite risquait de faire plus de mal que de bien. Mais de quelle autre piste disposait-il? Bien sûr, il y avait Awa. Elle réussirait peut-être à savoir qui était ce mystérieux Enrico. Il ferait mieux d'attendre encore un jour, au cas où elle découvrirait quelque chose.

Peu après dix heures, alors qu'il venait de décider de se rendre à la plage, la sonnerie du téléphone retentit.

— Une communication pour vous, monsieur, lui annonça la standardiste. Ne coupez pas, s'il vous plaît.

Il entendit un déclic, puis la voix chantante d'Awa :

— Monsieur John, c'est vous? demanda-t-elle, tout excitée.

— Oui, c'est moi. Awa?

Il l'entendit rire.

— Je l'ai trouvé comme je vous l'avais promis, monsieur John. Je sais où il habite.

— Vous voulez dire notre ami portugais?

— Oui. J'en ai parlé à mes amies hier soir et l'une d'elles m'a dit que son copain le connaissait. Alors, je suis allée le voir à bicyclette ce matin et il m'a donné son adresse. Il m'a fait payer cent francs, monsieur John.

— Très bien. Je vous les rendrai. Comment s'appelle-t-il et où habite-t-il?

— Je vais vous emmener chez lui. (Une cascade

de rires s'égrena dans l'écouteur.) Comme ça, vous pourrez me donner l'argent que vous m'avez promis.

— D'accord, mais quand?

— Vous pouvez venir maintenant?

— Oui, mais où?

— Venez me retrouver à la gare. J'y suis déjà. Je vous attendrai. Vous m'apporterez l'argent que vous m'avez promis, n'est-ce pas, monsieur John?

— Bien sûr! Je serai là dans une demi-heure.

Il raccrocha, réfléchit un instant, puis ouvrit le placard et y prit sa valise. Il ouvrit le double-fond et en tira le 45 automatique. D'une autre poche, il sortit un petit silencieux, vérifia que l'arme était chargée, ajusta son baudrier et glissa le pistolet dans l'étui. Il enfila sa veste et se regarda dans la glace : l'automatique faisait une bosse légère sous le vêtement tropical, mais il n'était pas trop évident qu'il s'agissait d'une arme.

Il vérifia son portefeuille : il avait assez d'argent; alors, quittant sa chambre, il se hâta vers l'ascenseur.

*

Jack Kerman s'arrêta devant l'ambassade américaine, gara sa voiture et pénétra dans le bâtiment. Il demanda au concierge l'inspecteur Ambler qui était à Dakar l'homologue de l'inspecteur O'Halloran.

Cinq minutes plus tard, Kerman se trouvait assis en face d'un énorme bureau. Ambler était un homme jeune, solidement bâti, au visage vif, rasé de près. Il examinait d'un air désapprobateur le complet froissé de Kerman, ses chaussures poussiéreuses, sa cravate nouée comme une ficelle.

— Oui. Nous sommes au courant, dit Ambler. Nous avons reçu un télégramme de Dorey. Que puis-je faire pour vous?

— Je voudrais savoir qui est le propriétaire de la voiture qui porte ce numéro, expliqua Kerman en déposant un bout de papier sur le bureau. Vous pouvez m'obtenir ce renseignement?

— Bien sûr, répondit Ambler en attrapant le téléphone. (Il demanda la préfecture de police. On lui passa un fonctionnaire; il garda l'appareil tout en allumant une cigarette.) Très bien, merci, reprit-il. Oui, je l'ai. (Il raccrocha.) C'est une voiture de louage de la compagnie Lotus, dit-il à Kerman.

— Vous pourriez savoir qui l'a louée?

— Ma foi, oui, ces gens-là nous connaissent bien. (Ambler reprit l'appareil. Après un bref échange de mots, il enchaîna :) Merci. Comment? Oh! non! Une simple affaire courante. (Puis il raccrocha.) Cette voiture a été louée pour un mois par M. Wilhelm Jenson, touriste danois. Il vit dans une villa meublée, dans les faubourgs de Rufisque.

— Jenson... Un Danois?

— Oui. Il avait un passeport danois.

— Vous savez où se trouve cette villa meublée?

Ambler se leva et se dirigea vers un vaste plan de Dakar et de ses environs fixé au mur. Kerman le rejoignit.

— Voilà, dit Ambler en montrant un point sur la carte. C'est à vingt kilomètres, de l'autre côté de Rufisque, sur ce chemin.

Kerman revint à son fauteuil.

— Vous avez un complément d'information sur Rosa?

— Pas grand-chose. Tout ce que nous avons pu savoir sur elle, c'est qu'elle travaillait au « Floride ».

— Oui... Dorey m'a dit ça. (Kerman marqua un temps d'arrêt et demanda :) Est-ce que des Russes sont arrivés ces jours-ci?

Ambler lui lança un regard perçant :

— Pas que je sache. Pourquoi?

— Oh! j'avais comme une idée que les Russes s'intéressaient peut-être à cette affaire. Il se peut que je me trompe. Janine Daulnay est venue vous voir?

— Non. Nous savons qu'elle est descendue au N'Gor, mais elle n'est pas venue ici.

— Très bien. Merci de votre aide, dit Kerman en se levant. Il faudra que je communique avec Dorey. Puis-je utiliser votre brouilleur d'écoute?

— Quand vous voudrez, dit Ambler en l'accompagnant à la porte.

*

Girland trouva Awa qui l'attendait à la gare. Elle monta dans sa voiture en riant et lui indiqua la route jusqu'au bassin Ouest. Son frère possédait une vedette à moteur, expliqua-t-elle et les emmènerait dans l'île.

— Vous donnerez cent francs à mon frère, dit-elle en regardant Girland d'un air heureux. Il vous attendra. Vous m'avez apporté l'argent?

— Oui, dit Girland en ralentissant au moment où il franchissait la grille d'entrée aux quais.

Elle lui désigna un endroit :

— Laissez la voiture ici, dit-elle.

Il se dirigea vers un parking couvert, sortit, ferma la voiture à clé et revint à pied, en compagnie de la fille, vers une rangée de bateaux de pêche qui se balançaient sur l'eau.

Le frère d'Awa, qui se présenta à Girland sous le nom d'Abdou, était un Noir solidement bâti, au jovial visage d'ébène. Il était vêtu d'un boubou bleu électrique qui tombait jusqu'à ses immenses pieds plats.

Il conduisit Girland vers un canot à moteur

aux lignes profilées pour la vitesse. Girland s'assit à l'arrière. Tout sourires, Awa s'assit en face de lui tandis qu'Abdou larguait les amarres. Il lança le moteur et, une fois qu'il eut dépassé les autres bateaux, il mit les gaz et le bateau bondit en avant.

Il leur fallut moins d'une demi-heure pour atteindre la petite île. Abdou passa le cap de la gare maritime et alla s'amarrer le long de la jetée. Girland sortit du bateau et jeta un coup d'œil à sa montre. Il était midi moins le quart. Il aperçut au loin le bac qui venait de Dakar. S'il avait su qu'Ivan était à bord, il se serait hâté, mais le soleil de midi était si chaud qu'il se contenta de prendre les choses tranquillement.

— Mon frère va attendre ici, expliqua Awa. Je vous accompagne. La maison n'est pas loin.

Ils remontèrent la jetée et traversèrent une place sableuse. Les bâtiments qui l'entouraient étaient vieux et mal entretenus et les rues étroites. Des groupes d'enfants noirs dont certains étaient nus et d'autres portaient des pagnes sales regardaient avec curiosité Girland qui s'avançait en compagnie d'Awa en cherchant à s'abriter du soleil.

Après avoir marché cinq minutes par des venelles étroites et étouffantes, ils se retrouvèrent soudain devant la mer. Awa s'arrêta et lui indiqua une maison.

— La voilà, dit-elle. Celle qui est entourée de hauts murs.

On ne voyait de la maison que le toit rouge en pente. Des murs blancs la clôturaient.

— Je vais attendre ici, dit Awa en s'asseyant sur un rocher. Vous me donnerez l'argent quand vous reviendrez?

— Oui, dit Girland, qui s'avança hâtivement vers la maison.

De lourdes portes de bois défendaient l'entrée et

lorsqu'il souleva le verrou de fer, il se rendit compte que la porte était fermée. Il recula, s'épongea le visage avec son mouchoir, puis, apercevant une chaîne de fer, il la tira. Dans le jardin invisible, il entendit tinter une cloche et attendit.

Il ne se passa rien pendant un certain temps; puis, un judas coulissa dans la porte et un visage noir apparut.

— Je voudrais parler à M. Fantaz, dit Girland.

Les yeux noirs l'observaient; l'homme hocha la tête :

— M. Fantaz n'est pas là.

— C'est important. Quand rentrera-t-il?

— Pas avant six heures, ce soir.

— Pouvez-vous lui dire que je reviendrai à six heures et demie et que je suis un ami de John Dorey? Vous vous souviendrez?

Son interlocuteur approuva et referma le judas.

Girland revint à l'endroit où Awa était assise. Elle le regarda avec inquiétude.

— Pourquoi vous ne l'avez pas vu? s'étonna-t-elle. Il habite bien là; j'en suis sûre.

— Il n'est pas chez lui. Il faudra que je revienne ce soir.

— Alors, vous me donnez mon argent?

Il lui remit les trois mille francs qu'il lui avait promis.

Elle sourit d'un air heureux en glissant les billets dans son sac.

— Vous voulez visiter l'île? C'est très intéressant. Il y a un musée et une maison d'esclaves. Ça vous plairait.

— Pas tout de suite, dit Girland. Peut-on manger correctement quelque part?

— Il y a un très bon hôtel, dit Awa en se levant. Je vais vous conduire. Mon frère attendra. Vous lui donnerez cent cinquante francs et il restera jusqu'à ce soir.

Girland se dit que, puisqu'il était là, autant valait visiter l'île. Il suivit Awa par une étroite ruelle. Sans raison précise, il éprouva le besoin de regarder derrière lui. Comme il se retournait, il aperçut, passant lentement au bout de la venelle, Ivan qui marchait en direction de la maison de Fantaz.

— Attendez-moi, dit-il brusquement à Awa et, s'avançant rapidement, il gagna l'extrémité de la ruelle, s'arrêta à l'angle et jeta un coup d'œil prudent au coin du mur.

Ivan se tenait devant la porte de la maison de Fantaz, son visage congestionné ruisselant de sueur. Girland le vit tirer la sonnette.

Tandis qu'Ivan attendait sous le soleil, Girland l'examina. « Un Russe! » pensa-t-il, tout excité. Il avait deviné juste. Les Russes étaient sur cette affaire. Il vit Ivan parler au concierge, puis reculer lorsque le judas se referma. Il observa un rictus de colère sur le visage d'Ivan, tandis qu'il revenait lentement sur ses pas.

Girland recula vivement, repéra à proximité une porte ouverte donnant sur une cour jonchée d'ordures, et alla se dissimuler derrière le panneau. Par un interstice, il pouvait surveiller l'extrémité de la ruelle.

Ivan apparut, s'arrêta, s'épongea le visage et inspecta la ruelle. Un petit Arabe aux traits émaciés, en djellabah crasseuse et chéchia encore plus sale, vint vers lui.

— Il est absent et ne rentrera pas avant ce soir, expliqua Ivan. Fais cerner la maison et attends son retour. Ne te montre pas. Je vais à l'hôtel. Dès qu'il arrivera, envoie-moi un de tes hommes. Compris?

L'Arabe inclina la tête.

— Quel est le chemin le plus court pour aller à l'hôtel?

L'Arabe désigna la ruelle où attendait Awa.

Girland entendait très distinctement Ivan parler et il se colla au mur lorsque le Russe passa devant la cour. Il attendit plusieurs minutes, puis s'avança prudemment dans la ruelle. Ivan avait disparu. Awa était accroupie sur les talons, armée de la patience des indigènes. En l'apercevant, elle se leva.

Girland la rejoignit et lui demanda de le conduire à l'hôtel.

Au bout de dix minutes, ils arrivèrent en vue de l'hôtel qui donnait sur la mer.

— Vous pouvez retourner à Dakar avec votre frère, voilà pour lui, dit Girland, en lui remettant la somme convenue.

— Mon frère attendra si vous le voulez.

— Non. Dites-lui de repartir. Et souvenez-vous, pas un mot à mon sujet.

Elle acquiesça, fit demi-tour et gagna la jetée à longues enjambées.

Girland reprit sa marche vers l'hôtel. Il se demanda s'il courait un risque sérieux de se montrer au Russe, puis opta pour la négative. Il y avait un certain nombre de Blancs sur la plage et plusieurs Américains attablés à l'hôtel. Il ne serait, aux yeux de ce Russe, qu'un touriste américain.

Il trouva une table et s'assit. Aucune trace d'Ivan. Girland jeta un coup d'œil autour de lui et, par la fenêtre de l'établissement, il aperçut un petit bar. Le Russe était là, accoudé au comptoir, une bouteille de scotch et un verre à moitié plein devant lui.

Un garçon s'avança sans hâte vers Girland, qui commanda une bière. Lorsque le garçon revint quelques minutes plus tard, Girland lui demanda à quelle heure il pourrait déjeuner.

— Le déjeuner est prêt, monsieur. Au premier étage, répondit le garçon.

— Je vais monter dans un instant.

Girland se retourna pour observer le Russe qui se resservait à boire. Il le vit faire un signe au barman, s'entretenir avec lui, puis vider son verre. Quand il eut fini sa bière, Girland monta au premier et entra dans le restaurant en forme d'équerre. Il n'y avait que quelques touristes et le garçon conduisit Girland à une table disposée de telle manière qu'il pouvait surveiller les deux parties de la pièce. Il commanda le menu et une bouteille de muscadet. Il en était aux hors-d'œuvre lorsque Ivan pénétra dans la salle. Il s'assit à une table près de l'entrée et jeta autour de lui un coup d'œil rapide et inquisiteur de l'homme à qui aucun détail n'échappe. Au moment où leurs regards allaient se croiser, Girland baissa le nez sur son assiette. Quand il releva la tête, le Russe était plongé dans l'examen du menu.

Tandis que Girland attendait le plat de viande, deux hommes entrèrent dans la salle. Le premier était mince et chauve; il portait une serviette et, après avoir suivi le garçon qui l'installa à l'écart, il enleva ses lunettes de soleil.

Le second retint l'attention de Girland. Il était grand et corpulent, avec un visage large et adipeux. Sa moustache noire et ses lunettes fumées lui conféraient une ressemblance avec l'ex-Roi Farouk. Une épaisse chevalière en or brillait au petit doigt de sa main gauche.

Girland en eut la certitude. Ce gros homme qui venait d'entrer était Enrico Fantaz.

# CHAPITRE VIII

Une théorie de Noirs, vêtus de couleurs vives, s'avançaient au-devant du bac qui allait accoster le long de la jetée.

De la fenêtre du restaurant, Girland les observait. Il avait terminé son repas et s'attardait devant son café. Le Russe avait disparu. Girland l'avait entendu demander au garçon la chambre 12 : il avait dû aller faire la sieste après un déjeuner copieux.

De temps à autre, il jetait un coup d'œil sur Fantaz. Le gros Portugais avait absorbé un énorme repas tout en discutant à voix basse avec son compagnon. Les deux hommes fumaient maintenant le cigare, café et cognac posés devant eux.

— Voici le bateau, dit Fantaz en élevant légèrement la voix et en désignant le bac. Nous avons tout le temps; il ne repart pas avant deux heures.

— Vous êtes sûr que ça ne vous dérange pas, monsieur Fantaz? demanda son interlocuteur. C'est vraiment inutile que vous vous déplaciez jusque là-bas.

— Bien sûr que je vais venir, répondit Fantaz en ponctuant ses mots d'un geste généreux. Je n'ai rien à faire cet après-midi.

Là-dessus, Girland termina son café et fit signe au

garçon de lui apporter l'addition. Il l'acquitta, puis, poussant sa chaise, il se leva, quitta le restaurant et se dirigea lentement, dans la chaleur torride, vers le bac. Maintenant qu'il avait découvert Fantaz, Girland était bien résolu à ne pas le lâcher. Il décida de le suivre jusqu'au moment où son compagnon le quitterait et alors seulement de l'aborder.

Il prit son billet, monta à bord, s'assit à un endroit d'où il pouvait quitter rapidement le bac dès l'arrivée à Dakar et se mit à attendre.

Cinq minutes avant le départ, Fantaz et son compagnon apparurent sur la place sablée, toujours en grande conversation. Fantaz faisait de temps à autre des gestes avec les mains et sa bague en or brillait au soleil.

Ils montèrent à bord, passèrent rapidement devant Girland et s'installèrent à l'ombre.

La demi-heure que durait la traversée permit à Girland de faire le point. Ce qui le troublait surtout, c'est qu'il n'avait aucun moyen de prouver à Fantaz qu'il était envoyé par Dorey. Ce ne serait pas facile de l'amener à lui révéler la cachette de Carey. Il faudrait le prévenir contre les Russes, de manière à le mettre en confiance.

Lorsque le bac accosta, Girland, déjà debout, fut le premier à descendre, suivi par une foule de Sénégalais bavards et rieurs.

Il se hâta de gagner sa voiture, ouvrit la portière, et se mit au volant, pestant contre la température de four qui régnait à l'intérieur. Il baissa les vitres, fit tourner le moyeur et attendit.

Fantaz et son compagnon bavardaient toujours en se dirigeant vers une Buick noire. Le chauffeur ouvrit la portière et les deux hommes grimpèrent dans l'auto.

Celle-ci démarra et Girland la suivit. Cinq minutes

plus tard, la Buick s'engageait dans le flot de la circulation, faisait le tour de la place de l'Indépendance et venait se garer en double file devant la « Banque internationale pour le Commerce et l'Industrie du Sénégal ».

Girland doubla la voiture et, le regard fixé sur son rétroviseur, aperçut Fantaz et son compagnon qui entraient dans la banque.

Une voiture sortit d'un parking : Girland prit sa place. De l'endroit où il se trouvait, il pouvait surveiller l'entrée de la banque et, bien qu'il fût garé en plein soleil, il décida de ne pas bouger.

Soudain, la Buick démarra. Au bout de dix minutes, Girland, incapable de supporter plus longtemps la chaleur, quitta son véhicule et vint s'abriter à l'ombre de la banque. Il acheta un journal et, adossé à une colonne, il passa la demi-heure suivante à lire, tout en surveillant l'entrée du bâtiment.

Il était si préoccupé qu'il ne vit pas Janine s'approcher de lui. Le son de sa voix le fit sursauter :

— Tiens, bonjour! fit-elle. Qu'est-ce que tu fabriques ici?

— Et toi? demanda-t-il avec un sourire.

Il replia son journal tout en jetant un coup d'œil sur l'entrée de la banque. Il ne fallait pas rater Fantaz.

— J'ai pris le car de l'hôtel. J'ai fait des courses. Tu attends quelqu'un?

Girland hésita, puis répondit « oui », en faisant un signe en direction de la banque.

— Une de mes relations d'affaires vient d'entrer. Je l'ai raté, je l'attends pour lui parler.

Janine exprima sa déception :

— Moi qui pensais qu'on pourrait aller faire un tour en ville avec ta voiture.

— Je suis désolé. Il faut que je parle à ce type...

Tu sais ce que c'est. (Girland fit la grimace.) Les affaires...

Janine détourna la tête. Un soupçon l'effleura. Elle se demanda si l'homme qui était entré dans la banque avait quelque rapport avec Carey.

— Oh! ma foi, tant pis, dit-elle en lui souriant. Il faut que je te montre ce que je viens d'acheter. (Elle ouvrit son sac et en tira une très belle petite idole d'ivoire sculpté.) Le marchand qui me l'a vendue...

Girland aperçut Fantaz qui sortait, seul, de la banque.

— Excuse-moi, coupa-t-il. Voici mon homme. Je te retrouverai ce soir à l'hôtel.

Janine jeta un coup d'œil à Fantaz qui s'en allait de l'autre côté.

— Très bien, dit-elle. Je ne veux pas te retarder. A ce soir.

Girland lui serra la main et se dirigea vers Fantaz. Janine l'observait. Lorsque Girland se trouva à quelques mètres du Portugais, il ralentit. Il suivit Fantaz qui tourna dans la rue Carnot.

Janine hésita, puis s'élança sur ses traces. Une main chaude et sèche lui saisit le poignet. Elle pivota, interloquée. C'était Malik.

— Laissez-moi faire, dit celui-ci d'un ton sec.

Il la dépassa et partit à la suite de Girland.

Janine demeura longtemps immobile, le cœur battant. Elle était certaine maintenant que le gros bonhomme était Fantaz. Elle avait également la certitude que Girland se trouvait en danger. Malik était capable de tout, s'il coinçait les deux hommes dans un lieu écarté.

C'est alors qu'elle comprit à quel point elle était amoureuse de Girland. Depuis qu'il l'avait quittée, le matin, elle ne cessait de penser à lui. Jamais elle n'avait été amoureuse. Elle avait eu, bien entendu, des flirts, mais elle n'avait jamais jusque-là connu ce sentiment qui lui faisait battre le cœur, chaque fois qu'elle songeait à Girland.

L'idée de le perdre lui fut intolérable et elle comprit qu'elle était incapable de se lancer à la poursuite de Carey. « Quelles que soient les conséquences, se dit-elle, je vais maintenant faire équipe avec Girland. Il faut l'avertir que Malik connaît son identité. » Même au risque d'y laisser sa peau, elle était prête à changer de camp, si Girland l'accueillait.

Rapidement, elle partit à la suite de Malik.

Dans la rue Carnot, elle aperçut sa chevelure argentée et hâta le pas, dépassant les Sénégalais qui, d'humeur flâneuse, la considéraient avec une surprise amusée.

Girland suivait Fantaz qui ne semblait nullement pressé. Il attendait au bord du trottoir qu'une brèche se fît dans le flot de la circulation. Girland s'immobilisa derrière lui. Fantaz jeta un coup d'œil à sa montre puis gagna le côté opposé et pénétra dans un café. Il fit un signe au barman, se dirigea vers une table au fond de la salle et s'y assit.

Girland, qui avait à son tour traversé la chaussée, s'arrêta devant le café. Fantaz, après avoir parlé au garçon, prit un cigare dans un étui de cuir.

De l'autre côté de la rue, Malik se planta devant une vitrine, tout en surveillant Girland du coin de l'œil.

A quelques pas de là, Janine s'arrêta au seuil d'une boutique pour épier Malik.

Lorsque le garçon eut apporté une bière à Fantaz, Girland pénétra dans le café. Il s'avança tranquillement dans la salle et s'assit à une table voisine de celle de Fantaz qui le considéra, puis détourna la tête.

Girland commanda une bière et alluma une cigarette. Il attendit que le garçon l'eût servi pour rapprocher sa chaise de celle de Fantaz.

— Je suis venu chez vous ce matin; je voulais vous parler, lui dit-il à voix basse.

Fantaz tira une bouffée de son cigare, laissa la fumée s'échapper en volutes de sa bouche et tourna lentement la tête. Protégé par ses lunettes fumées, il scrutait Girland. Son visage gras demeurait impassible.

— Et alors? demanda Fantaz d'une voix rauque et efféminée.

— John Dorey m'a envoyé à vous.

— John Dorey? (Il ne réagit pas.) Ce nom ne me dit rien, monsieur...

— Je m'appelle Mark Girland.

Fantaz prit son verre et considéra les petites bulles qui montaient à la surface.

— Ce nom-là ne me dit rien non plus, dit-il en hochant la tête. De quoi voulez-vous me parler?

Girland jeta un coup d'œil sur le café à moitié désert. Personne ne pouvait les entendre.

— De Robert Henry Carey, souffla-t-il.

— Voilà un nom que je connais, répondit Fantaz en haussant ses sourcils bruns. Comme c'est extraordinaire! Il y a quelque vingt-cinq ans, j'étais très jeune, c'était mon ami.

— Il ne l'est plus?

— Vingt-cinq ans, monsieur Girland, c'est un bail. On perd parfois ses amis. (Il haussa ses lourdes épaules.) Mais j'aimerais bien revoir Carey. Autant que je me souvienne, c'était un garçon sympathique.

Girland prit une cigarette et l'alluma.

— Rosa m'a dit que vous aviez vu Carey il y a quinze jours.

— Rosa?... C'est un nom que je connais aussi, commenta Fantaz en sirotant sa bière. Vous l'avez rencontrée?

— Dorey m'a demandé de la voir. Je lui ai donné sept mille dollars pour les renseignements qu'elle m'a communiqués. Elle devait toucher trois mille autres dollars, mais malheureusement elle n'a pas pu.

Il y eut un long silence, puis Fantaz reprit :

— Très intéressant. Pourquoi n'a-t-elle pas pu toucher le reste de cette somme rondelette, monsieur Girland?

— Un tueur engagé par Herman Radnitz lui a tiré dessus à l'aéroport d'Orly au moment où elle allait s'envoler pour Dakar.

La bière se mit à osciller dans le verre que tenait Fantaz.

— Elle est morte? demanda-t-il d'une voix un peu plus rauque.

— Oui, dit Girland. Nous devions voyager ensemble. Je suis venu seul.

Le visage de Fantaz se couvrit de sueur. Il prit un petit mouchoir blanc dans sa poche et s'épongea la joue.

— Qui est Radnitz?

— L'ignoble Radnitz. Il n'y a pas d'autres qualificatifs. Lui aussi veut retrouver Carey.

— Pourquoi a-t-il fait abattre Rosa?

« Attention! se dit Girland. Il ne doit pas se douter que je travaille pour Radnitz et non pour Dorey. »

— Elle ne lui servait plus à rien. Il l'avait achetée pour qu'elle lui donne votre nom. Lui aussi vous recherche.

Les lunettes fumées étaient braquées sur Girland.

— Et comment savez-vous tout cela, monsieur Girland?

— Peu de choses échappent à Dorey. C'est lui qui m'a informé.

Tandis qu'ils bavardaient, Janine avait fini par se décider. Elle s'éloigna de l'endroit où Malik attendait et, tournant à gauche au bout de la rue, pénétra dans un café-bar. Elle demanda au barman si elle pouvait téléphoner.

— Tout ceci est très intéressant, poursuivait Fantaz. C'est également mystérieux. Qu'est-ce qu'on attend de moi?

Girland commençait à perdre patience :

— Dorey a demandé à l'un de ses agents de rencontrer Rosa, expliqua-t-il, avec irritation. Celui-ci m'a confié l'affaire. Radnitz a retrouvé cet agent. Quand je l'ai revu, il avait les ongles arrachés et il était bel et bien mort.

Fantaz se tassa un peu sur sa chaise.

— Tout ceci ne répond pas à ma question, monsieur Girland. Qu'est-ce qu'on attend de moi?

Girland se rendit compte que le téléphone sonnait au comptoir. Il vit le barman répondre, froncer les sourcils et regarder dans la salle. Son regard rencontra celui de Girland. Il lui fit signe.

— Excusez-moi un instant, dit Girland en se dirigeant vers le comptoir.

— Vous êtes M. Gildchrist? demanda le barman.

— Oui.

Le barman lui tendit l'appareil.

— On vous demande, dit-il.

Intrigué, Girland prit l'appareil :

— Allô? fit-il. Ici, Gildchrist.

A l'autre bout du fil, il entendit le bruit de la circulation, puis une voix féminine un peu étouffée qui disait :

— Le Russe blond vous suit. Il se trouve en face du café où vous êtes.

On raccrocha et Girland resta un instant à considérer la rue écrasée de soleil, puis il reposa lentement le récepteur. Il était certain que son interlocutrice était Janine et pourtant il avait du mal à le croire. Il se rappela le grand Russe blond qu'il avait vu sur la plage du N'Gor. Il sentit soudain son estomac se contracter. Si le Russe le suivait, c'est qu'il connaissait son identité. Peut-être aussi le Russe avait-il reconnu Fantaz.

Girland revint auprès de Fantaz qui avait fini sa bière : il leva le nez vers Girland :

— Je vous prie de m'excuser, monsieur Girland, dit-il. Tout ceci est très intéressant, mais j'ai un rendez-vous.

— Quelques minutes après ma visite chez vous, un agent russe est arrivé. Votre maison est cernée et un autre agent russe surveille, de la rue, ce café.

La bouche de Fantaz tressaillit et il pâlit.

— Comment saurais-je si vous dites la vérité, monsieur Girland?

— Téléphonez chez vous pour demander à votre concierge s'il est exact que deux personnes sont venues vous voir

Fantaz ne bougea pas. Une ride barrait son front. Il réfléchissait.

— Où puis-je vous retrouver? demanda-t-il finalement.

— Je suis au N'Gor. J'y suis connu sous le nom de John Gildchrist. Quelles sont vos intentions?

— C'est mon problème, dit Fantaz en se levant. Je vous ferai peut-être signe plus tard.

— Ne retournez pas chez vous, lui conseilla Girland. Faites attention. Ça pourrait mal finir.

— Je sais me débrouiller tout seul, dit Fantaz. Je vous en prie, restez ici. Je m'en vais par-derrière.

Girland le regarda contourner le comptoir, faire un

signe au barman, puis disparaître par une porte que dissimulait un rideau rouge crasseux. Girland termina sa cigarette et sa bière. Cinq minutes plus tard, il vit Malik passer lentement devant le café et y jeter un coup d'œil.

Girland résista à la tentation de le saluer de la main.

*

Janine attendait, à l'ombre, le car qui devait la ramener à l'hôtel. Elle savait que, si Malik la soupçonnait le moins du monde d'avoir averti Girland qu'il était filé, il la liquiderait aussi froidement qu'il aurait tué une mouche. Mais elle était décidée à rallier Girland et aucune menace ne pouvait l'arrêter.

Elle fut cependant fort surprise de voir la Cadillac noire de Malik s'arrêter au bord du trottoir. Le Russe était assis à l'arrière.

Il la dévisagea de ses yeux verts et lui fit signe. Le cœur battant, elle traversa le trottoir. Il ouvrit la portière.

— Montez, dit-il sèchement. Je vous déposerai à l'hôtel en rentrant.

— Merci, répondit-elle en s'installant à côté de lui.

— Au N'Gor! lança-t-il au chauffeur qui démarra.

— Qu'est-ce qui s'est passé? demanda-t-elle. Qui était le gros? Vous avez pu le savoir?

Malik regardait droit devant lui, les lèvres serrées.

— C'était Fantaz, l'agent de liaison. Il a quitté le café par-derrière; je l'ai perdu.

— Et Girland?

— Je l'ai laissé au café. Il a parlé avec Fantaz. J'ignore si celui-ci lui a indiqué où se cachait Carey, mais j'ai bien l'intention de le savoir. Ivan surveille la maison de Fantaz. Quand il rentrera ce soir, nous le tiendrons. J'ai une mission pour vous.

Il la dévisagea brusquement et elle se sentit frémir sous ce regard glacé.

— Oui? De quoi s'agit-il? demanda-t-elle en considérant son sac, incapable d'affronter ce regard dur et cruel.

Elle ouvrit son sac et y prit un mouchoir pour se tamponner le nez.

— Ce soir, vous amènerez Girland au bungalow. Nous le ferons causer, après quoi nous le liquiderons.

Janine sentit un froid glacial l'envahir.

— Je ne sais pas si je le verrai ce soir, dit-elle en s'efforçant de garder un ton calme. Il rentre à n'importe quelle heure. Et puis, que lui dire? Quel prétexte invoquer pour qu'il m'accompagne au bungalow?

— Je vous le répète, votre amie Hilda donne une soirée. Si vous le lui demandez, il viendra.

— Et s'il rentre tard?

— Il ne rentrera pas tard. Il n'a plus maintenant qu'à attendre le moment où Fantaz l'emmènera chez Carey. Fantaz va commencer par faire une enquête sur lui. Girland rentrera à l'hôtel et attendra. Vous l'amènerez chez moi ce soir à huit heures. Compris?

— Compris, approuva Janine.

— N'oubliez pas. Il est aussi important pour vous que pour moi de retrouver Carey. Vous ne tenez pas à passer dix ans dans une prison française, n'est-ce pas?

— Non, soupira Janine.

— Alors, parfait!

La voiture ralentit et stoppa à un feu rouge. Ni Malik ni Janine ne remarquèrent Jack Kerman, en face, dans sa Simca, mais celui-ci les vit.

Il avait fait un tour dans la campagne et rentrait

à Dakar. Il eut un choc en apercevant Janine, puis il observa son compagnon. Il avait reconnu la Cadillac. « Est-ce là ce mystérieux Danois? » se demanda-t-il. Il ne pouvait pas dévisager Malik à travers le pare-brise de la Cadillac.

Le feu passa au vert et la Cadillac démarra en vitesse. Kerman, au mépris de tous les règlements de la circulation, coupa la route à deux voitures, fit demi-tour à toute vitesse et fonça sur l'autoroute à la poursuite de la Cadillac.

Lancé sur la ligne droite, il aperçut à cinq cents mètres devant lui la voiture qui filait. Il ne pouvait la rattraper, mais il réussit à ne pas la perdre de vue. Au bout de quelques kilomètres, la Cadillac dut ralentir et s'arrêter pour laisser passer un troupeau de chèvres poussées par trois Sénégalais souriants. Cet incident permit à Kerman de regagner du terrain et, lorsque la Cadillac démarra, il se trouvait juste derrière.

Il la suivait toujours de près lorsqu'elle arriva devant l'hôtel. Il alla se garer à proximité. Janine descendit de voiture et pénétra dans l'hôtel. Kerman sortit de sa Simca au moment où la Cadillac redémarrait lentement. Il regarda Malik droit dans les yeux, mais celui-ci ne lui prêta pas attention.

« Un Danois? se demanda Kerman. Oh! non! Ce n'est pas un Danois! »

Il avait trop vu de Russes dans sa vie pour ne pas en reconnaître un. Ce géant blond platine était bien un Russe.

Kerman escalada le perron quatre à quatre et s'engouffra dans l'hôtel. Janine quittait la réception, la clé de sa chambre à la main.

— Salut! dit Kerman en s'approchant d'elle.

Janine sursauta et pâlit. Elle se força à sourire et le dévisagea.

— D'où sortez-vous? demanda-t-elle.

— Je sors tout simplement. Je voudrais vous parler. Allons au bar.

Elle l'accompagna, préoccupée et mal à l'aise. « M'a-t-il aperçue en compagnie de Malik? se demanda-t-elle. C'est probable. Ma foi, tant pis! Il faut faire front. A-t-il des soupçons? »

Elle savait bien qu'elle avait pâli en l'apercevant et elle savait également que Kerman remarquait ces détails.

Ils s'assirent à une table à l'écart et Kerman commanda une bière. Elle trouva qu'il était trop tôt pour boire et réclama une tasse de café. Tandis qu'ils attendaient le garçon, Kerman aborda le vif du sujet :

— Qui est cet homme qui vous a ramenée en Cadillac? demanda-t-il.

Elle avait retrouvé la maîtrise de ses nerfs et elle joua la surprise.

— Mon cher Jack! Pourquoi dramatisez-vous? J'attendais le car de l'hôtel et cet homme m'a proposé de me ramener.

— Vraiment? (Kerman garda le silence tandis que le garçon disposait devant eux une bière et un café. Kerman attendit qu'il se fût éloigné.) Il a dû se présenter. Comment s'appelle-t-il?

Le visage de Janine se durcit :

— Ça ressemble à un interrogatoire, dit-elle. Je n'aime pas ça.

— Qu'est-ce que vous allez chercher? fit Kerman en souriant. J'ai l'impression de l'avoir déjà vu. Il ne serait pas suédois par hasard?

Elle le considéra pensivement. « Il ne faut pas éveiller ses soupçons », se dit-elle :

— Il me semble. On dirait un Suédois, n'est-ce pas? Il s'appelle Bergman. Il est en voyage d'affaires pour quelques jours.

Kerman avala une gorgée de bière. « Bien entendu, elle ment, se dit-il. Si elle ne connaît vraiment pas cet homme, il est évident qu'il devait se présenter sous le nom de Wilhelm Jenson... Quant à sa ressemblance avec un Suédois, elle a assez d'expérience pour se rendre compte qu'il ne peut s'agir que d'un Russe. »

— Vous n'avez pas l'impression qu'il pourrait être russe? demanda-t-il.

Janine ouvrit de grands yeux.

— C'est curieux, ça ne m'est pas venu à l'idée... En y réfléchissant, ce ne serait pas impossible.

— Il vous a posé des questions?

— Les questions habituelles. Il m'a demandé ce que je faisais ici, combien de temps j'allais rester... C'est tout.

Kerman réfléchit un instant, puis haussa les épaules.

— L'ennui, chez moi, c'est que je suis trop soupçonneux, commenta-t-il en riant. Bon, n'en parlons plus! Quoi de neuf?

— Rien. (Elle jeta un coup d'œil à sa montre.) Dans quelques minutes, je vais prendre le car de l'aéroport. L'avion de Paris doit arriver à quatre heures. Girland sera peut-être à bord.

Kerman se leva.

— Très bien. Alors je m'en vais. Je peux vous déposer?

— Il faut d'abord que je monte dans ma chambre, dit-elle en se levant. Non, ne m'attendez pas, Jack. Vous me téléphonerez?

— Bien sûr, dit-il.

Il la quitta, remonta les marches et pénétra dans le hall.

Girland venait d'arriver. Les deux hommes se croisèrent. Girland alla prendre sa clé au bureau.

Kerman sortit pour regagner sa voiture. Il s'attarda à réfléchir.

Il était maintenant confirmé dans ses premiers soupçons : Janine était agent double. Elle travaillait pour Dorey, mais aussi pour les Russes. Kerman n'avait aucun doute sur son option en cas de chantage. Il fallait avertir Dorey. Soudain, une idée lui vint. Il s'éloigna de sa voiture, alla se poster derrière une autre auto en stationnement d'où il pouvait surveiller l'entrée de l'hôtel et attendit.

Cinq minutes s'écoulèrent. Le car de l'hôtel vint s'arrêter devant la porte. Plusieurs personnes sortirent, payèrent leur billet au chauffeur et grimpèrent dans le car. Au bout de quelques minutes, le chauffeur s'installa au volant, referma la portière et démarra.

Kerman hocha la tête. Elle ne surveillait même plus l'aéroport. C'était une preuve supplémentaire. Il remonta dans sa voiture et se dirigea à vive allure vers Dakar.

*

Girland était rentré à l'hôtel, préoccupé et troublé. Il ne doutait guère maintenant que Fantaz allait l'appeler dans la soirée. Fantaz commencerait par s'assurer auprès de Carey que celui-ci voulait bien le voir. Une fois éclairé, il abandonnerait ses airs mystérieux.

Mais Girland n'était guère rassuré sur le sort de Fantaz. Le Russe blond l'avait vu; or, Fantaz n'était pas le genre d'homme qui passe inaperçu. Girland espérait que Fantaz n'avait pas bluffé quand il lui avait dit qu'il savait se débrouiller tout seul.

Mais ce qui intriguait Girland, c'était ce mystérieux coup de téléphone. Etait-ce vraiment Janine?

Si oui, comment l'expliquer? « Ne complique pas les choses, se disait-il en fonçant sur l'autoroute. Elle a peut-être aperçu ce Russe, l'a reconnu et l'a vu me suivre. Devinant que c'était un Russe, elle a pris peur et m'a téléphoné. Elle avait dû me voir entrer dans ce café. » Cette explication tenait debout, mais quelque chose le gênait.

« Est-ce que par hasard Janine serait un agent? » se demanda-t-il. Leur rencontre fortuite et naturelle était tout à fait dans le style du métier. « Si c'est un agent, pour qui travaille-t-elle? Pour Dorey? » Il envisageait toutes les possibilités en prenant sa clé. Comme il se dirigeait vers l'ascenseur, il aperçut Janine qui sortait du bar. Pâle, l'air inquiète, elle se contenta de lui sourire légèrement en s'approchant de lui.

— John! Il faut que je te parle. Veux-tu venir dans ma chambre?

— Bien sûr, dit-il. Tu as des ennuis?

Ils entrèrent dans l'ascenseur et il appuya sur le bouton du septième étage.

— Oui. Attendons d'être dans ma chambre.

Arrivés au septième, ils longèrent en silence le long couloir et descendirent les quelques marches qui menaient à sa chambre. Ils y pénétrèrent et elle referma la porte.

Elle s'écarta de lui, puis pivota sur ses talons pour lui faire face :

— Je sais qui tu es, dit-elle calmement. Tu t'appelles Mark Girland.

Girland se passa la main sur la nuque, fronça les sourcils, enleva sa veste, décrocha l'étui baudrier qui lui meurtrissait les côtes et, après avoir déposé l'arme et la veste sur la table, il s'assit.

— Bon. Vas-y, dit-il. Vide ton sac avant que je me mette à table.

— Je suis U 2260, dit Janine en se laissant tomber sur le lit. (Elle ôta ses chaussures, ouvrit son sac et y prit une cigarette.) Ça te dit quelque chose?

Rossland avait un jour raconté à Girland que Dorey avait un excellent agent, une femme, qui travaillait pour lui.

— D'après ce qu'on m'a dit c'est une sacrée fille, avait expliqué Rossland avec un clin d'œil salace. Je ne l'ai jamais rencontrée, mais j'ai lu certains de ses rapports. On la désigne sous le sigle U 2260.

— Tu travailles donc pour Dorey? répondit Girland. Oui, j'ai entendu parler de toi. Merci pour le coup de fil.

Janine attendit, mais, comme Girland ne poursuivait pas et gardait un visage impassible, elle lui demanda :

— Tu sais pourquoi je suis ici?

— C'est évident. Dorey t'a expédiée pour me surveiller. Pourquoi as-tu tout d'un coup décidé de te découvrir? Tu me possédais.

— Vraiment? dit-elle en haussant les épaules. Toi aussi, tu me possédais. J'ai vraiment cru que tu étais John Gildchrist, homme d'affaires américain.

Girland fronça les sourcils :

— Je ne te suis pas. Est-ce que Dorey ne t'a pas envoyée ici pour me surveiller?

— Dorey ne m'a pas envoyée ici du tout. C'est beaucoup plus compliqué que ça. Quand je lui ai dit que je me rendais à Dakar, il a paru satisfait, mais ce n'était pas son initiative. Il te croit mort. (Elle fit tomber la cendre de sa cigarette.) Tu travailles pour Radnitz, n'est-ce pas?

Girland lui sourit.

— C'est toi qui parles, dit-il. Moi, je n'ai rien à ajouter.

— Je t'en prie, Mark, ne te fâche pas. Je n'essaie pas de te tendre un piège. J'ai été assez bête pour tomber amoureuse de toi.

Girland conserva un visage inexpressif mais s'agita, mal à l'aise.

— Je suis désolé, répondit-il Je ne suis pas le genre de type dont une femme doit tomber amoureuse. Je parle sérieusement, Janine. J'avais comme une idée que nous courions ce risque. J'aurais dû te laisser tranquille.

— Oh! non! Je ne te reproche rien. Ce sont des choses qui arrivent. Je me suis dit que je pourrais coucher avec toi, et puis : au revoir, comme ça m'est arrivé assez souvent avec d'autres. Pourquoi fais-tu si bien l'amour?

— C'est pour ça que tu es tombée amoureuse de moi?

— Pour ça, entre autres.

— Et bien, je suis désolé. Veux-tu continuer comme ça, Janine? Si je disparaissais et si je restais à Dakar, devrais-tu aller raconter à Dorey que tu m'as repéré? (Il posa sur elle un regard aigu ) Au`fait, comment m'as-tu repéré?

— Je me demandais quand tu allais me poser cette question, dit-elle en hésitant. Est-ce que tu m'aimes un peu, Mark?

— Franchement, je ne sais pas. Je ne me crois pas capable d'aimer une femme. Ça m'intéresse. Je pense souvent à toi. J'éprouve de l'affection pour toi, sans plus.

— Eh bien, au moins tu es sincère. (Elle eut un sourire amer.) Tu ne voudrais pas passer le reste de ta vie avec moi?

— Je ne pourrais passer le reste de ma vie avec aucune femme. Ecoute, Janine, faut-il vraiment poursuivre cette conversation? Je ne voudrais pas te faire de la peine et c'est précisément ce que je suis en train de faire.

Elle se renversa sur l'oreiller et considéra le plafond. « Ma foi, je sais la vérité maintenant, songea-t-elle, mais ça ne change rien, sauf que je souffre horriblement. Je ne peux pas le laisser tomber dans le piège de Malik. Je ne supporterais pas qu'il lui arrive malheur. »

— Tu m'as demandé comment je t'avais repéré, dit-elle en tirant une bouffée de sa cigarette. C'est très simple. C'est Malik qui m'a renseignée.

— Malik? Qui est-ce? demanda Girland en se raidissant.

— Tu ne connais pas Malik? Rossland ou un autre a dû t'en parler.

— Tu veux dire l'agent russe? (Girland se pencha en avant.) Ce colosse blond, c'est Malik?

— Oui, c'est Malik.

— Et c'est lui qui te l'a dit? Pourquoi? Qu'est-ce qu'il a à faire avec toi?

— U 2260 est un agent double, Mark.

Girland se leva et se dirigea vers la table où il avait posé son veston. Dans l'une des poches, il prit son paquet de cigarettes. Quand il se rassit, plus rien ne transparaissait sur son visage. Il alluma une cigarette et demanda :

— Pourquoi me racontes-tu tout ça, Janine?

— Sans doute parce que je t'aime.

Toujours « aimer », se dit Girland, irrité. Les femmes ne peuvent pas s'en empêcher. C'est comme un hameçon qu'elles essayent de vous planter dans la chair : un hameçon qu'elles espèrent indéracinable.

— Malik a reçu l'ordre de retrouver Carey, poursuivit Janine. Carey possède des renseignements essentiels que les Russes ne peuvent se permettre de laisser échapper. Malik m'a demandé de venir ici. Il en sait beaucoup plus que Dorey. En fait, Dorey ne sait pratiquement rien. Il s'est rendu compte qu'il a commis une erreur en n'allant pas voir en personne cette femme Foucher. Il a compris maintenant qu'elle avait des tuyaux importants à vendre et il essaye encore de savoir par moi et Kerman ce que sont ces renseignements. (Elle jeta un coup d'œil à Girland qui l'écoutait, les traits tendus.) Kerman est ici. Je crois qu'il commence à se douter que je travaille pour les Russes. Il m'a aperçue en compagnie de Malik cet après-midi. (Elle fit un petit geste d'impuissance.) Je crois bien que ma carrière est finie. (Elle s'interrompit, puis poursuivit très calmement.) Je crois bien que, moi aussi, je suis finie.

— Qu'est-ce que Malik sait d'autre? demanda Girland.

— Il connaît Fantaz, mais tu t'en doutes, n'est-ce pas? (Elle se redressa pour écraser son mégot.) Il connaît également Kerman. (Elle lui jeta un coup d'œil.) Tu travailles pour Radnitz, non?

Girland considéra l'extrémité incandescente de sa cigarette et fronça les sourcils.

— Malik est également au courant, dit Janine.

— C'est un gars remarquable, hein? déclara Girland d'une voix où perçait la colère. Oui, c'est exact. Je travaille pour Radnitz. Je n'avais guère le choix. Je ne cherche pas des excuses, mais j'en ai marre, de travailler pour un homme aussi mesquin que Dorey. Radnitz m'a proposé cinquante mille dollars pour retrouver Carey. Celui-ci possède un microfilm que Radnitz veut récupérer. Qu'est-ce que ça peut me faire? Il est prêt à payer. Dorey ne m'offrirait jamais une somme pareille.

— L'argent compte beaucoup pour toi?

Il approuva.

— J'ai perdu dix années de ma vie à jouer les

imbéciles pour des gens comme Dorey, dit-il. Au bout de ces dix ans j'ai quelque chose comme cinq cents dollars à mon compte en banque. Oui, l'argent compte beaucoup pour moi.

— J'ai de l'argent, Mark. Nous pourrions partir ensemble et nous perdre dans la nature. Tu n'aurais pas besoin de l'argent de Radnitz. Tu pourrais même apprendre à m'aimer.

— Tais-toi! dit Girland gentiment. Tu sais bien que ça ne marcherait pas.

Elle leva ses mains fines à la hauteur de ses yeux et les examina. Ses lèvres tremblaient.

— J'imagine que tu as raison. Je ne vois vraiment pas ce que je vais faire, maintenant.

Girland la dévisagea et comprit soudain sa situation.

— Tu crois que Kerman va faire part à Dorey de ses soupçons.

— Je suppose, oui. Il est malin. Il peut en dire à Dorey assez pour que celui-ci procède à une vérification, mais ce n'est pas Dorey qui m'inquiète.

— Malik ne sait pas que tu me racontes tout ça. C'est lui qui t'inquiète?

— Il faut que je t'emmène chez lui, ce soir. C'est un ordre. Je dois t'annoncer que mon amie Hilda donne une soirée et qu'elle veut faire ta connaissance. Maintenant que Malik sait que Fantaz est le relais de Carey, il a décidé de te liquider.

— Ce soir ou demain matin, Fantaz me téléphonera. Ce soir, j'ai un rendez-vous d'affaires. Je serai enchanté de venir chez Hilda demain soir. Demain soir, je saurai où se trouve Carey. Explique cela à Malik.

— Il veut que tu viennes ce soir. C'est un ordre.

— Dis-lui que je viendrai demain soir, répéta Girland. Il attendra. Ce n'est pas ta faute si je suis pris. Il comprendra que tu risques, en me pressant, d'éveiller mes soupçons.

— Oui, c'est vrai. (Elle considéra le plafond.) Je veux me tirer de ce guêpier, Mark, mais comment? (Elle haussa les épaules, d'un air résigné.) Enfin, je ne vais pas t'ennuyer avec tous mes soucis.

Girland se leva et s'assit sur le lit à côté d'elle.

— Pourquoi diable t'es-tu fourrée dans les pattes des Russes? demanda-t-il en lui prenant la main.

— Tu n'as jamais connu l'ennui, toi. On dit que l'oisiveté est la mère de tous les vices. Je suis allée trouver les Russes parce que Dorey m'ennuyait à mourir. Je voulais connaître le danger et l'aventure... Eh bien, me voilà servie! (Elle lui sourit.) Je ne les aime pas autant que je l'espérais.

— Pourquoi ne prends-tu pas l'avion pour Paris demain? Laisse tout tomber. Explique à Dorey que tu ne travailles plus pour lui. Si Malik vient te trouver, dis-lui la même chose.

Il savait que ça ne tenait pas debout. Une fois qu'on est agent, on le demeure jusqu'à ce que vos employeurs n'aient plus besoin de vous. Mais il ne voyait rien d'autre à lui dire.

— Peut-être, admit-elle en lui passant les bras autour du cou. Viens m'aimer un petit peu, Mark. Ça ne durera plus très longtemps. Ne me dis plus rien... Fais-moi l'amour, c'est tout.

Le microphone qui avait transmis toute leur conversation aux galettes d'un magnétophone installé dans la pièce voisine enregistrait maintenant ses gémissements de plaisir, tandis que Girland s'unissait à elle.

## CHAPITRE IX

Peu après quatre heures, l'avion de Paris atterrit et vint s'arrêter devant l'aéroport. Quelques minutes plus tard, les voyageurs commençaient à défiler devant le service de contrôle de police.

Deux hommes, l'un grand et brun au visage en lame de couteau et l'autre, petit et corpulent, avançaient dans la file, portant chacun un léger bagage. Ils étaient vêtus de complets tropicaux mal coupés et visiblement achetés à la hâte. Tout en approchant du contrôle, le gros considérait avec étonnement les Sénégalaises solidement charpentées qui attendaient, derrière les barrières, le moment d'accueillir leurs amis descendant de l'avion. Leurs vêtements bariolés, leurs bijoux en or et leurs bavardages incessants semblaient spécialement l'intriguer. Son compagnon, le visage sombre, impassible, ne leur jetait pas même un coup d'œil.

C'était la première fois que Borg venait en Afrique. Tout ce qu'il voyait l'enchantait.

Après avoir passé le contrôle de police et la douane, les deux hommes sortirent de l'aéroport et débouchèrent dans le soleil brûlant de l'après-midi.

— Tu as vu ces femmes? fit Borg, tout excité.

Bon sang de bon sang! Toutes ces chairs noires! Tu te rends compte...

— Ta gueule! coupa Schwartz sans le regarder.

Il déposa sa valise, et regarda à droite et à gauche. Un Sénégalais vêtu d'un uniforme rouge s'approcha d'eux.

— L'hôtel N'Gor, messieurs? demanda-t-il.

Borg approuva de la tête.

— Le car est là, expliqua le Sénégalais. Il partira dans cinq minutes.

Les deux hommes se dirigèrent vers le véhicule, prirent leurs billets et s'installèrent à l'intérieur. D'autres voyageurs, surtout des hommes d'affaires américains et français, étaient déjà montés.

Borg s'assit à côté de Schwartz et regarda par la vitre.

La veille au soir, Radnitz avait reçu un télégramme de Girland. Le texte en était si vague et si décevant qu'il avait convoqué Borg au George V.

— Tu vas te rendre à Dakar avec Schwartz par l'avion de demain matin, avait-il expliqué. Allez-voir ce que fabrique Girland. Il a déjà perdu assez de temps. Télégraphie-moi ce qui se passe quand tu auras parlé avec lui.

Borg aurait souhaité un meilleur compagnon de voyage. Il était décidé à s'amuser, mais comment espérer s'amuser avec cet individu macabre à ses côtés?

Au cours du bref trajet, il considéra les oiseaux de proie qui planaient au-dessus de la mer, les troupeaux de chèvres qui erraient paresseusement sur la plage, les bateaux de pêche plats et les femmes. De temps à autre, il poussait un léger sifflement et assenait un violent coup de poing dans la paume de sa main gauche.

Mais il avait renoncé à faire partager son enthousiasme à Schwartz, qui demeurait de marbre, regardait devant lui sans rien voir, roulant dans son esprit des pensées mystérieuses.

Arrivé à l'hôtel, Borg remplit les fiches. La secrétaire de Radnitz avait téléphoné pour retenir deux chambres. Tout était réglé.

Lorsque Borg eut rempli les deux imprimés, il demanda :

— Est-ce que M. Gildchrist est descendu ici?

— Oui, monsieur, répondit l'employé qui se retourna pour vérifier le tableau derrière lui. Il doit être là.

— Pourriez-vous l'appeler?

L'employé prit le téléphone et appela la chambre de Girland.

A ce moment précis, Girland venait de prendre Janine dans ses bras. Il n'entendit pas le téléphone sonner dans sa chambre, et, même s'il l'avait entendu, il ne se serait pas dérangé.

— Je suis désolé, monsieur, dit l'employé en raccrochant. On ne répond pas. Il est possible que M. Gildchrist se trouve sur la plage ou soit sorti en emportant sa clé.

— Très bien, dit Borg. Je monte dans ma chambre. Quand il reviendra, appelez-moi, s'il vous plaît.

— Je n'y manquerai pas, monsieur.

Une fille en bikini, un peignoir sur les épaules, vint demander sa clé au bureau. Borg la regarda, les yeux écarquillés, puis émit entre ses lèvres un sifflement silencieux.

En suivant le portier qui se dirigeait vers l'ascenseur, Schwartz sur ses talons, Borg se dit qu'il allait vraiment s'offrir du bon temps.

*

L'inspecteur Ambler introduisit Kerman dans une petite pièce qui comportait un bureau, deux chaises et un téléphone vert.

— Voilà le brouilleur d'écoute, dit-il. Vous pouvez rester ici. Vous ne serez pas dérangé. Ça va comme ça?

— Très bien pour l'instant, inspecteur. Nous verrons plus tard, dit Kerman en s'asseyant.

— Vous n'avez qu'à faire signe, ajouta Ambler en quittant la pièce.

Kerman demanda le bureau de Dorey puis, attrapant un calepin et un crayon sur le bureau, il attendit la communication avec impatience.

Trois minutes plus tard, il entendit la voix de Dorey, très nette.

— Ici, Kerman. J'appelle de l'ambassade à Dakar. Mettons le brouilleur en marche, monsieur Dorey, dit-il en appuyant sur le bouton de l'appareil.

— D'accord, dit Dorey. Qu'est-ce qui se passe?

— Un tas de choses, dit Kerman en allumant une cigarette. Je vais essayer de vous rendre compte des événements. Interrompez-moi si vous désirez poser des questions.

Avec soin et en détail, il expliqua sa rencontre avec Janine à l'aéroport et tout ce qui s'était ensuivi.

Il entendait le souffle de Dorey et, de temps à autre un froissement de papiers, comme si son interlocuteur prenait des notes.

— Donnez-moi le signalement de ce prétendu Danois, interrompit soudain Dorey.

— C'est un morceau. Un mètre quatre-vingt-dix, un colosse, cheveux blond platine, yeux verts, beau garçon. S'il est danois, je suis le général de Gaulle.

Il y eut un long silence.

— C'est Malik, finit par dire Dorey. Un des meilleurs agents russes. Je l'ai déjà vu. C'est bien Malik.

— Nous y voilà, reprit Kerman. (Comme la plupart des agents américains, il connaissait Malik de réputation.) Alors... Qu'est-ce que vous en pensez?

— Janine était vraiment avec lui?

Kerman eut un geste d'impatience.

— Je les ai vus ensemble dans la voiture, dit-il. Il faut regarder les choses en face, monsieur Dorey. Janine est très probablement agent double... quant à savoir de quel côté elle se rangera si ça tourne mal, c'est couru d'avance. Qu'est-ce que je dois faire?

Dorey, accoudé à son bureau, ses dossiers étalés devant lui, sentit une boule durcir au creux de son estomac. Janine, agent double! Il ne parvenait pas à le croire. Il lui avait fait totalement confiance au cours de cette dernière année. Ils avaient discuté ensemble les questions les plus secrètes, il lui avait montré des dossiers confidentiels. Ses doigts se crispèrent sur le téléphone.

Il se pouvait que Kerman se trompe. Peut-être Malik, ayant appris qu'elle était un agent américain, essayait-il de se rapprocher d'elle. Ça n'allait peut-être pas plus loin. La condamner parce qu'on l'avait aperçue dans une voiture avec lui... Il se souvint de ce que lui avait dit Kerman. Elle s'était rendue dans ce bungalow mystérieux. C'était donc la seconde fois qu'elle voyait Malik. De nouveau, il s'efforça de nier l'évidence. Janine succombait aux beaux hommes, bien balancés. Elle avait pu tomber dans un piège tendu par Malik. A moins qu'elle n'eût pris Malik pour un touriste avec qui elle pouvait s'amuser un peu.

— Monsieur Dorey! reprit Kerman, impatient. Qu'est-ce que je dois faire?

— Vous n'avez pas de preuve tangible qu'elle travaille pour Malik, répondit Dorey à bout d'arguments. Je la connais mieux que vous. Elle s'emballe très vite avec les hommes. Elle a pu être séduite par Malik sans savoir qui il est.

— Alors, pourquoi ne surveille-t-elle pas l'aéroport? C'est sa mission ici. Pourquoi a-t-elle changé de couleur quand elle m'a aperçu, après sa promenade avec Malik?

— Il y a peut-être une explication, dit Dorey. Je ne peux pas croire qu'elle travaille pour eux, Kerman. Vraiment, je n'arrive pas à le croire.

— Je vous fournis des faits. Leur interprétation, c'est votre métier et votre responsabilité... pas la mienne. Qu'est-ce que vous voulez que je fasse?

— Allez immédiatement à l'hôtel, Kerman. Voyez-la. Annoncez-lui qu'elle doit rentrer ici par l'avion de demain. Expliquez-lui que j'ai une autre mission pour elle et que je vais la remplacer à Dakar. Ne dites rien qui puisse éveiller ses soupçons. Soyez gentil avec elle. Racontez-lui que vous vous trouviez par hasard à l'ambassade lorsque je vous ai appelé et que je vous ai demandé de lui transmettre ce message. C'est compris?

— Et si elle ne veut pas rentrer? Si Malik l'en empêche?

Dorey s'essuya le front du dos de la main :

— Alors, dites à Ambler de l'arrêter et de la renvoyer par avion, sous escorte.

— D'accord... J'y vais, dit Kerman en raccrochant.

*

Le téléphone sonna et réveilla Janine. Elle se redressa le cœur battant et considéra Girland, l'air effrayé.

Il se souleva à demi sur un coude, cligna des yeux et désigna le téléphone de la tête.

— Tu devrais répondre, conseilla-t-il.

Il jeta un coup d'œil à sa montre. Six heures moins vingt-cinq.

Janine prit l'appareil.

— M. Kerman vous demande, madame, lui annonça l'employé.

Janine hésita.

— Dites-lui d'attendre au bar, répondit-elle. Je descends dans vingt minutes.

Girland avait déjà quitté le lit et s'habillait.

— Qui est-ce? demanda-t-il en enfilant sa chemise à manches courtes.

— Kerman.

— Tu crois qu'il a parlé à Dorey?

— J'imagine. (Janine descendit du lit et gagna la salle de bains. Puis élevant la voix pour dominer le bruit de la douche, elle déclara :) Ce n'est pas lui qui m'inquiète, c'est Malik.

Girland alluma une cigarette, s'assit sur le bord du lit et attendit que Janine réapparût en soutien-gorge et en culotte.

— Dis-lui que c'est impossible ce soir et fais comme je t'ai dit. Décampe. Rentre à Paris.

Elle le regarda et s'efforça de sourire.

— Tu restes, Mark?

— Oui. Ecoute, je ferais mieux de les mettre, au cas où ils surveilleraient l'hôtel. Dès que tu te seras débarrassée de Kerman, téléphone à Malik. J'irai à Dakar et je reviendrai ce soir. Nous nous retrouverons et nous verrons comment les choses tournent. D'accord?

Elle s'approcha de lui et l'enlaça.

— Je t'aime, Mark, dit-elle. Tu es le premier et tu seras le dernier. Tu ne t'en doutes pas, mais tu es la plus belle aventure qui me soit jamais arrivée. Peu m'importe maintenant ce que je deviens.

Il la regarda, soucieux, puis l'embrassa. Elle l'étreignit un instant, et le repoussa en souriant.

— Adieu, Mark! Pense à moi quelquefois.

— Ne dramatise pas, répliqua-t-il en fronçant les sourcils. Il ne se passera rien. Demain, avec un peu de chance, je ne serai plus ici et toi tu seras en route pour Paris.

— Oui.

Ils se regardèrent, puis Girland se dirigea vers la porte, l'ouvrit avec précaution, se retourna vers elle, sourit et traversa rapidement le vestibule pour regagner sa chambre.

Il ajusta son baudrier, passa sa veste, vérifia qu'il avait de l'argent et des cigarettes, quitta sa chambre et prit l'ascenseur pour gagner le hall d'entrée. Comme il tendait sa clé par-dessus le comptoir, l'employé lui dit :

— Excusez-moi, monsieur Gildchrist, deux messieurs vous ont demandé. M. Borg et M. Schwartz. Voulez-vous que j'appelle leurs chambres?

Girland ne manifesta aucune surprise. « Ainsi, Radnitz devient impatient, se dit-il. Ces deux tueurs risquent de me compliquer la vie. »

— Pas tout de suite, dit-il. Je suis pressé. Je les verrai à mon retour. J'attends un coup de fil. Si quelqu'un me demande, pouvez-vous dire que je me trouverai au bar de l'hôtel « La Croix du Sud ». (Il prit un billet de cinquante francs dans son portefeuille et le glissa à l'employé.) Ne dites pas à mes amis là-haut où je suis. C'est un rendez-vous d'affaires important et je ne veux pas être dérangé.

— Comptez sur moi, monsieur. Merci.

Au moment où Girland quittait le hall, il vit Janine, vêtue d'une robe sans manches couleur citron sortir de l'ascenseur et se diriger vers le bar. Il hésita puis, avec un hochement de tête irrité il quitta l'hôtel et regagna sa voiture.

Janine trouva Kerman assis à l'ombre, sur la terrasse, devant une bière. Il lui sourit et se leva.

— Salut! dit-il. Qu'est-ce que vous prenez?

— Oh! un gin-tonic, dit-elle en s'asseyant.

Kerman passa la commande puis, d'un ton dégagé, demanda :

— Personne à l'avion de quatre heures?

— Non.

— J'ai un message pour vous.

Le garçon apporta la consommation et disparut. Janine, un peu nerveuse, considérait Kerman qui semblait très à l'aise :

— Un message pour moi?

— Je me trouvais à l'Ambassade cet après-midi quand Dorey a téléphoné. (Kerman s'arrêta pour boire une gorgée de bière et remarqua que Janine avait serré les poings.) Il veut que vous rentriez. Il a une mission à vous confier. Il envoie quelqu'un pour vous remplacer par l'avion de demain. Il veut que vous soyez à Paris demain. D'accord?

— S'il y a une place libre.

— J'ai arrangé ça, dit Kerman en déposant une enveloppe d'Air France sur la table. Voilà votre billet. Vous n'avez plus qu'à faire vos bagages.

— Très bien. Je regretterai de partir. Ça n'a pas été une mission très réussie, n'est-ce pas? fit Janine en buvant une gorgée.

Les choses se passaient mieux qu'elle ne le craignait. Même si Kerman avait annoncé à Dorey qu'elle était un agent double, elle était sûre qu'il n'avait contre elle aucune preuve décisive. Elle était certaine également de pouvoir tenir tête à Dorey. Elle avait toujours réussi à le convaincre.

— Non. Ç'a été une simple perte de temps, rétorqua Kerman. J'ai comme une idée que nous ne saurons jamais ce que cette femme voulait nous vendre. Encore un coup pour rien.

— Vous restez ici? demanda-t-elle en le regardant par-dessus le bord de son verre.

— Quelques jours. Je n'ai aucune piste, mais vous connaissez Dorey... Il espère des miracles. (Il se leva.) Eh bien, je m'en vais. Quand vous verrez Dorey, dites-lui que je perds mon temps ici et que je serais aussi bien à Paris.

— Je n'y manquerai pas.

— Bon voyage!

Kerman la salua d'un geste, remonta les marches et disparut. Elle vida son verre, alluma une cigarette et demeura cinq minutes à réfléchir, le visage inexpressif, le regard embrumé, puis elle se leva et regagna sa chambre.

Sa montre disait six heures vingt-cinq. Il était temps d'appeler Malik.

Elle considéra le téléphone, l'angoisse au cœur. Il lui fallut plusieurs minutes pour se décider à décrocher l'appareil. Puis elle donna à la standardiste le numéro de Malik et attendit.

— Oui? demanda Malik.

Le timbre de sa voix grave fit tressaillir Janine.

— J'ai vu M. Gildchrist, dit-elle en s'efforçant de paraître désinvolte. Je l'ai invité à la soirée, mais il ne peut pas venir. Il a un rendez-vous d'affaires qu'il ne peut pas remettre. J'ai pensé qu'il valait mieux ne pas insister. Il sera très heureux de venir demain soir et nous avons décidé de venir ensemble à huit heures.

Il y eut un silence pendant lequel elle reprit tant bien que mal son souffle.

— J'avais dit ce soir, commenta doucement Malik.

— Je sais, mais il n'est pas libre.

Il y eut un nouveau silence.

— C'est bon, tant pis, reprit Malik. Nous perdons du temps, mais remettons cela à demain soir. Je vous ai envoyé la voiture. Elle doit se trouver devant l'hôtel. Il faut que je vous parle, dit-il et il raccrocha.

Elle resta un instant immobile, l'appareil à la main, glacée, le cœur battant, la bouche sèche. Puis elle reposa lentement le récepteur, se leva et alla à la fenêtre.

La Cadillac noire attendait en effet devant l'hôtel. Le chauffeur sénégalais, son fez sur l'oreille, mâchonnait un bâton de bétel.

Elle alla prendre son sac dans la penderie et en dévissa le fermoir dont elle tira une petite ampoule de verre pas plus grande que l'ongle du petit doigt. Elle éleva l'ampoule à la lumière et considéra le liquide incolore en se demandant s'il n'avait pas perdu ses vertus. C'est Dorey qui le lui avait remis depuis déjà longtemps : « Prenez ça, avait-il dit. Ça fait partie de l'équipement. On ne sait jamais. Si vous avez par hasard la malchance de vous trouver en mauvaise posture, écrasez cette ampoule entre vos dents. La mort suit en quelques secondes. »

Elle glissa l'ampoule dans sa bouche et la casa du bout du doigt, entre la gencive et la joue. Puis elle contempla dans la glace son visage très pâle. L'ampoule ne se remarquait absolument pas du dehors. Elle prit son sac, sortit de la pièce et referma la porte. La tête haute, elle se dirigea, d'un pas vif, vers l'ascenseur.

*

Borg gonfla les joues et émit un long soupir excédé. Il se tenait devant la fenêtre ouverte de sa chambre et regardait la pelouse de l'hôtel. Depuis une demi-heure. il observait les allées et venues des voitures

— Y a une Cadillac qui vient d'arriver, dit-il à Schwartz, assis au fond de la pièce, en train de fumer en lisant un journal. Tu parles d'une bagnole! Le bougnoule qui la conduit porte un fez pas croyable. Je me demande de quoi j'aurais l'air avec un truc pareil sur le crâne. Si je m'en achetais un? J'aurais bonne mine avec ça!

Schwartz tourna une page de son journal. Il n'écoutait même pas.

Borg le regarda de travers :

— J'ai la pépie. Si on allait boire un verre? proposa-t-il.

— Non, répondit Schwartz.

— Bon. Eh ben, moi, j'y vais. Je serai au bar... (Borg s'interrompit pour se pencher à la fenêtre.) Bon Dieu! Le voilà! Viens voir! Vite!

L'excitation de Borg arracha Schwartz à son fauteuil. Il vint le rejoindre. Les deux hommes regardèrent au-dehors.

Girland descendait le perron de l'hôtel. Il se dirigea vers une DS, s'installa au volant et la voiture ne tarda pas à disparaître en direction de Dakar.

— Qu'est-ce que t'en dis? fit Borg, dégoûté. Pourquoi ce foutu métèque lui a pas dit qu'on était ici?

— Qu'est-ce que tu en sais? fit Schwartz en suivant des yeux la Citroën qui filait sur l'autoroute.

Borg lui jeta un regard soupçonneux.

— Tu crois qu'il essaie de nous doubler?

— Est-ce que je sais, moi...

Borg hésita, puis haussa les épaules.

— A quoi bon pourrir ici? Allez, amène-toi, bon Dieu! Allons boire un verre.

Schwartz replia son journal et les deux hommes prirent l'ascenseur pour descendre dans le hall.

L'employé à qui Borg avait laissé la commission n'était pas au bureau. Borg demanda à l'un des chasseurs où se trouvait le bar. Il descendit les marches avec Schwartz et pénétra dans la salle. Borg commanda un whisky glacé bien tassé, Schwartz une bière.

Au moment où Borg vidait son verre, un chasseur passa en demandant :

— M. Gildchrist, s'il vous plaît... Téléphone.

Borg se leva.

— Bouge pas! dit-il à Schwartz en se dirigeant d'un pas tranquille vers la réception.

Un des employés tenait l'appareil et jetait un coup d'œil circulaire sur le hall. Borg s'approcha du bureau et fit semblant de choisir une carte postale.

— Je suis désolé, monsieur, répondit l'employé, M. Gildchrist est sorti. (Il écouta son interlocuteur, puis ajouta : (Un instant, monsieur, je vais voir. (Il feuilleta un calepin.) Oui, monsieur, il a laissé un message. M. Gildchrist sera au bar de « La Croix du Sud », ce soir. C'est exact. (Il raccrocha.)

Borg se dirigea vers le portier.

— Qu'est-ce que c'est que « La Croix du Sud »? lui demanda-t-il.

— Un hôtel de Dakar, monsieur.

— J'aimerais y aller. Appelez-moi donc un taxi.

— Certainement, monsieur. Il arrivera d'ici cinq minutes.

— Je serai au bar, annonça Borg, et il rejoignit vivement Schwartz. Quelqu'un vient d'appeler Girland. Il est en route pour Dakar. J'ai commandé un taxi. Tu veux une autre bière?

Schwartz secoua la tête. Borg commanda un autre whisky puis, quelques instants plus tard, les deux hommes sortirent sur le perron, face au soleil couchant, pour attendre la voiture.

Au moment où Girland entrait dans le bar de

« La Croix du Sud », un groom se mit à appeler à la cantonade :

— M. Gildchrist, s'il vous plaît. On demande M. Gildchrist au téléphone.

— C'est moi, dit Girland.

Il se dirigea vers le garçon et lui donna une pièce d'un franc.

— Première cabine à gauche, monsieur, lui dit l'autre en la désignant du doigt.

Girland s'enferma dans la cabine et prit l'appareil.

— Allô? Ici, Gildchrist.

— Ah! monsieur Gildchrist! (Girland reconnut la voix rauque et efféminée de Fantaz.) Je commençais à me demander si je ne vous avais pas manqué. J'aimerais bien avoir une petite conversation avec vous. Vous êtes en voiture?

— Oui.

— Pourriez-vous venir à Diourbel?

— Oui.

— Parfait. Faites très attention. Vous comprenez ce que je veux dire. En entrant dans la ville, vous apercevrez sur votre gauche un grand square planté d'arbres. Vous y trouverez une Fiat jaune. D'accord pour neuf heures, monsieur Gildchrist?

— Je serai au rendez-vous.

— Très bien. A tout à l'heure, monsieur Gildchrist.

Girland revint au bar. Il jeta un coup d'œil à sa montre et conclut qu'il avait le temps de dîner légèrement et de prendre un verre.

Il était accoudé au comptoir, son scotch à la main, lorsqu'une voix familière lui dit :

— Salut, mon pote. Ça fait une paye qu'on s'est pas vus, hein!

Il se retourna. Borg lui souriait. Derrière lui, se tenait Schwartz.

*

Jack Kerman quittait le N'Gor et se dirigeait vers sa voiture lorsqu'il vit la Cadillac noire s'engager dans l'allée et stopper devant l'entrée de l'hôtel.

Il poursuivit son chemin jusqu'à sa voiture, ouvrit la portière et se mit au volant. Il baissa les vitres, alluma une cigarette et attendit, sans quitter des yeux la Cadillac.

Au bout d'un moment, Janine apparut. Le soleil était couché, il la voyait mal dans la pénombre, mais il était convaincu que c'était elle. Elle monta dans la Cadillac et sourit au chauffeur qui lui avait ouvert la portière. Celui-ci se glissa au volant, tandis que Kerman mettait son moteur en marche. Il suivit la Cadillac jusqu'au moment où elle prit la route de Rufisque.

Comme il craignait d'être repéré par Janine. Il poursuivit sa route. Dès que la Cadillac eut disparu, il s'arrêta, fit demi-tour et s'engagea à sa poursuite.

Tout en conduisant, il se demandait si Janine allait expliquer à Malik qu'elle avait reçu l'ordre de rentrer à Paris. Il se demandait aussi comment Malik allait réagir.

Finalement, il parvint au chemin sablonneux qu'Ambler lui avait indiqué sur la carte. En apercevant un nuage de poussière qui se dissipait lentement, il comprit que la Cadillac le précédait de peu. Il s'arrêta et étudia les lieux. « Inutile de m'exposer au danger en passant devant le bungalow », se dit-il. Mieux valait attendre. Il s'engagea en marche arrière dans les broussailles. Bientôt la nuit serait noire et personne ne remarquerait la voiture. Il alla s'adosser à un arbre et se mit à attendre.

Pendant le trajet jusqu'au bungalow, Janine s'était demandé pourquoi Malik voulait la voir. Avait-il des soupçons? S'était-elle un peu trop affichée avec Girland? Avait-il deviné qu'elle projetait de partir le lendemain? Elle essayait de se rassurer en se disant qu'il voulait probablement lui confier une mission.

Elle pénétra dans le vestibule, puis dans le grand salon.

Malik était assis, tout seul, dans un fauteuil. Il portait une chemise blanche au col ouvert et un élégant complet tropical gris. Sur une table, à côté de lui, était empilée une liasse de télégrammes. Il était occupé à en déchiffrer un qu'il tenait à la main. Il leva le nez, fit un vague signe de tête et désigna un fauteuil.

— J'en ai pour un instant, dit-il.

Janine prit son sac sur ses genoux et attendit. Les minutes s'écoulaient. Malik s'absorbait dans son travail. Enfin, au bout d'un temps qui parut à Janine une éternité, il posa le télégramme sur les autres et se tourna vers elle. Son visage était dénué de toute expression.

— Alors, vous avez parlé à Girland et il ne pouvait pas venir ce soir? Pourquoi ne peut-il pas venir?

— Je vous l'ai dit. Il a un rendez-vous d'affaires.

— Et vous avez deviné ce qu'était ce rendez-vous?

— Fantaz?

— Bien entendu. Il ne viendra pas ce soir, parce qu'il espère rencontrer Carey.

Janine ne broncha pas.

— Mais il ne le rencontrera pas, parce que quatre de mes hommes le surveillent et, le moment venu, vont le liquider.

Janine réprima un tiraillement.

— Ça vous fait de la peine? s'enquit Malik en la dévisageant.

Janine se raidit.

— De la peine? Pourquoi?

Elle fut effrayée par l'éclair de méchanceté dans son regard.

— Je me demandais. Je pensais que ça vous ferait de la peine, figurez-vous... (Il se leva, se dirigea vers un placard, y prit un magnétophone qu'il installa sur la table, le brancha et déclencha l'appareil.) Voilà de quoi vous amuser, dit-il. En tout cas, moi, ça m'a amusé.

Il poussa un bouton, régla le volume, puis s'écarta de l'appareil, les yeux fixés sur le visage de Janine.

Elle s'entendit dire dans le haut-parleur :

— *Je sais qui tu es... Tu t'appelles Mark Girland.*

Elle ferma les yeux et sentit le sang refluer vers son cœur.

— Très bien, dit-elle. Vous pouvez couper. Je ne tiens pas à entendre la suite.

Dans le haut-parleur on entendait :

— *Bon. Vas-y. Vide ton sac avant que je me mette à table.*

— Non. Nous allons l'écouter tout entier, dit Malik. Les soupirs et les gémissements de la fin sont passionnants.

« C'est fini », se dit Janine. Comment avait-elle pu être assez négligente pour ne pas examiner sa chambre? Elle se boucha les oreilles pour ne plus entendre. Elle ne voulait pas mourir. Elle avait peur de la mort, mais elle savait qu'il n'y avait aucune pitié à espérer de Malik. Elle l'avait trahi jusqu'au bout.

Enfin elle se rendit compte que la bande magnétique s'était dévidée et jeta un coup d'œil à Malik qui se tenait près de l'appareil et l'observait.

— Je suis surpris, dit-il, que vous ayez été assez stupide pour tomber amoureuse d'un homme incapable d'aimer. (Il haussa les épaules.) Eh bien, voilà, le rideau est tombé pour vous. D'une certaine manière, vous nous avez été utile, mais nous n'avons jamais eu tout à fait confiance en vous. Vous avez une mentalité de putain. Nous avons fait une enquête sur vos divers amants. J'ai toujours eu le sentiment que, tôt ou tard, vous rencontreriez un homme qui vous ferait perdre la tête. (Il jeta un coup d'œil à sa montre.) Suivez-moi.

Janine se leva.

— Qu'est-ce que vous allez faire de moi? demenda-t-elle, la voix rauque.

— Vous verrez. Suivez-moi.

Il se retourna et se dirigea vers la porte.

Saisie de panique, elle songea à se précipiter dans le vestibule, à s'échapper dans l'obscurité de la nuit, mais elle savait bien qu'elle ne franchirait pas le seuil. Elle était sans défense aux mains de cet homme. Du moins, si elle devait mourir, elle allait essayer de mourir dignement.

Rassemblant son courage, elle suivit Malik. Ils traversèrent le vestibule et pénétrèrent dans une petite chambre à coucher. Il s'effaça pour la laisser passer. Il n'y avait qu'un lit au milieu de la pièce et une chaise contre le mur. Les volets de bois étaient fermés.

Elle se tenait près du lit, les jambes flageolantes, les mains croisées derrière le dos pour en dissimuler le tremblement.

Il referma la porte et s'y adossa.

— Déshabillez-vous, s'il vous plaît, dit-il d'une voix calme et polie.

Elle se raidit et redressa la tête.

— Non!

— J'ai cinq jardiniers arabes, dit Malik d'un air blasé. Si vous ne faites pas ce que je vous demande, je vais appeler ces hommes qui prendront le plus malsain plaisir à vous mettre nue. Je vous en prie, déshabillez-vous.

Sa langue effleura le tube en verre et elle hésita. Fallait-il y recourir dès maintenant? Même à cet instant, la vie lui semblait encore précieuse. Si elle hésitait, elle était perdue. Les doigts tremblants, elle se dévêtit en lui jetant de temps à autre un regard terrifié à l'idée qu'il pouvait l'observer d'un air aussi détaché. Il donnait l'impression d'un médecin prêt à ausculter un malade.

— Couchez-vous, s'il vous plaît.

Quand elle fut nue devant lui, il désigna le lit.

Elle s'assit sur le lit, les mains plaquées sur les seins, et lui jeta un regard suppliant.

— Vous ne pouvez pas me tuer, tout simplement? Au lieu de m'imposer ça... Je vous ai rendu service. Je..

— Couchez-vous, s'il vous plaît.

Elle se renversa sur l'oreiller. Il agit alors si rapidement qu'avant même de s'en être rendu compte, elle se retrouvait écartelée sur le lit poignets et chevilles assujettis aux quatre montants du lit par des menottes d'acier.

Malik se recula et la considéra, immobilisée, en croix, sur le lit.

— Je vous quitte, dit-il. Je suis en retard à mon rendez-vous. J'ai dit à mes domestiques de vous utiliser à leur guise en mon absence. Vous avez vécu comme une putain. Alors, préparez-vous à mourir de même.

Haletante, elle étouffa le cri de terreur qu'elle sentait monter dans sa gorge.

— Ils sont sept, poursuivit-il, et pas très propres. Ils savent que je serai absent toute la nuit. Ils vont certainement informer leurs frères et leurs cousins de l'aubaine. Votre nuit sera bien remplie et pas très ragoûtante. Je ne vois pas de meilleur moyen pour vous d'en finir avec cette longue carrière amoureuse.

Elle ferma les yeux.

Il y eut un long silence, puis la porte claqua. Elle fit un effort désespéré pour se dégager des menottes, mais ne réussit qu'à se blesser les poignets. Elle perçut un murmure de voix, puis le bruit du moteur de la Cadillac qui démarrait et tout retomba dans le silence.

Quand la porte s'entrouvrit avec lenteur et quand apparut dans l'entrebâillement un visage basané et grimaçant au milieu duquel luisaient deux yeux noirs, elle poussa un sanglot et écrasa l'ampoule de verre entre ses dents.

## CHAPITRE X

Le sourire dégagé de Girland lorsqu'il serra la main de Borg dissimulait sa déception. « Comment ces deux gars m'ont-ils pisté jusqu'ici? » se demanda-t-il tout en disant :

— Ça, alors, d'où sors-tu? (Il feignit de ne pas voir Schwartz qui le considérait d'un air froid.) Tu viens d'arriver ou quoi?

Borg se hissa sur un tabouret à côté de Girland et fit signe au barman :

— Un double scotch nature, commanda-t-il. (Il se tourna vers Girland.) Le patron est nerveux. Il veut savoir ce que tu fous. (Il attrapa son verre, fit un signe de tête à Girland et but une bonne rasade.) Alors, qu'est-ce que tu fous, mon pote?

— Tu crois que c'est l'endroit rêvé pour causer? répliqua Girland.

Borg parcourut la salle des yeux, aperçut une table dans un coin et fit un signe.

— On y va? lui demanda-t-il.

Girland quitta son tabouret et les deux hommes, leur verre à la main, allèrent s'asseoir dans le coin. Schwartz les suivit, prit une chaise et s'assit en face d'eux.

— Je ne pouvais pas expliquer les détails à Radnitz par télégramme, et le téléphone n'était pas sûr. (Girland se pencha en avant et baissa la voix.) Les Russes sont dans la course, poursuivit-il. Ils ont à Dakar deux agents qui surveillent tous mes mouvements... sauf ceux que je veux leur cacher.

Borg restait muet d'étonnement.

— Tu veux dire qu'ils connaissent ton identité?

— Parfaitement. Et ils savent que je travaille pour Radnitz. Autre chose! Dorey a envoyé un de ses hommes qui me surveille aussi.

— Eh ben! Tu t'embêtes pas!

— Comme tu dis. C'est un sacré coup fourré. J'ai trouvé l'agent de liaison de Carey : un Portugais. Il croit que je travaille pour Dorey. Ce soir, j'ai rendez-vous avec lui et je pense qu'il va me conduire à Carey.

— Ça, c'est quelque chose, dit Borg, tout excité... Exactement ce que voulait le patron.

— Mais il faut que j'y aille seul, Borg. Si Fantaz vous aperçoit tous les deux, il ne marchera pas. Au point où nous en sommes, il se méfie déjà drôlement. Dès que j'aurai causé avec Carey et obtenu de lui ce que désire Radnitz, je vous ferai signe.

Borg hésita :

— Je ne sais pas si ça colle. Le patron a dit...

— On ne te lâchera pas d'une semelle, intervint Schwartz. Le patron a dit qu'à partir de maintenant, on devait travailler ensemble et pas se quitter.

— Oui, c'est vrai, dit Borg. C'est exactement ce qu'a dit le patron. On se montrera pas, mais on ne te quittera pas.

— Et comment comptez-vous vous y rendre? demanda Girland, impatient. Si Fantaz vous repère, il ne marchera pas.

— Eh ben, je le persuaderai, dit Schwartz.

Girland réfléchit un moment, puis haussa les épaules. Après tout, ces deux gars lui seraient peut-être utiles. Si Malik intervenait, il aurait du mal à le tenir en respect tout seul.

— Bon. D'accord, dit-il. J'ai rendez-vous avec Fantaz à neuf heures à Diourbel. C'est à une heure d'ici en voiture. Si vous venez avec moi, il faudra vous planquer quand j'irai le retrouver. Compris?

Borg acquiesça.

— J'ai faim, dit Girland. On a le temps d'avaler un sandwich. Il y a un bistrot à côté.

Les trois hommes quittèrent l'hôtel et se dirigèrent vers un café.

Un Sénégalais, maigre comme un clou, portant un vieux complet européen, les regarda entrer dans le café, puis gagna, par une rue étroite, une antique Buick poussiéreuse.

Samba Dieng était au volant, une cigarette collée à ses lèvres épaisses. Deux autres Sénégalais, habillés également à l'européenne, étaient assis sur le siège arrière et fumaient. Ils considéraient tous les trois le grand maigre qui passa la tête par la portière et se mit à parler rapidement à Dieng.

— Ils sont trois? fit Dieng surpris. (Il se retourna vers les deux autres.) Il y a deux gars avec lui.

— Qu'est-ce qui se passe? répondit l'un d'eux à la joue barrée d'une cicatrice. (Un éclair de méchanceté brilla dans ses yeux.) Nous pouvons leur régler leur compte, ajouta-t-il en caressant de la main la mitraillette qu'il tenait sur ses genoux.

— Monte, dit Dieng au maigre.

Il mit le moteur en route.

L'autre obtempéra et claqua la portière. Dieng passa devant le café, y jeta un coup d'œil, aperçut Girland accoudé au bar, en train de mastiquer un sandwich. Dieng nota vaguement les deux hommes qui l'accompagnaient, mais il n'eut pas le temps de les examiner de près.

Il alla se garer un peu plus bas dans la rue. Le maigre sortit de la voiture et revint se poster en face du café.

A huit heures moins le quart, Girland paya l'addition et, s'adressant à ses deux compagnons :

— Allons-y! dit-il. Ma voiture est garée de l'autre côté de la rue.

Lorsque les trois hommes se dirigèrent vers la Citroën, le maigre revint à la Buick. Il y grimpa et Dieng mit le moteur en marche. Il vit la Citroën démarrer, tourner au coin et la suivit. Il y avait pas mal de circulation, de sorte que les occupants de la Citroën ne pouvaient guère se rendre compte qu'ils étaient suivis. Une fois dans la nature, ce serait différent, mais il serait toujours temps d'aviser.

Girland conduisait sans mot dire, mais lorsqu'ils atteignirent l'autoroute, il lança :

— Surveillez les arrières. Il ne s'agit pas d'être filés.

Borg se retourna sur son siège et examina la route nocturne :

— Il y a trois voitures et un camion derrière nous, annonça-t-il.

Girland ralentit.

— Je vais laisser les voitures me doubler, dit-il.

Quelques instants plus tard, deux véhicules le doublèrent à toute vitesse.

— Restent le camion et une voiture, précisa Borg. La voiture se maintient derrière le camion.

— Surveille-la, dit Girland en accélérant de nouveau.

— Elle commence à doubler. Elle nous suit.

Girland appuya sur le champignon pendant dix minutes, puis ralentit.

— On arrive à l'embranchement, annonça-t-il en

freinant légèrement et en s'engageant sur la route qui menait à Rufisque et à Diourbel.

— Ils sont toujours derrière, dit Borg, deux minutes plus tard.

Girland réduisit la vitesse.

— Elle ralentit, commenta Borg.

— On va s'arrêter à Rufisque. Comme ça, on verra bien ce qu'ils font, dit Girland en reprenant de la vitesse.

Quand ils s'engagèrent dans la grande rue animée de Rufisque, Girland stoppa, sortit de la voiture et se dirigea vers un bureau de tabac. Pendant qu'il achetait un paquet de cigarettes, il vit une Buick poussiéreuse passer rapidement et aperçut quatre hommes à l'intérieur, puis la voiture disparut dans la nuit.

— C'est elle? demanda-t-il à Borg en revenant à la Citroën.

— Oui.

— On a un peu de temps devant nous. On va rester ici cinq minutes. C'étaient tous des Noirs, autant que j'aie pu m'en rendre compte. Peut-être qu'ils ne nous suivaient pas.

Il resta debout près de la Citroën, humant l'air chaud de la nuit, tandis que Borg et Schwartz demeuraient dans la voiture.

— C'est marrant, dit Borg. Vise-moi ces bougnoules! Qu'est-ce qu'ils ont dans la bouche?

— Des bâtons de bétel, expliqua Girland. C'est pour se nettoyer les dents.

Il remonta dans la voiture.

— Ouvre l'œil! dit-il en passant en première.

Il sortit lentement de la ville. Lorsqu'il eut doublé les charrettes traînées par des chevaux, la foule des cyclistes imprévisibles et des piétons paresseux, il prit de la vitesse.

— La prochaine ville s'appelle Thiès et après, c'est Diourbel, annonça-t-il.

Quand ils eurent traversé Thiès, Borg s'exclama soudain :

— Ça y est, les revoilà!

— Donc, ils savent que nous allons à Diourbel, dit Girland. Vous avez vos pétards?

— Qu'est-ce que tu crois? répondit Schwartz.

C'était la première fois qu'il ouvrait la bouche depuis le départ.

— La voiture se rapproche, dit Borg en tirant son colt de son baudrier. Elle se rapproche à toute vitesse.

Girland ne quittait pas le rétroviseur des yeux. La Buick se mit en phares et Girland quitta le milieu de la route asphaltée; ses pneus mordirent sur la banquette de sable.

La Buick le doubla dans un vrombissement. Borg aperçut les silhouettes des quatre hommes. Aucun d'eux ne détourna la tête. La Buick était maintenant devant eux. Elle filait à près de cent quarante à l'heure et son feu rouge s'estompait déjà dans la nuit.

— Qu'est-ce que tu en dis? fit Borg en rengainant son revolver. Fausse alerte, non?

— Peut-être, dit Girland en mettant les phares. Continue à ouvrir l'œil. La route est étroite sur quelques kilomètres. Ils nous ont peut-être doublés pour nous tendre une embuscade.

— Alors, pas si vite, dit Borg en reprenant son revolver. Inutile de leur rentrer dedans.

Dix minutes passèrent. Girland ne dépassait pas le soixante. Soudain, dans les phares de la Citroën, surgit en avant un obstacle imprécis.

Girland, le premier, reconnut la silhouette d'une voiture arrêtée en travers de la route.

Il freina à mort et la voiture s'immobilisa dans un crissement de pneus.

— Dehors! hurla-t-il en ouvrant la portière.

Il déboula de la voiture, atterrit sur l'épaule et s'aplatit sur la banquette de sable, tout en tirant son arme de son étui.

Borg et Schwartz s'élancèrent également et se précipitèrent dans le fossé.

A peine étaient-ils à l'abri qu'une mitraillette se mit à crépiter. Ils entendirent le pare-brise de la Citroën voler en éclats, puis le choc mou des balles qui s'enfonçaient dans les dossiers.

Le 45 de Schwartz se mit à aboyer. Un cri retentit, une forme sombre émergea de derrière le capot de la Buick et s'affala sur la route.

Girland entendit la mitraillette tomber sur le sol et s'avança en rampant. A la lumière pâle de la lune, il perçut un mouvement. Il tira. Son arme fit un bruit rageur. Il y eut un cri de douleur et une haute silhouette se dressa en se saisissant le bras. Le pistolet de Schwartz aboya à nouveau et le type tomba, les bras en croix, sur la route.

Les deux autres avaient compris. Ils firent demi-tour et détalèrent, courbés en deux. Girland perçut l'écho amorti de leurs pas, puis les craquements dont s'accompagnait leur fuite à travers la brousse.

Prudemment il se releva et s'avança, en compagnie de Schwartz, vers la voiture. Borg restait à plat ventre dans le sable, le visage inondé de sueur, le souffle court.

En s'approchant de la Buick, Girland buta sur la mitraillette qu'il ramassa.

Schwartz était penché sur ses victimes. Il poussa un grognement et se redressa. Girland le rejoignit.

— Ils ont bouzillé la bagnole, dit-il. On va prendre la leur. Allons-y!

S'étant rendu compte qu'il pouvait se relever sans aucun risque, Borg se remit debout et accourut vers eux.

— Bon Dieu! Il s'en est fallu de peu, dit-il, haletant. Qu'est-ce qu'on fait, maintenant?

Girland monta dans la Buick :

— Grouille-toi. Ils peuvent revenir, lança-t-il.

Borg grimpa si vite qu'il s'assomma à moitié contre le toit de la voiture.

Schwartz était déjà installé à l'arrière, pistolet au poing, scrutant par la vitre ouverte l'obscurité de la brousse.

Girland fit une rapide manœuvre, et lança l'automobile sur la route.

— Eh bien, maintenant, ils ont loupé leur coup! dit-il.

Il jeta un coup d'œil à sa montre : il lui restait dix minutes pour atteindre Diourbel. Il appuya sur le champignon.

— Tu crois que ça va continuer comme ça? demanda Borg en se frottant la tête. Bon Dieu!... une mitraillette!

— Tu aurais dû y penser, rétorqua Schwartz. Pourquoi ne t'es-tu pas débrouillé pour qu'on en ait une?

— Tu nous vois d'ici, essayant de passer en douce une sulfateuse à la douane?

Girland ne les écoutait pas. Il se disait que les deux hommes qui leur avaient échappé n'avaient aucun moyen d'avertir Malik que l'embuscade avait échoué... En tout cas, il avait du temps devant lui. Avec un peu de chance, il pourrait rencontrer Carey sans avoir à redouter aucun obstacle.

Les lumières de Diourbel apparurent et il ralentit.

— Vous restez tous les deux dans la voiture. Je vais m'occuper tout seul de cette affaire, dit-il.

— Tant que tu voudras, répondit Borg. Pour risquer de se faire transformer en écumoire...

— Je te suis, Girland, avertit Schwartz. Si tu essaies de m'échapper, tu es mort.

— Fais ce que tu veux, mais ne te montre pas, dit Girland. (Il gara la voiture entre deux lampadaires et descendit.) N'oubliez pas que Radnitz ne vous le pardonnera pas si vous me brouillez les cartes.

A pas rapides il se dirigea vers le square de gauche dont lui avait parlé Fantaz. A la lumière de la lune, il aperçut une voiture à l'arrêt.

Il glissa la main dans son veston et la referma sur la crosse de son automatique, puis, lentement, s'approcha de la voiture.

De l'intérieur, quelqu'un l'aperçut. La portière s'ouvrit brusquement et un homme surgit au-dehors. Ce n'était pas Fantaz mais un inconnu petit et maigre. Il s'avança vers Girland qui ne ralentit pas sa marche et les deux hommes se trouvèrent face à face, à découvert, à bonne distance des arbres.

Basané, avec des cheveux noirs et bouclés, l'inconnu paraissait à peine vingt ans. Il sourit à Girland.

— Mon oncle m'a demandé de venir à votre rencontre, dit-il en lui tendant une main sèche. Je m'appelle Gomez.

Girland lui serra la main et se détendit.

— J'ai eu des difficultés sur la route. Je suis un peu en retard.

— Des difficultés?

— J'en parlerai à votre oncle. Où est-il?

Gomez jeta un coup d'œil autour de lui :

— Je vous demande pardon, je ne vois pas votre voiture. Vous êtes seul?

— Heureusement non. Si je l'avais été, je ne serais

pas ici. Deux hommes m'accompagnent. Ils m'attendent au coin.

Gomez garda si longtemps le silence, le regard fixé sur Girland, que celui-ci lui demanda brutalement :

— Qu'est-ce que vous attendez?

— Mon oncle avait promis que vous seriez seul.

— Eh bien, je suis seul. Mes hommes resteront ici.

Il espérait que Schwartz aurait assez de bon sens pour ne pas se montrer s'il le filait.

— Très bien. Suivez-moi, dit Gomez en revenant à la Fiat jaune.

— C'est loin? demanda Girland en lui emboîtant le pas.

— A deux pas.

Ils montèrent dans la voiture. Gomez mit le moteur en marche, fit demi-tour et s'engagea dans la grande rue. Girland résista à la tentation de vérifier si la Buick les suivait.

— Il fait chaud, ici, dit-il. Bien plus chaud qu'à Dakar.

— Nous sommes à l'intérieur des terres, répondit Gomez.

La chaussée était encombrée de Sénégalais qui déambulaient en bavardant et il conduisait avec lenteur. Dans les échoppes d'alimentation, autour des lampes à acétylène dansaient des essaims d'insectes bourdonnants.

Au bout de deux minutes, Gomez s'engagea dans un chemin sableux et s'arrêta devant une maison blanche, entourée de barbelés où s'entrelaçaient des liserons.

Ils sortirent de la voiture et Girland, en se retournant, aperçut la Buick qui passait lentement à l'entrée du chemin.

Il suivit Gomez, traversa un petit jardin, et monta quelques marches. Gomez prit une clé dans sa poche et ouvrit la porte.

Il s'engagea dans un vestibule mal éclairé, ouvrit une porte à droite et fit signe à Girland d'entrer.

Celui-ci pénétra dans une grande pièce éclairée par une lampe posée sur une table et recouverte d'un abat-jour. Le reste de la pièce baignait dans l'ombre.

Fantaz, assis à une table, fumait un cigare. En s'approchant de la lumière, Girland sentit dans la pièce une présence qui se dissimulait dans l'ombre.

— Et bien, me voici! dit-il à Fantaz. J'ai eu quelques difficultés pour vous retrouver.

Il se fit un mouvement à l'autre bout de la pièce, puis une jeune fille déboucha dans la lumière. C'était une grande blonde vêtue d'une saharienne et d'un pantalon fauve qui tenait à la main droite un 38 automatique qu'elle braqua sur Girland.

— Espèce d'imbécile! dit-elle à Fantaz. Ce n'est pas notre homme... Ce n'est pas Girland!

Girland, tombant des nues, la reconnut : c'était la fille qui portait le tricot du *New York Herald Tribune* la dernière fois qu'il l'avait vue; la fille qui s'appelait Tessa.

*

Un pistolet apparut comme par enchantement dans la main de Gomez et il se posta de manière à pouvoir tirer sur Girland qui souriait à Tessa :

— Salut, petite! dit Girland. Vous m'avez bien déçu en me lâchant comme ça. J'espérais de grandes choses. D'où sortez-vous?

La fille le dévisagea et une lueur d'étonnement traversa son regard.

— Une belle mascarade, hein? poursuivit Girland

en enlevant les deux ventouses de ses joues. Effacez la moustache, oubliez le décolorant et vous retrouverez votre amoureux.

Elle abaissa lentement son arme.

— Mais oui! Je vous reconnais, maintenant. (Elle semblait avoir encore quelques soupçons.) Mais pourquoi vous êtes-vous déguisé?

Girland s'approcha d'un fauteuil et s'y laissa tomber.

— Dorey a trouvé que ce serait plus sûr, dit-il d'un ton dégagé. Les Russes connaissent ma petite gueule. (Il alluma une cigarette et se pencha en avant.) Excusez ma curiosité, mais qu'est-ce que vous faites dans cette histoire?

La fille s'approcha de la lampe et s'assit sur une chaise près de la table. Elle jeta un coup d'œil à Fantaz, qui haussa les épaules.

— Je suis Tessa Carey, dit-elle. La fille de Robert Henry Carey.

Girland laissa échapper un sifflement de surprise.

— Pourquoi ne m'avez-vous pas dit ça quand nous nous sommes rencontrés à Paris?

— J'avais mes raisons. Je n'étais pas prête à vous le dire.

— Pourquoi avez-vous fouillé mon appartement?

— Je voulais m'assurer de votre identité. Puis, quand j'ai été certaine que vous étiez l'homme que mon père m'avait envoyé voir, j'ai dû partir. J'avais reçu un télégramme d'Enrico qui me rappelait ici.

Girland parut intrigué :

— Votre père vous avait dit de venir me trouver?

— Oui. Il n'était pas sûr que Dorey marcherait. Il voulait se rabattre sur vous.

Girland songea à Malik.

— Les Russes savent que vous êtes ici?

— Je ne crois pas.

— Pourquoi êtes-vous venue?

— Je soigne mon père.

— Un des agents russes qui travaillent au Sénégal s'appelle Malik, dit Girland. C'est un gars à éviter. S'il apprend qui vous êtes et vous met la main dessus, votre père et vous, vous êtes cuits.

— Il faut que quelqu'un soigne mon père, dit Tessa.

— Qu'est-ce qu'il a?

— Il est malade, très malade, dit-elle en détournant son regard, les lèvres tremblantes.

Girland se tourna vers Fantaz.

— Qu'est-ce qu'il a? demanda-t-il.

— Nous ne savons pas, mais c'est grave, répondit Fantaz. Il dépérit. Nous ne pouvons pas faire venir de médecin. Il ne veut pas en entendre parler.

— Il est terré dans une affreuse petite hutte et ne veut pas en sortir, reprit Tessa. Il y a toute une bande d'Arabes payés par les Russes qui le recherchent. Ça fait plus d'un mois que ça dure. Ils se rapprochent de plus en plus de l'endroit où il s'est caché.

Girland se frotta la nuque et fronça les sourcils.

— Si vous m'emmeniez auprès de lui? Nous nous connaissons... pas très bien, mais nous avons sympathisé.

— Mais vous ne pouvez pas y aller comme ça, protesta Tessa. Si je ne vous ai pas reconnu, comment voulez-vous qu'il vous reconnaisse?

— Passez-moi un colorant et je serai de nouveau moi-même dans cinq minutes.

— Nous n'en trouverons pas avant demain.

— Je ne peux pas attendre jusqu'à demain. Passez-moi un chapeau et un bouchon brûlé. Ça suffira, en attendant le colorant.

Gomez quitta la pièce et revint quelques instants

plus tard avec un chapeau de paille, un bouchon, une bougie et des allumettes.

— Je vais d'abord faire sauter cette moustache, dit Girland. Où est la salle de bains?

Dix minutes plus tard, Girland, coiffé d'un chapeau de paille, était à nouveau lui-même.

— Ça va comme ça? demanda-t-il à Tessa, qui avait allumé les lumières et le regardait.

— Oh! oui! comme ça, il vous reconnaîtra.

— Nous avons eu un petit ennui en venant ici, dit Girland.

Tessa se raidit.

— Qui, nous? Vous n'êtes pas seul? demanda-t-elle.

— Dorey m'a expédié deux de ses agents, hier. Il veut boucler rapidement cette affaire. Ne vous occupez pas d'eux. Ils resteront dans l'ombre. Mais sans eux je ne serais pas ici à l'heure qu'il est.

Girland lui raconta brièvement l'embuscade.

Il remarqua que Fantaz avait pâli et transpirait à grosses gouttes au moment où il concluait son histoire.

— Ça ne me dit rien de bon, dit Fantaz. Je n'aurais pas dû vous amener ici, Tessa. Nous ne sommes pas en sécurité. Je connais ces Russes.

— Ne perdons pas de temps. Il faut longtemps pour atteindre votre père? demanda Girland à Tessa.

— Il faut bien trois heures en auto.

— Qu'est-ce que nous attendons? dit-il en se levant. Allons-y! Vous venez? demanda-t-il à Fantaz.

Le gros homme hocha la tête.

— Non, je reste ici, répondit-il. (Il jeta un coup d'œil à Gomez.) Tu restes aussi.

Gomez hésita :

— Je devrais peut-être les accompagner, dit-il, si jamais ils ont des difficultés... Trois, ça vaut mieux que deux.

— Et moi, alors? s'écria Fantaz. Je ne veux pas rester ici tout seul! C'est ton devoir de demeurer avec moi. J'ai déjà pris trop de risques.

— Restez avec lui, dit Girland.

Puis, se tournant vers Tessa :

— Vous avez une voiture? lui demanda-t-il.

— Elle est derrière la maison. Un guide sénégalais nous attend.

— Il faut qu'il vienne avec nous?

— Sans lui, nous serions perdus au bout de cinq minutes. C'était le boy de mon père. C'est chez lui qu'il se cache.

— Alors très bien. Allons-y!

— Et vos deux hommes?

— Ils sont postés sur la route. Mieux vaut les laisser ici. Si votre père est en aussi mauvaise posture que vous le dites, il ne voudra pas les voir. Venez. Allons-y!

Elle l'entraîna, traversa la cuisine, une cour sombre et étouffante et gagna la grille devant laquelle était garée une deux-chevaux.

Un Sénégalais aux cheveux crépus, le dos rond, sortit de la voiture et s'inclina devant elle.

— Je vous présente Momar, dit Tessa. Momar, voici M. Girland. Il est venu pour aider mon père.

Le Sénégalais lui jeta un regard soupçonneux, puis poussa un grognement. Il alla s'installer sur le siège arrière de la petite voiture.

Au moment où Tessa allait grimper dans la voiture, une voix rauque s'éleva :

— Hé vieux! Où est-ce que tu vas?

Tessa pivota sur ses talons, tandis que Borg surgissait de la nuit. Elle considéra, les yeux ronds, le gros homme qui la regardait, bouche bée.

— Qui c'est? demanda Borg. Qu'est-ce que c'est que cette histoire?

— Où est Schwartz? s'enquit Girland en s'avançant vers Borg.

Il le prit par le bras pour l'éloigner de la voiture.

— Il est posté devant la maison, répondit Borg. Hé là! Pourquoi tu m'emmènes par ici? Qu'est-ce qui se passe?

— Parle pas si fort. (Girland continuait à l'entraîner.) Je t'ai bien dit que si tu me brouillais les cartes, je me plaindrais à Radnitz.

— Tu veux nous échapper, protesta Borg en s'arrêtant. Ecoute, vieux, je t'aime bien, mais ça ne veut pas dire que je te fais confiance. On reste ensemble... compris? Qui est la fille?

Girland recula légèrement pour prendre du champ, puis son poing s'abattit à toute volée sur la mâchoire de Borg.

Celui-ci grogna et chancela. Girland le frappa à nouveau, puis l'étendit par terre. Il fit demi-tour et courut vers la voiture.

— Allons-y! dit-il. Vite!

Tessa mit le moteur en marche.

— Qu'est-ce qui s'est passé? Qui est-ce? Vous l'avez frappé?

— Ne vous en faites pas! Roulez!

La voiture démarra, cahota sur le sol inégal, et prit peu à peu de la vitesse. Il n'y avait pas de route, seulement quelques arbustes et du sable. Tessa voulut allumer les phares, mais Girland l'en empêcha.

— Pas de phares! dit-il en se retournant. (Mais il ne vit que l'obscurité.)

— Je ne vois pas le chemin, gémit Tessa. Nous allons emboutir un arbre ou autre chose.

— Continuez, dit Girland. On n'emboutira rien du tout.

Tessa ralentit et, se penchant contre le pare-brise pour mieux voir, elle lança la voiture à travers les arbustes, évitant les arbres au moment où ils surgissaient de l'obscurité, puis, au bout de dix minutes de cette conduite épuisante, elle atteignit une piste qui serpentait dans la brousse.

— Nous y voici... sans avoir abîmé aucun arbre, dit Girland, l'air joyeux. Maintenant vous pouvez mettre les phares.

Tessa arrêta la voiture et se retourna pour lui faire face.

— Qui était cet homme? Je l'ai déjà vu quelque part. Qui est-il?

— C'est un des agents de Dorey, tout aussi utile qu'une femme à un eunuque. Oubliez-le. Allons, ne perdons pas de temps!

— Mais je l'ai déjà vu... à Paris.

— Et après? Il y habite. Allez-y!

L'air toujours intrigué, Tessa démarra, engagea la voiture sur la piste sableuse et s'enfonça dans la brousse illimitée.

*

En entendant un bruit de moteur, Schwartz, posté devant la maison, hésita, puis courut à l'entrée de derrière. Il arriva juste au moment où la voiture s'estompait tous feux éteints, dans les broussailles. Il saisit son pistolet, puis s'arrêta. Peut-être était-ce quelque bougnoule qui rentrait chez lui. Mais où était Borg?

Un grognement étouffé le fit se retourner et il discerna vaguement un corps humain étendu dans l'ombre. Il se dirigea vers lui et trouva Borg qui reprenait lentement conscience après les deux directs que lui avait assenés Girland.

Schwartz lui décocha, en jurant, des coups de pied sauvages.

— Debout, imbécile! hurla-t-il. Qu'est-ce qui s'est passé?

— Il m'a démoli la mâchoire, gémit Borg en se mettant sur son séant. (Il se tenait le visage à deux mains.) Et sans même prévenir!

Schwartz lui donna un nouveau coup de pied; l'autre se releva précipitamment et se mit à tituber.

— Ça suffit! gémit-il. Girland m'a déjà assez amoché comme ça.

Schwartz pivota sur ses talons et considéra la brousse enfouie dans la nuit. Il entendait toujours la voiture, mais ne pouvait plus la voir.

— Où est-il parti? demanda-t-il en attrapant Borg et en le secouant comme un prunier.

— Je ne sais pas. Une fille l'accompagne. Je les ai vus monter dans la voiture et Girland m'a attaqué.

— Une fille?

— Je ne l'ai pas vue de près... Elle avait l'air pas mal.

— Espère d'idiot! hurla Schwartz qui se tenait près de lui, pâle de rage. Il va chez Carey et nous l'avons perdu? Nous n'avons pas la moindre chance de les retrouver dans la brousse.

— C'est pas ma faute!

— Tu aurais dû le descendre.

Borg alla s'adosser à un arbre, encore sous le choc, la main plaquée sur sa mâchoire endolorie.

Schwartz se retourna et considéra la maison blanche. Il aperçut une lumière qui filtrait par l'interstice d'un volet.

— Il y a quelqu'un là-dedans, dit-il en baissant la voix. On va voir qui c'est.

Sans attendre les protestations de Borg, il revint sur le devant de la maison. Il se déplaçait comme une ombre. Il passa furtivement dans le jardin et monta les marches de la porte d'entrée.

Borg le suivait, son pistolet dans sa main moite. Schwartz actionna doucement le bouton de la porte et la poussa. Celle-ci s'ouvrit. Il s'immobilisa pour écouter. Il entendait des voix. Il regarda pardessus son épaule, fit un signe de tête et s'avança à pas de loup dans le vestibule faiblement éclairé. Il laissa Borg entrer, puis referma silencieusement la porte d'entrée. Il entendit une voix masculine qui disait :

— Ça ne me dit rien de les voir partir comme ça, tout seuls, mon oncle. J'aurais dû les accompagner.

— J'ai assez fait pour Carey, répliqua une voix rauque. J'ai été bête de le secourir, pour commencer. Si j'avais su les risques que je courais, je ne l'aurais jamais fait. Maintenant que la fille est là pour le soigner, nous ne nous en mêlerons plus.

Schwartz donna un coup de coude à Borg, fit un signe de tête et s'avança à pas feutrés jusqu'à la porte entrouverte. Il pénétra dans la pièce, son arme braquée sur les deux hommes qui lui faisaient face. Fantaz au fond du fauteuil, écrasait le mégot de son cigare. Gomez était assis sur le bord de la table. En apercevant Schwartz et Borg, Fantaz laissa tomber son cigare sur le plancher. Son visage gras s'affaissa et vira au vert jaunâtre. Gomez se raidit et son regard se posa sur son automatique posé près de lui, sur la table.

— Pas un geste! hurla Schwartz. Prends le pétard, dit-il à Borg qui bondit vers la table, attrapa l'arme et l'empocha.

— Très bien, dit Schwartz en fixant Fantaz. Maintenant, nous allons causer. Qui est la fille qui vient de partir avec Girland?

Ni Fantaz ni Gomez ne répondirent. Ils demeuraient immobiles et regardaient Schwartz.

— Tu veux que je te caresse un peu, gros lard? demanda Schwartz en faisant un pas en direction de Fantaz.

Il fit glisser son pistolet entre ses doigts, de manière à le tenir par le canon. Fantaz blêmit.

— Attendez! souffla-t-il. Je vais vous le dire. C'est la fille de Carey.

Schwartz le dominait de toute sa taille.

— La fille de Carey? répéta-t-il. Ils sont allés le retrouver?

— Oui.

— Où est-il?

— Dans la brousse.

— Je le sais, imbécile, fit Schwartz en frappant Fantaz au genou avec la crosse de son revolver. (Fantaz gémit, mais ne bougea pas.) Où ça?

— Je le sais, dit Gomez. Laissez mon oncle tranquille. Je vais vous emmener auprès de Carey. Vous ne trouverez jamais l'endroit tout seul. C'est à trois heures d'ici en voiture.

Schwartz et Borg échangèrent un regard, puis Schwartz approuva.

— C'est bon, viens avec nous. (Il se tourna vers Fantaz qui tenait son genou.) Toi, tu restes ici. Si tu veux revoir ton petit gars, fais pas l'imbécile. Compris?

Fantaz acquiesa. Borg poussa Gomez en avant.

— Allez, on y va. Tu as une bagnole?

— Oui, mais je n'ai plus beaucoup d'essence, répondit Gomez avec calme. Nous ne pourrons pas en trouver ici avant demain matin.

— On va prendre la Buick, dit Schwartz à Borg. Va la chercher.

Borg approuva et quitta la pièce.

Schwartz s'écarta des deux hommes et s'adossa au mur. Après un moment d'attente, ils entendirent la

Buick qui s'arrêtait devant la maison. Schwartz fit un signe de tête à Gomez qui adressa un léger sourire à Fantaz avant de quitter la pièce.

— Attention, hein! gronda Schwartz en regardant fixement Fantaz. Si tu fais l'imbécile, tu ne le reverras plus jamais.

Il rejoignit Borg et Gomez, monta sur le siège arrière et fit signe à Gomez de s'asseoir devant, à côté de Borg qui avait pris le volant.

— Quelle direction? demanda Borg en mettant le moteur en marche.

— Trois kilomètres par la grand-route et ensuite vous prendez la première à gauche, dit Gomez.

Borg le regarda, méfiant.

— C'est pas par là qu'ils sont allés, dit-il.

— Il faut que nous prenions le chemin. Ils ont une voiture légère. Si nous passons par le sable, comme eux, nous nous enliserons.

Borg admit cet argument. Il fit demi-tour et regagna la grand-route.

Schwartz braqua le canon de son revolver sur la nuque de Gomez.

— Si tu joues au plus malin, mon gars, je te brûle, dit-il.

Borg se faufila dans la foule des Noirs qui s'égaillaient sur la route. Plusieurs Sénégalais souriants essayèrent de faire de l'auto-stop, mais Borg ne s'arrêta pas. A la sortie de Diourbel, ils se retrouvèrent sur une route déserte.

— C'est par ici à gauche, expliqua Gomez. Il faudra rouler vite. Ne descendez pas en dessous de soixante, sinon nous nous enliserons.

Les phares balayèrent une route étroite, qui aux yeux de Borg, n'était qu'une piste de sable blanc. De part et d'autre, la brousse s'étendait à l'infini, simple succession de sable et d'arbustes épineux

La nuit était étouffante et les mains moites de Borg glissaient sur le volant.

Les kilomètres défilaient mais dans un décor tellement immuable que Borg éprouvait la sensation désagréable de ne pas avancer et d'être comme engagé sur une courroie de transmission sans fin.

Au bout d'une heure, Gomez annonça :

— Il va falloir quitter la route. Faites attention en conduisant. Pas d'accélération brusque. Restez toujours à la même vitesse. (Il se pencha contre le parebrise.) Tournez ici... sans ralentir.

Borg émit un grognement, donna un coup de volant et s'engagea dans la brousse. Il sentit les roues arrière déraper vers la gauche et redressa tant bien que mal, tandis que la voiture cahotait durement sur les touffes d'herbe drue.

Soudain, un arbre énorme, aux branches basses, apparut dans le faisceau des phares. Surpris, Borg voulut l'éviter et son pied appuya automatiquement sur le frein. La voiture ralentit, le moteur toussa, puis cala. La voiture stoppa. Borg poussa un juron.

— Eh ben, vas-y! hurla Schwartz.

Borg remit le moteur en marche, passa la première, embraya, puis accéléra doucement. Les roues arrière s'enfoncèrent dans le sable, mais la voiture n'avança pas d'un pouce.

Schwartz ouvrit sa portière.

— Ne bouge pas, je vais pousser. (Il gagna l'arrière et appliqua ses mains sur le coffre.) Vas-y! Borg tenta de démarrer en seconde tandis que Schwartz s'arc-boutait contre la carrosserie, mais les roues du lourd véhicule pénétrèrent un peu plus avant dans l'ornière et les pieds de Schwartz s'enfoncèrent dans le sable jusqu'aux chevilles.

— Va l'aider! dit Borg à Gomez.

Celui-ci quitta son siège et vint rejoindre Schwartz qui haletait et jurait.

Malgré ce renfort, la Buick ne bougea pas. Les roues s'étaient enlisées jusqu'au moyeu. Schwartz recula et essuya la sueur qui lui dégoulinait sur le visage avec la manche de sa chemise.

— On va essayer de mettre des brindilles sous les roues, suggéra Gomez, ça devrait permettre de repartir.

Borg les rejoignit, considéra les roues enlisées et fut pris de panique.

— Alors! s'exclama Schwartz. Tu l'as entendu?

Il se mit à arracher des branches d'arbustes et à les empiler près de la voiture. Borg alla un peu plus loin ramasser des bouts de bois mort épars sur le sable. Gomez entreprit d'effeuiller les rameaux les plus bas de l'arbre.

Ils travaillaient ainsi depuis dix minutes lorsque Schwartz se redressa et regarda autour de lui. Il n'apercevait plus aucun de ses deux compagnons dans la nuit; il dressa l'oreille. Il était tellement occupé à ce qu'il faisait qu'il avait oublié les deux autres.

— Hé! Borg! cria-t-il.

Borg émergea de la nuit avec une brassée de branches mortes.

— Où est le gamin? demanda Schwartz.

Borg le regarda, bouche bée.

— Il était avec toi, non?

— C'est avec toi qu'il était, imbécile! hurla Schwartz. (Il considéra l'arbre énorme, à vingt mètres sur sa droite). Il était là.

Laissant tomber sa brassée de branches mortes, Borg courut vers l'arbre. Aucune trace de Gomez.

— Hé! Où es-tu? demanda-t-il. Reviens ici!

Pistolet au poing, Schwartz le rejoignit :

— Il n'a pas pu aller bien loin. Viens! (Il s'élança.

Ses pieds s'enfonçaient dans le sable chaud, freinant sa course.) Je vais le mettre en bouillie, quand je le tiendrai.

Borg, haletant à ses côtés, trébuchait sur les touffes d'herbes sèches. La chaleur pesait sur eux comme une couverture humide.

Enfin, épuisé, sa chemise trempée de sueur, il s'arrêta pour reprendre son souffle. Schwartz, guère plus brillant, fit encore quelques mètres, puis s'arrêta également.

Les deux hommes écoutèrent, mais ils n'entendaient que les battements sourds de leur cœur.

— Il a filé, fit Schwartz en brandissant le poing. On va retourner chez ce gros porc et le débiter en tranches. Allons! Reprenons la voiture!

Borg, qui avait du mal à mettre un pied devant l'autre, le suivit.

La nuti l'inquiétait. Il y voyait à guère plus d'un mètre devant lui et butait sans cesse, avant d'avoir pu les éviter, sur les épineux qui semblaient jaillir de terre

Ils passèrent devant l'arbre, mais après avoir fait quelques pas, Schwartz s'arrêta et scruta l'obscurité.

— Où est la voiture? demanda-t-il.

— Elle devrait être ici, dit Borg.

— Eh ben, elle n'y est pas. (Schwartz examina l'arbre, puis se tourna vers l'endroit où aurait dû se trouver la Buick.) Tu crois tout de même pas qu'il est revenu la faucher!

— C'est impossible, répondit Borg d'une voix tremblante. Elle était enlisée jusqu'aux moyeux.

— En tout cas, elle n'est plus là. (Schwartz rengaina son arme.) Est-ce que c'était bien cet arbre-là?

— J'en sais rien. Il lui ressemble, mais c'est pourri d'arbres, par ici.

— Ils se ressemblent tous, marmonna Schwartz.

Tu n'as pas remarqué ça pendant qu'on roulait?

— Oui... Tu crois qu'on est paumés? demanda Borg en passant la langue sur ses lèvres sèches.

— Dans une nuit pareille... reprit Schwartz, qui luttait contre une angoisse croissante. (Il se dirigea vers l'arbre et s'assit, le dos au tronc.) On va attendre le jour. Je parie qu'on retrouvera tout de suite la voiture. Alors, on fera marche arrière et je lui apprendrai, à cette ordure, à se payer notre tête...

Borg vint s'asseoir pesamment à côté de lui.

— Même si nous arrivons à tirer la bagnole du sable, tu crois qu'on retrouvera notre chemin?

— Bien sûr, imbécile! Y aura qu'à suivre les traces de pneus dans le sable.

— T'as raison. J'y avais pas pensé. (Borg s'interrompit.) Bon Dieu! J'avalerais bien une bière!

— Ta gueule! fit Schwartz.

A trois heures du matin, un vent vif et chaud se leva. Il souffla pendant deux heures, effaçant toutes les rides du sable et notamment les traces de pneus de la Buick.

# CHAPITRE XI

Les phares de la Cadillac illuminèrent une voiture garée sur le côté de la route et, à proximité, deux Sénégalais, l'air penaud, vêtus à l'européenne.

Malik crut reconnaître l'un d'eux et lança un ordre au chauffeur. La Cadillac ralentit et s'arrêta à quelques mètres de là. Malik en sortit.

L'un des Sénégalais se précipita vers lui. C'était Samba Dieng.

— Qu'est-ce que tu fous ici? demanda Malik.

Dieng, l'air terrorisé, lui expliqua l'échec de l'embuscade.

Malik eut du mal à réprimer sa fureur.

— Ça fait combien de temps qu'ils sont partis?

— Environ une heure.

— A quoi ressemblaient les deux autres?

Dieng décrivit Borg et Schwartz.

— S'ils n'avaient pas été là, nous aurions réussi, monsieur, dit-il, conscient de la fureur contenue de Malik. Ce n'est pas notre faute.

— Montez avec nous! ordonna Malik.

Le Sénégalais à la joue barrée d'une cicatrice et qui s'appelait Daouda grimpa avec eux et s'assit, comme Dieng, à côté du chauffeur qui leur jeta un coup d'œil et plissa le nez.

Malik remonta à l'arrière.

— A Diourbel et en vitesse! lança-t-il au chauffeur.

La Cadillac démarra et Malik réfléchit à ce qu'il devait faire. Fantaz avait disparu. Ivan lui ayant rapporté que Fantaz n'était pas renctré chez lui, il lui avait demandé de venir au plus vite le retrouver à Diourbel. Girland devait être en route pour rencontrer Carey. Fantaz avait dû lui révéler la planque de Carey au cours de leur conversation au café. Ces imbéciles de nègres avaient laissé échapper Girland. La situation se présentait mal, mais n'était pas désespérée. Girland s'enfonçait dans la brousse où Malik avait disposé trente hommes qui, connaissant les lieux comme leur poche, étaient capables de le repérer en même temps que Carey. Même si Girland retrouvait Carey, il aurait bien du mal à le ramener de la brousse sans se faire prendre.

Ils arrivèrent à Diourbel dix minutes après le départ de Borg, Schwartz et Gomez. La Cadillac s'arrêta, un peu à l'écart de la grande rue, devant une petite villa que Malik avait louée pour en faire son quartier général avancé.

Il sortit de la voiture et, suivi des deux Noirs, gagna la porte d'entrée de la villa. Il frappa trois coups. Un judas coulissa, des yeux apparurent au guichet, puis la porte s'ouvrit.

— Smernoff est ici? demanda Malik au Sénégalais trapu qui lui avait ouvert.

— Oui, monsieur.

Malik fit signe à Dieng et à Daouda de rester l'extérieur, suivit un couloir et pénétra dans une pièce où un homme installé à un bureau, casqué d'écouteurs, le visage attentif, manœuvrait le cadran d'un walkie-talkie. C'était Boris Smernoff, quarante-cinq ans, trapu, brun, solide, le plus acharné et le plus brutal des agents du Service secret soviétique.

Il jeta un coup d'œil à Malik, et lui fit signe de la tête sans interrompre sa tâche.

Malik prit une chaise et s'assit. Il attrapa une bouteille de vodka sur le bureau et remplit l'un des nombreux gobelets qui se trouvaient sur un plateau. Il se mit à siroter son verre, tout en observant Smernoff qui consultait maintenant une carte à grande échelle étalée devant lui.

— Attendez les ordres, dit-il dans le microphone. (Il actionna l'interrupteur et se tourna vers Malik.) Le filet se resserre, poursuivit-il. Un de nos guetteurs vient d'apercevoir les phares d'une voiture à quinze kilomètres de notre poste le plus proche. La voiture se dirige vers l'est. Elle apporte sans doute du ravitaillement à Carey.

— Non. Elle lui amène Girland, fit Malik en se levant. (Il vint se placer derrière Smernoff et étudia la carte par-dessus son épaule.) Où a-t-on vu cette voiture?

— Par ici, dit Smernoff. (Il prit un crayon et se mit à tracer des petites croix sur la carte.) Nos hommes sont postés ici, ici et là. La voiture roule dans cette direction. (Il tira une ligne avec son crayon.) Tu vois que nos hommes sont disposés en demi-cercle par rapport à cette ligne. Carey doit donc se cacher quelque part dans ce secteur, ajouta-t-il en désignant l'endroit avec son crayon.

Malik étudia la carte et approuva.

— Tu as assez d'hommes pour refermer le cercle?

— En s'espaçant ils pourraient y arriver, mais si Carey sortait la nuit, il risquerait de leur glisser entre les pattes.

— On peut trouver du renfort?

— Je m'en suis déjà occupé. Les hommes seront sur place demain matin.

Malik revint s'asseoir, vida sa vodka et s'en servit une autre.

— Ainsi, Girland sait maintenant où se trouve Carey? demanda Smernoff. Girland est un type dangereux. Il est capable de passer au travers. Ces Arabes n'ont guère envie de se battre.

— J'attends Ivan. Dès qu'il arrivera, nous nous enfoncerons dans la brousse. Tu nous accompagneras. Il ne faut rien négliger.

La radio se mit à crépiter et Smernoff régla son cadran. Il écouta et Malik le vit froncer les sourcils.

— Une seconde, fit-il dans le microphone. On vient de repérer une autre voiture, expliqua-t-il à Malik. (Il étudia la carte.) Elle se dirige vers le sud-est. Elle est passée il y a dix minutes devant l'un de nos guetteurs. C'est une vieille Buick avec trois hommes à bord.

— C'est Girland, dit Malik en se dressant. Il a pris la voiture de Dieng.

— Bon. Si c'est lui, il va dans la mauvaise direction. Mais alors, qui se trouve dans la première voiture?

— C'est peut-être ce que tu disais : du ravitaillement pour Carey.

— Qu'est-ce que nous faisons de Girland?

— Laisse tomber. S'il n'a pas de guide, il va se perdre et nous n'aurons pas besoin de le liquider.

A ce moment-là, la porte s'ouvrit et Ivan entra.

— Tu es à l'heure, dit Malik. Nous partons dans la brousse.

— Et Fantaz?

— On laisse tomber. Nous savons maintenant, à quinze kilomètres près, où se trouve Carey. Demain matin, nous le tiendrons.

Smernoff avait terminé sa conversation au microphone. Il prit ses instruments et les transporta dans une Jeep qui attendait.

Malik et Ivan le suivirent.

— Venez, tous les deux, avec nous, dit Malik à Dieng.

L'air inquiet, Dieng et Daouda les suivirent dans la nuit étouffante.

*

Tessa conduisait depuis deux heures. Les amortisseurs avaient du mal à résister aux multiples affaissements du sol et la petite voiture tanguait comme une barque sur une mer démontée.

C'était un cauchemar pour Girland qui n'avait pas coutume de conduire dans la brousse. Il avait beau se cramponner, chahuté sur son siège, il était endolori de partout.

A plusieurs reprises, le véhicule s'enlisa et Girland, aidé de Momar, dut s'employer à fond pour le dégager. Dans cette chaleur humide, ils fournissaient des efforts particulièrement épuisants.

— C'est encore loin? s'enquit Girland comme les roues arrière de la voiture patinaient une fois de plus au fond d'une ornière.

— Quatre-vingts kilomètres... encore une heure, dit Tessa en sortant de la voiture.

Elle s'étira pour détendre ses articulations douloureuses.

Aidé de Momar, Girland ramena la voiture sur un sol plus stable, fit le tour et s'approcha de Tessa.

— Ces phares m'inquiètent. Si les espions de Malik sont aussi près que vous le pensez et nous surveillent, ils peuvent nous repérer à un kilomètre de distance. Je crois qu'on ferait mieux de s'arrêter ici et d'attendre le petit jour pour conduire sans phares.

— Mais je ne peux pas laisser mon père seul toute la nuit! protesta Tessa.

— Il vaut mieux le laisser seul que de lui amener tous ces types. Or, c'est précisément ce que nous sommes en train de faire. Perché sur un arbre, un guetteur peut voir très loin sur un terrain plat comme celui-ci.

Tessa hésita, puis approuva.

— Je n'y avais pas songé. Très bien, nous allons attendre. (Elle jeta un coup d'œil à sa montre-bracelet.) Il ne fera pas jour avant cinq heures.

— Eh bien, nous attendrons cinq heures, fit Girland en s'asseyant sur le sable. Bon sang! je boirais bien un coup!

Tessa dit quelques mots à Momar qui sortit de la voiture une grosse thermos et des verres. Le vieux Sénégalais les quitta, passa de l'autre côté de la voiture, se coucha sur le sable et s'endormit presque aussitôt.

Tessa, assise à côté de Girland, remplissait les verres de jus d'orange glacé.

— Dommage qu'on n'ait pas de gin à mettre dedans, dit Girland après avoir bu une gorgée, mais ça vaut mieux que rien. (Il se renversa pour la regarder.) Comment avez-vous appris à conduire une voiture comme ça?

Elle sourit, flattée du compliment.

— J'ai vécu à Diourbel jusqu'à l'âge de dix-huit ans. Je voyageais tout le temps dans la brousse en compagnie de Momar. On apprend vite à conduire dans le sable.

— Vous étiez ici avec votre père?

— Non. Mon père était rentré en France trois mois avant ma naissance, laissant ma mère ici. La guerre avait éclaté et il voulait se battre. Je n'ai vraiment connu mon père que ces derniers jours. La guerre finie, il est parti pour l'Amérique. (Elle prit une poignée de sable et la laissa couler entre ses doigts.) Nous n'avions pas beaucoup d'argent. Enrico dirigeait l'usine de mon père, mais, sans lui, l'affaire végétait. Nous avons appris un jour que mon père était un espion et qu'il était passé aux Russes. Cette nouvelle nous a bouleversées. Ma mère est morte peu après et je suis allée à Paris. J'étais toujours en liaison avec Enrico : il savait où je me trouvais à Paris. Je n'avais pas d'argent, mais j'ai exercé toutes sortes de métiers, y compris vendeuse de journaux. Je m'amusais bien. Puis, tout à coup, Rosa Arbeau s'est amenée chez moi. Nous étions allées en classe ensemble. Je savais qu'elle était la maîtresse d'Enrico. Elle m'a apporté une lettre de mon père. C'était la première fois qu'il m'écrivait depuis ma naissance. Rosa avait l'air mystérieuse. Elle n'a rien voulu me dire. Elle m'a simplement donné la lettre et elle est repartie.

Girland alluma une cigarette.

— Cette lettre venait vraiment de votre père?

— Oui. Il y en avait une d'Enrico. Mon père m'expliquait qu'il s'était enfui de Russie et qu'il avait des renseignements importants à communiquer à Dorey. Je ne savais pas qui c'était. Il m'expliquait que Dorey se méfierait peut-être, mais que je devais retrouver un homme qu'il avait rencontré plusieurs années auparavant et en qui il avait confiance. Il m'expliquait que cet homme s'appelait Girland, mais il ne se rappelait plus son prénom : il habitait Paris et je devais faire bien attention à ne pas me tromper d'adresse. Dans sa lettre, Enrico racontait que mon père était très malade. Je ne savais qu'en penser. J'ai trouvé votre nom dans l'annuaire du téléphone. Un soir, je vous ai suivi et... ma foi, vous savez la suite, conclut-elle en lui souriant.

— Votre père n'ajoutait rien?

— Il faisait allusion à un certain Herman Radnitz. Il me mettait en garde contre lui. Un de mes amis, journaliste, m'avait souvent parlé de Radnitz. Je savais qu'il descendait au George V et un soir je me suis postée près de l'hôtel, espérant le voir, mais sans succès. Je... (Elle s'interrompit, les yeux ronds.) Maintenant je me souviens où j'ai vu ce gros type que vous avez frappé. (Elle se retourna pour fixer Girland.) Il était devant le George V avec un grand type maigre, affreux.

— C'est probable, dit Girland tranquillement. Dorey consacrait beaucoup de temps à faire surveiller Radnitz. Ne me demandez pas pourquoi. Il n'a jamais rien appris sur Radnitz, mais il s'obstinait quand même.

— Il y avait aussi un jeune homme barbu. Je me le rappelle très bien, maintenant. Qui sont-ils?

— Ce sont tous des agents de Dorey. (Puis, changeant de sujet, Girland demanda :( Est-ce que votre père vous a dit quelle sorte de renseignements il destine à Dorey?

— Oh! non! Il ne me parle pas de ces choses.

— Vous lui avez dit que vous m'aviez retrouvé?

— Oui. Il pense que vous êtes le seul des agents de Dorey à qui il puisse se fier.

— Je me demande ce qui lui a donné cette idée, fit Girland en fronçant les sourcils.

— Il peut vous faire confiance, n'est-ce pas? demanda-t-elle en le scrutant.

— Bien sûr, dit Girland en se forçant à sourire.

Après un silence, elle reprit :

— Parlez-moi de vous, Mark.

Il la regarda, puis hocha la tête :

— Il n'y a rien à dire.

— Mais si. Je veux savoir comment vous êtes entré dans ce métier. Vous êtes marié?

— Moi? Ce métier n'est guère compatible avec le mariage.

— Je vous ai parlé de moi. Pourquoi êtes-vous si mystérieux?

— Simplement parce que c'est bien banal, dit-il en riant. Je suis le merle blanc de ma famille, si vous voulez le savoir. Ma mère était française et mon père juge aux Etats-Unis. Dès que je l'ai pu, j'ai quitté la maison. Nous habitions alors à Miami une énorme baraque ennuyeuse, remplie de domestiques fatigants et snobs. J'avais toujours voulu vivre à Paris, alors, quand j'ai eu dix-huit ans, j'ai pris ma valise, je suis monté sur un cargo et j'ai débarqué à Paris. J'ai mangé de la vache enragée en essayant d'imiter Hemingway; j'écrivais de la mauvaise littérature et je crevais de faim. Mon père, en mourant, m'a laissé trente mille dollars. Je les ai claqués en deux ans et j'ai recommencé à crever de faim. Puis, Harry Rossland s'est amené et m'a convaincu de travailler pour lui. Ça se passait il y a environ six ans. Depuis, je suis dans ce métier.

— Vous l'aimez?

— Ça va, dit-il en haussant les épaules. Je ne gagne pas beaucoup d'argent, mais je me débrouille. Oui ça me va.

— Ça vous plaît de vivre tout seul dans ce studio? J'imagine que vous devez vous y sentir isolé?

Il songea aux très rares moments où il avait été seul dans cet appartement qui lui paraissait maintenant si lointain. Il trouvait toujours des filles heureuses de partager sa solitude, des filles qui restaient une nuit, une semaine, mais jamais plus d'un mois. Au bout d'un mois, il en avait assez.

— Je suis trop occupé pour me sentir seul, dit-il

en s'étirant sur le sable. Faisons un somme. Nous aurons une rude journée, demain.

Elle s'étendit également.

— Qu'est-ce qui va se passer demain? Vous pensez que vous arriverez à persuader mon père de partir?

— Il n'a peut-être pas intérêt à partir tout de suite.

— Mais il ne peut pas rester là-bas bien longtemps.

— Quand il m'aura passé les renseignements destinés à Dorey, il perdra tout intérêt aux yeux des Russes ou de Radnitz. Il pourra alors sortir tranquillement de sa cachette. Maintenant, faites de beaux rêves.

Il ferma les yeux, mais il était trop préoccupé pour s'endormir immédiatement. Il se demanda ce que fabriquaient Borg et Schwartz. Il se demanda où en était Malik. Il songea à Janine. Il y avait tant de problèmes! Sa dernière pensée, avant de s'endormir, fut pour Carey et il se rappela les paroles de Tessa : « *Il pense que vous êtes le seul des agents de Dorey à qui il puisse se fier* ».

Une bande de clarté pâle dans le ciel le réveilla. Il se dressa sur son séant. Un vent vif soufflait et il se sentait recru de courbatures.

Tessa, étendue près de lui, fut réveillée par son mouvement, cligna des yeux, leva la tête et se redressa.

— Il est temps de les mettre, dit Girland. (Il jeta un coup d'œil à sa montre : il était quatre heures un quart. Il bâilla et se leva.) Bon Dieu! Je ne tiens pas la forme!

Momar faisait du café sur un petit feu de bois. Il leur apporta deux tasses fumantes qu'ils furent heureux d'avaler.

— Ah! Ça va mieux! remarqua Tessa. Une cigarette par là-dessus et je crois que je pourrai survivre. Tout ce sable, ça me rend folle!

Ils allumèrent leurs cigarettes et échangèrent un sourire. Malgré sa chevelure ébouriffée, Girland trouvait la jeune fille étonnamment séduisante. Il passa la main sur ses joues hérissées de barbe :

— Pas même une brosse à dents, dit-il en souriant. Enfin allons-y!

Momar était déjà installé sur le siège arrière de la voiture lorsqu'ils y grimpèrent. Tessa consulta le vieux Sénégalais qui lui indiqua la direction à prendre. Elle mit le moteur en marche et la voiture recommença à louvoyer sur le sol inégal en s'enfonçant dans la brousse.

Au bout de quelques kilomètres, ils aperçurent devant eux un gros village entouré d'une palissade de bambou et de paille. Un Sénégalais vêtu de bleu était accroupi à la porte du village. Il les regarda d'un air indifférent.

— Tu viens souvent par ici? demanda Girland.

— Non. Nous ne prenons jamais la même route. Je ne suis allée à Diourbel que deux fois depuis mon arrivée. Vous craignez que les villageois ne bavardent?

— Ce n'est pas impossible, non?

— Je crois qu'ils se désintéressent totalement de la direction que nous pouvons prendre. D'ailleurs on y peut rien. Il y a des choses dont nous ne pouvons nous passer et il faut que je les trouve à Diourbel.

Ils s'enfonçaient de plus en plus dans la brousse et Girland était frappé par le grand nombre d'oiseaux au plumage brillant qui s'envolaient des fourrés et des arbustes à leur arrivée. De petits perroquets aux plumes bleues et jaunes retinrent son attention. Ils s'attardaient sur la piste et ne s'envolaient qu'au dernier moment.

Au cours des cinquante kilomètres suivants, ils s'enlisèrent quatre fois et, maintenant que le soleil était déjà haut dans le ciel, les opérations de dégagement devenaient épuisantes. C'était une vraie chance que Tessa eût songé à se munir de deux thermos de boisson fraîche.

— Ce trou perdu est encore loin? demanda-t-il, alors qu'il remontait pour la quatrième fois dans la voiture surchauffée.

— A cinq kilomètres d'ici.

Ils finirent par apercevoir devant eux trois cases de bambou et de paille, abritées du vent et du sable par un écran d'herbe sèche et de bambou. A droite des cases se dressait un tertre de paille et d'épineux séchés.

— Nous y voilà, dit Tessa. Nous allons dissimuler la voiture sous cette paille. C'est la maison de Momar.

Au moment où la voiture se gara, trois grands Sénégalais souriants sortirent d'une porte, suivis de quatre enfants tout excités.

Tessa leur serra la main et ils se tournèrent vers Girland en riant. Momar leur ordonna d'un ton bref de décharger la voiture et de la cacher.

— Je vais dire à mon père que vous êtes là, dit Tessa. Prenez un verre à l'ombre. Je crains que tout cela ne vous paraisse bien sale et malodorant, mais nous sommes au cœur de l'Afrique.

— C'est vrai, dit Girland à demi convaincu. Mais si vous tenez le coup, je pense que j'y arriverai aussi.

Il était dégoûté par l'essaim de mouches qui bourdonnaient dans le dos de Tessa. Il y en avait partout et, quand il mit la main sur le dos de sa propre chemise, un nuage de mouches effrayées s'éleva en bourdonnant autour de sa tête avant de revenir se poser au même endroit.

Il la suivit. Deux petites cases se dressaient à gauche d'une cour jonchée de boîtes de conserves vides et rouillées et autres détritus. Sur la droite, un peu plus loin, il aperçut une autre case plus grande.

Une grosse Sénégalaise, l'air joyeux, le visage ridé, écrasait du millet à l'aide d'un gros pilon. Girland se dit qu'il devait s'agir de la femme de Momar. Deux jeunes Sénégalaises le regardèrent du seuil d'une des cases puis s'esquivèrent et il les entendit rire à l'intérieur.

Il alla s'accroupir à l'ombre, tandis que Tessa pénétrait dans la grande case. Momar lui apporta un verre de jus d'orange que Girland but avec volupté. Il y eut un long silence. Girland s'évertuait à chasser les mouches et se demandait combien de temps il lui faudrait rester dans ce trou infernal.

Au bout de dix minutes, Tessa parut sur le seuil de la case et lui fit signe. Il se leva, tout excité. Il allait enfin se trouver en présence de Robert Henry Carey.

— Venez, dit-elle tranquillement. Il vous attend.

Il pénétra dans la case étouffante. Quelques instants lui furent nécessaires pour se faire à la pénombre. Un peu de jour filtrait par les interstices du toit et il aperçut un homme, assis sur un lit de camp. Une caisse de bois retournée lui servait de table.

Girland s'arrêta et considéra cet homme. Il portait une saharienne racommodée, trop grande pour son corps décharné et un pantalon kaki froissé et taché. Il était pâle avec un visage si émacié que l'on eût presque dit une tête de mort. Toutefois, en dépit de ses yeux enfouis au creux des orbites et de sa bouche tirée, Girland reconnut Carey. Il se souvenait de la photographie que Rosa lui avait montrée. En peu de temps, l'état de Carey avait sans doute terriblement empiré.

— Girland? (La voix était basse et lasse.)

— Oui, dit Girland en s'avançant et en tendant la main. Je suis venu aussi vite que j'ai pu.

Des doigts osseux et secs étreignirent un instant sa main, puis Carey laissa retomber son bras sans force sur sa cuisse.

— Asseyez-vous, dit-il.

Girland regarda autour de lui, découvrit un petit tabouret de bois et s'assit dessus avec précaution.

— Je pensais que Rossland viendrait, dit Carey en fixant sur Girland un regard fiévreux.

— Rossland est mort, dit Girland. J'ai pris sa place.

— Rossland est mort, répéta Carey en passant ses doigts maigres sur son front. Eh bien, nous devons tous mourir! Comment est-il mort?

Girland répugnait à évoquer Radnitz.

— On l'a découvert étranglé, dit-il tranquillement. Personne ne sait qui l'a tué.

Carey haussa les épaules d'un air résigné :

— J'aimais bien Rossland. Il n'était pas malin et je n'ai jamais eu vraiment confiance en lui, mais il avait quelque chose de sympathique. (Il regarda Girland.) Rossland m'avait dit que vous étiez son meilleur agent. Vous avez une physionomie ouverte. Je me souviens que ça m'a frappé quand je vous ai rencontré. On se fie toujours à ses premières impressions.

Girland, mal à l'aise, ne répondit rien.

— Comment Dorey a-t-il réagi lorsque Rosa lui a parlé de moi?

— Il m'a demandé de venir ici pour prendre contact immédiatement avec vous.

— Est-ce qu'il a donné l'argent à la fille? J'avais dit à Enrico qu'il ne lâcherait pas dix mille dollars.

C'est beaucoup, pour Dorey. Est-ce qu'il l'a vraiment payée?

— Je ne sais pas, dit Girland qui ne tenait nullement à accumuler les mensonges.

— C'est une fille intelligente, pour une Noire. Il a dû la payer, sans quoi elle ne lui aurait pas parlé de moi.

— J'imagine.

— Vous êtes revenu avec elle?

— Je m'apprêtais à rentrer avec elle. Elle a été assassinée à l'aéroport.

Carey baissa la tête et considéra ses mains. Il y eut un long silence.

— Rossland, puis Rosa, dit-il enfin. Comment se fait-il que Radnitz vous ait laissé venir ici?

— Radnitz? Qu'est-ce qu'il vient faire là-dedans? demanda Girland d'une voix coupante.

— Personne d'autre ne pourrait tuer ainsi. Même les Russes auraient hésité. Dorey ne sait-il rien de Radnitz? Vous ne le connaissez pas?

— Je n'avais jamais entendu parler de lui, il y a quinze jours. Rossland y a fait allusion, mais sans entrer dans les détails.

— Qu'est-ce que Rossland a dit de lui? demanda Carey en redressant vivement la tête.

— Il m'a raconté que Radnitz vous recherchait, dit Girland, prudent. Nous étions en voiture et je conduisais. Je n'ai pas fait très attention à ce qu'il disait. (Il se demanda, gêné, combien de temps il allait pouvoir mentir sans éveiller des soupçons.) Pourquoi Radnitz vous recherche-t-il?

— J'ai conclu un marché avec lui. Un marché à la Faust. Radnitz n'a confiance en personne. Il craint que je ne le fasse chanter.

Girland songea au marché qu'il avait lui-même conclu avec Radnitz.

— Vous pourriez m'expliquer, demanda-t-il, ou suis-je indiscret?

— Pour que vous compreniez cette affaire, il faut remonter en arrière. Il y a cinq ans, j'étais un brillant agent au service du gouvernement américain. Un gros bonnet a eu l'ingénieuse idée de me faire passer aux Russes, afin que j'apprenne tous leurs secrets, puis de me faire revenir en Amérique, nanti de ces secrets. Tout le monde, semblait avoir confiance en moi... et croire à ce projet... Tout le monde sauf moi-même... Pourtant, on a réussi à me persuader. Je ne sais comment Radnitz a eu vent de cette affaire. Cet homme surprend les secrets d'Etat sans difficultés. La veille de mon départ pour Moscou, il est venu me voir dans mon appartement. (Carey hésita. Quand il reprit, sa voix était si basse que Girland dut se pencher en avant pour saisir ses paroles.) Radnitz voulait que je récupère des documents relatifs à un certain Heinrich Kunzli, détenu par le Service secret soviétique. Il pensait qu'une fois à Moscou je pourrais mettre la main sur ces documents. Il m'a offert trois millions de dollars. J'ai été tenté par cette somme énorme et j'ai accepté. Il a viré à mon compte en banque dix mille dollars de provision. Le reste de la somme devait m'être versé lorsque je lui remettrais les documents. Il m'a fallu près de quatre années pour me les procurer et quand je les eus en main, j'ai compris qui était l'homme avec qui j'avais fait affaire. Je me suis aperçu que Radnitz et Kunzli étaient une seule et même personne : le mal incarné.

— Comment ça, le mal? s'enquit Girland.

— Les documents qu'il désirait récupérer étaient des contrats signés par lui avec les gouvernements nazis et japonais. Des contrats intéressant des fabriques de savon et d'engrais et des poudreries. Ça n'avait l'air de rien, n'est-ce pas? Mais dans ces contrats, les Nazis et les Japonais s'engageaient à fournir les matières premières nécessaires à la confection de ces produits. Les matières premières, c'étaient les os, les cheveux, la graisse et les dents des millions d'hommes assassinés dans les camps de concentration. Radnitz a édifié sa fortune sur les cadavres des Juifs et autres victimes des Nazis et des Japonais. Les Russes avaient découvert ces contrats et les gardaient pour le jour où ils auraient l'occasion de les utiliser comme moyens de pression sur Radnitz. Parmi ces documents, il y a le dossier de Kunzli. Cet homme a consacré son énorme fortune à lutter de mille manières contre le monde libre. C'est lui qui a vendu les armes qui ont déclenché les premières guérillas du Nord Viet-nam. C'est lui qui a monté l'affaire du Congo. C'est lui qui a incité les Hongrois à se révolter contre les Russes, un vrai suicide. Cette liste est sans fin. J'ai les contrats et le dossier microfilmés. Lorsque j'ai quitté Moscou, j'ai laissé les originaux entre les mains des Russes. Je veux que ce microfilm soit remis à Dorey. Ce sera le glas de Radnitz.

Girland se sentit la bouche sèche. La sueur salée qui coulait de son front lui brûlait les yeux. Il était effondré. Si ce que Carey disait était vrai, et il ne pouvait en douter, il n'était pas plus que Carey disposé à accepter l'argent de Radnitz.

— J'ai plusieurs films pour Dorey, poursuivit Carey. Au cours des années que j'ai passées à Moscou, je n'ai pas perdu mon temps. Parmi les nombreux documents importants, j'ai la liste de trente-cinq agents russes qui travaillent en France et en Amérique. Parmi eux, le chouchou de Dorey : Janine Daulnay.

— Pourquoi ne les avez-vous pas donnés à Rosa? Elle aurait pu remettre le tout à Dorey.

— Radnitz sait que je me trouve quelque part au

Sénégal et les Russes aussi. Je ne pouvais pas me fier à Rosa. Radnitz avait une grosse somme d'argent à lui offrir et elle se serait laissée acheter par lui. Je suis heureux que vous soyez venu, Girland. Ce n'est pas vous qui concluriez un marché avec Radnitz!

Girland haussa les épaules. Il avait envisagé, depuis le début, de trahir Radnitz, mais il avait gardé bon espoir de mettre la main sur les cinquante mille dollars que Radnitz lui avait promis. Maintenant il n'en était plus question. Il ne lui restait plus qu'à sortir du Sénégal pour revenir auprès de Dorey. Il se demanda comment celui-ci allait le traiter.

— Ça ne sera pas facile, dit-il. Outre Radnitz, les Russes savent que vous êtes dans la brousse.

— Ils se rapprochent de jour en jour, reconnut Carey. Je sais qu'ils sont tout près maintenant. Plus tôt vous partirez, mieux ça vaudra. J'ai tout préparé pour vous. Momar vous guidera dans la brousse. Si vous réussissez à atteindre l'ambassade américaine, vous y trouverez une escorte qui vous accompagnera à Paris. Je veux que vous emmeniez Tessa avec vous. Elle n'aurait jamais dû venir jusqu'ici. Cet imbécile de Fantaz a perdu la tête.

— Et vous? Vous allez venir avec nous aussi?

— J'ai décidé de rester ici. Je ne suis pas assez vigoureux pour entreprendre le voyage.

Girland lui jeta un regard perçant.

— Vous pensez que Tessa va vous abandonner ici? Ce n'est pas mon avis.

— Oh! mais si! dit Carey en poussant un long soupir de lassitude. Ne la laissez pas tomber aux mains de Radnitz ni dans celles des Russes. Une balle vaudrait mieux. Compris?

Girland fronça les sourcils.

— Vous me chargez d'une grosse responsabilité. Je préfère voyager seul.

— Mais alors, comment s'échappera-t-elle? Je compte sur vous, Girland. (Il fit un gros effort, se leva et se dirigea vers l'autre extrémité de la case.) Vous pourriez peut-être m'aider. Les films sont enterrés ici... Ce n'est pas une cachette très sûre, mais après toutes les difficultés que j'ai rencontrées, je ne pouvais supporter l'idée de ne pas les avoir sous la main.

Girland rejoignit Carey. Celui-ci lui désigna un emplacement sableux. Girland s'agenouilla et commença à creuser. Quelques instants plus tard, il mettait à jour une petite boîte de fer. Il se releva.

— Maigre butin pour quatre années de travail dangereux, n'est-ce pas? dit Carey. Mais la qualité l'emporte sur la quantité. Ne vous attardez pas, Girland. J'aimerais bien que vous prépariez Tessa. Dites-lui que je veux la voir partir avec vous. Elle est raisonnable. (Il s'arrêta un instant.) Je ne vais pas vivre bien longtemps... une semaine ou deux, guère plus. J'ai ici, poursuivit-il en touchant sa poitrine, un tueur bien plus sûr que Radnitz. Dites-le-lui. Elle comprendra.

— Il faut que vous le lui disiez vous-même, dit Girland. Je l'emmènerai si elle accepte, mais je ne peux pas la forcer. C'est à vous de la convaincre. Je partirai dans dix minutes.

— Très bien, vous avez raison. Je vais la convaincre, dit Carey en lui tendant la main. Adieu, Girland, et bonne chance!

Girland saisit la main sèche et osseuse de Carey.

— Moi aussi, j'ai failli conclure un marché avec Radnitz, dit-il. Je ne voulais pas vous le dire, mais il vaut mieux que vous le sachiez. Comme cela, nous sommes deux.

— Je le savais, dit tranquillement Carey. C'est pourquoi j'ai été franc avec vous. Le neveu de

Fantaz est arrivé de bonne heure, ce matin. Il m'a parlé de ces deux hommes. Schwartz travaille pour Radnitz depuis des années. Je l'ai reconnu à son signalement. L'argent est bien tentant, n'est-ce pas? dit-il en souriant.

— Oui, dit Girland. Mais vous pouvez avoir confiance en moi, Carey.

— Je le sais. Adieu!

Girland sortit de la case pour affronter la chaleur écrasante et les mouches. Il s'arrêta un instant, cligna des yeux, puis aperçut Tessa, assise à l'ombre, et se dirigea vers elle.

— J'ai ce que je voulais, dit-il tandis qu'elle se levait brusquement. Nous allons partir dans dix minutes. Votre père désire vous parler.

Au moment où Tessa se dirigeait vers la case, on entendit une détonation. Elle s'arrêta brusquement et vit un filet de fumée sortir par la porte ouverte.

## CHAPITRE XII

Ils roulaient depuis une demi-heure. De temps en temps, Girland jetait un coup d'œil sur Tessa. Son regard fixe dans un visage pétrifié lui interdisait de lui parler.

Au moment où elle s'était élancée vers la hutte, après la détonation, il avait compris ce qui s'était passé et l'avait attrapée par le poignet.

— Restez-ici! avait-il ordonné. Il était au bout de son rouleau. Il allait mourir. Laissez-moi faire.

Elle s'était retournée, horrifiée, pour le regarder.

— Vous voulez dire que... qu'il s'est tué?

— Attendez-moi ici.

Il l'avait abandonnée au soleil pour pénétrer dans la case. Deux minutes plus tard il en ressortait, portant à la main un automatique qu'il avait ramassé aux côtés de Carey. Celui-ci avait eu une belle vie et une belle mort. Il n'avait pas commis d'erreur. La balle l'avait tué sur le coup.

Girland fit un signe à Tessa qui se détourna et se cacha le visage dans les mains.

Les Sénégalais se tenaient sur le pas de leur porte, l'air inquiet, et regardaient Girland. Le vieux Momar s'approcha à pas lents de la grande case, y jeta un coup d'œil, puis alla rejoindre, d'un pas digne, ses fils avec qui il s'entretint.

Girland attendit qu'il eût fini, puis le rejoignit :

— Il faut que nous partions immédiatement, dit-il. Mademoiselle est en danger, si elle reste ici. Prenez la voiture et soyez prêt à démarrer dans cinq minutes.

Momar fit un signe affirmatif et se dirigea vers l'endroit où le véhicule était dissimulé.

Girland vint retrouver Tessa qui, l'air perdu, considérait la grande case.

— Nous allons partir, dit-il doucement. Il voulait que vous veniez avec moi. Ils vont s'occuper de lui. (Il savait que Carey n'avait pas hésité à hâter sa fin pour permettre à Tessa de partir, mais il ne lui en dit rien.) Allons! Venez!

La femme de Momar leur apporta une gourde pleine d'eau et un sac de provisions. La vieille pleurait. Personne ne soufflait mot. Girland prit la gourde et le sac puis, saisissant le bras de Tessa, il l'entraîna vers la brousse.

Elle se dégagea, mais le suivit jusqu'à l'endroit où la deux-chevaux les attendait.

A l'ombre d'un arbre, les fils de Momar creusaient une tombe. Les deux hommes ne se retournèrent pas lorsque Tessa monta dans la voiture. Girland tendit à Momar, qui se trouvait à l'intérieur, le sac et la gourde, puis s'assit à côté de Tessa.

Après une demi-heure de route, ils arrivèrent à un trou d'eau assailli par deux cents chèvres et du gros bétail.

Momar se pencha en avant :

— Je vais parler à ces hommes, dit-il.

Tessa s'arrêta et Girland sortit pour permettre à Momar de quitter la voiture. Il observa le vieux Sénégalais qui se dirigeait vers les trois bergers. Il les salua; ils causèrent. Un vieux tendit la main en direction de l'est. Il semblait en proie à une vive agitation.

Momar revint. L'expression qu'il lut sur son visage inquiéta Girland.

— Qu'est-ce qui se passe? demanda-t-il.

— Ils disent qu'ils ont aperçu trois Arabes armés; des types qui ne sont pas d'ici, avec des fusils, à trois kilomètres vers l'est. C'est sur notre chemin.

— Ils sont certains d'avoir vu des fusils?

— Oui.

— Il faut les éviter. Comment allons-nous faire?

— Le chemin le plus rapide passe par l'est. Nous pouvons d'abord aller vers le nord et redescendre ensuite vers l'est, mais ça prendra du temps, la piste est très mauvaise.

— Il faut éviter ces hommes, dit Girland qui ne tenait nullement à affronter trois fusils avec son colt.

Ils remontèrent en voiture.

— Ce sont des Arabes aux gages des Russes? demanda Tessa.

— J'imagine. En tout cas, nous ne pouvons pas courir de risques. Allons-y!

Momar indiqua la direction à Tessa qui lança la petite voiture sur le sol sablonneux.

Ils découvrirent bientôt que Momar n'avait pas exagéré à propos de l'état déplorable de la piste. Ils n'avaient pas franchi dix kilomètres que Tessa pouvait à peine tenir le volant tant le sable mou cédait sous les roues de la voiture.

— Vous voulez que je vous relaie? proposa Girland.

— Pas encore. (Elle se cramponnait au volant, mais soudain le moteur cala et la 2 CV s'arrêta.) Merde! fit-elle.

Girland et Momar sortirent. Le train arrière était enlisé presque jusqu'au moyeu. Ils soulevèrent le châssis, unirent leurs efforts pour pousser le véhicule en avant et Tessa réussit à repartir, mais elle n'osa pas stopper au-delà et les deux hommes durent courir pour la rejoindre.

Cent mètres plus loin, sur un terrain plus ferme, Tessa s'arrêta. Comme il parvenait à hauteur de la voiture, Girland perçu un étrange bourdonnement à son oreille, puis une détonation lointaine. Il pivota brusquement, le pistolet déjà en main. A huit cents mètres sur sa droite, dans un bouquet d'arbres, parmi les hautes branches, il distingua une tache blanche, puis une petite flamme au moment où le tireur, à moitié dissimulé, lâchait sa seconde balle. Cette fois-ci, Girland n'entendit pas de sifflement. Il leva son automatique, puis l'abaissa. Il était trop loin.

Un cri s'éleva derrière lui. Il se retourna. Tessa avait quitté la voiture et courait vers lui.

— Momar! criait-elle. Regardez!

Sur la gauche de Girland, un peu en retrait, le vieil homme gisait, le visage dans le sable.

Girland et Tessa se précipitèrent. Girland souleva le corps et le laissa retomber sur le dos.

Le fusil cracha à nouveau et une giclée de sable jaillit à moins d'un mètre de Tessa. Le tir était précis.

Girland saisit Tessa par le bras et l'entraîna vers la voiture.

— Nous ne pouvons pas l'abandonner! protesta-t-elle en essayant de se dégager de Girland. Nous ne pouvons pas l'abandonner!

Il la poussa dans la voiture, prit le volant, mit le moteur en marche et embraya progressivement. Les roues patinèrent un instant, puis la voiture s'ébranla. Peu à peu, Girland accéléra et ils se retrouvèrent cahotant et rebondissant sur la piste.

Un quatrième coup de feu retentit derrière eux, mais le projectile se perdit. Prostrée sur son siège, le visage enfoui dans ses mains, Tessa pleurait en silence.

« Si seulement cette foutue brousse n'était pas si plate! songea-t-il. Ce tireur là-haut dans son arbre peut nous observer pendant des kilomètres. Il sait où nous allons. »

Soudain, Girland éprouva un sentiment de panique. Quelle était leur direction? Jusqu'à présent, Girland s'était entièrement reposé sur les indications de Momar. Il se rendait compte maintenant que tous les arbres, tous les arbustes se ressemblaient. Il n'y avait pas trace de route. Ils pouvaient tout aussi bien tourner en rond.

— Tessa! cria-t-il. Ressaisissez-vous. Il faut que vous m'aidiez!

Elle se redressa et s'essuya les yeux du revers de la main.

— C'était un homme si bon, le plus gentil que j'ai jamais connu, dit-elle d'une voix entrecoupée. Oh! les brutes!

— Ils vont nous traiter de la même manière si nous ne faisons pas attention, rétorqua brutalement Girland. Vous savez où nous sommes?

— Non, mais nous devons garder le soleil à notre droite. Si vous vous perdez dans la brousse, c'est le seul moyen pour ne pas tourner en rond.

Girland jeta un coup d'œil à la jauge d'essence. Le réservoir était aux trois quarts plein. Ce détail-là au moins était encourageant. « Nous avons de l'eau et de la nourriture, pensa-t-il. Nous pourrons peut-être encore nous en tirer. »

— Eh bien! Surveillez le soleil, dit-il. Mais nous allons vers le nord et c'est vers l'est qu'il faut aller. Est-ce qu'on ne devrait pas piquer vers l'est maintenant?

— Il y a une route quelque part devant nous... à

une dizaine de kilomètres. Momar voulait l'atteindre. Si nous la trouvons, nous arriverons dans un village où nous pourrons prendre un guide.

Après avoir roulé une vingtaine de minutes, Girland parvint à la conclusion qu'il avait manqué la route. Il stoppa la voiture à l'ombre d'un arbre.

— Vous croyez qu'il faut revenir en arrière? demanda-t-il.

Tessa sortit de la voiture et considéra la plaine sans fin.

— Nous l'avons manqué d'un kilomètre ou de vingt. Si nous faisons demi-tour, nous risquons de retomber sur ce tireur.

Girland jeta un coup d'œil à sa montre. Il était dix heures et demie. Il semblait impossible que tant d'événements soient survenus en si peu de temps.

— Vous croyez qu'il y a un village devant nous?

— Il y a des villages dans toute la brousse. Nous aurons peut-être un peu de chance.

— Très bien. Alors, allons-y! Mais commençons par boire un coup. (Il prit la gourde et versa précautionneusement un peu d'eau dans le gobelet de la thermos. Ils se rincèrent la bouche.) Bon sang! s'exclama Girland en faisant la grimace. Comme j'apprécierais un peu de ce jus d'orange, même sans gin!

Il remit la gourde dans la voiture et s'installa au volant. Tessa remonta près de lui et ils repartirent sur le terrain bosselé.

Dix minutes plus tard, ils parvenaient à un cercle de baobabs.

— C'est ici qu'avaient lieu certains rites magiques, expliqua Tessa. Quand vous voyez ces arbres en cercle, ça veut dire qu'ils étaient ou qu'ils sont encore parfois utilisés à cette fin. Les troncs sont creux. Quand ils meurent, les sorciers sont ensevelis à l'intérieur des arbres, pour ne pas souiller la terre.

— Tant que personne ne m'y enterre... dit Girland. (Il jeta un coup d'œil à la jauge d'essence et sentit un frisson lui parcourir l'échine : l'aiguille n'indiquait plus qu'un quart du réservoir.) Nom de Dieu! Regardez-moi ça! On n'a quand même pas pu consommer autant d'essence! (Il s'arrêta.) Peut-être que nous avons une fuite.

Il alla inspecter la voiture, se mit à jurer en apercevant un petit trou à la base du réservoir. Le dernier coup de feu avait été terriblement efficace.

Tessa vint le rejoindre.

— Nous sommes dans de beaux draps, dit-il. Il nous reste un quart du réservoir. Vous pensez que nous pourrons aller loin?

— Trente kilomètres, répondit Tessa en regardant Girland qui obturait le trou avec une balle de 45 enveloppée dans son mouchoir. Nous allons peut-être trouver un village d'ici-là.

Il lui jeta un regard perçant.

— Vous n'avez pas peur?

— Ça ne sert à rien d'avoir peur, n'est-ce pas? répondit-elle en souriant. Nous avons de l'eau et des provisions. Quand nous n'aurons plus d'essence, nous n'aurons qu'à nous mettre à l'ombre en attendant que le soleil se couche. Il serait impossible de marcher par cette chaleur.

— Très bien, dit-il avec un signe approbateur. Alors, allons-y.

Ils remontèrent dans la voiture et repartirent dans la plaine brûlée de soleil.

*

Malik, une carte sur les genoux, était assis à côté de Smernoff qui actionnait la radio. Dieng tenait le volant de la Jeep, Ivan à côté de lui. Daouda était installé sur le toit, en plein soleil, un fusil en travers des genoux.

Ils roulaient depuis quelque temps lorsque la radio crépita.

*

Smernoff écouta la voix excitée qui bourdonnait dans ses écouteurs. Son interlocuteur, quel qu'il fût, avait beaucoup à dire et Malik lançait des coups d'œil impatients à Smernoff. La voix finit par s'arrêter, Smernoff ordonna : « Alertez le poste trois » et ôta ses écouteurs.

— Une fille, un Blanc et un Sénégalais dans une deux-chevaux dans la zone 10 de la carte, dit-il en se penchant vers Malik pour lui montrer l'emplacement. Ça doit être à une quarantaine de kilomètres d'ici. On leur a tiré dessus et le Sénégalais est mort. Il y a peu de chances que cette fille et son compagnon aillent bien loin sans guide. Le Sénégalais venait d'un petit village situé dans la zone 9 de ta carte. C'est peut-être là que se cachait Carey. La fille et ce garçon se dirigent vers trois de nos meilleurs tireurs. Ils sont prévenus. Qu'est-ce qu'on fait maintenant?... On les suit?

— Qui est cette fille? demanda Malik en fronçant les sourcils. Est-ce que cet homme serait Carey?

Smernoff ne répondit rien. C'était à Malik de décider.

— Allons au village, dit Malik. Il faut s'assurer que Carey n'y est plus.

Il se pencha en avant et indiqua la route à Dieng. La jeep reprit de la vitesse et s'élança à travers la brousse en projetant des nuages de sable dans son sillage.

— Appelle le poste trois, dit soudain Malik. Dis-lui qu'il ne faut pas tuer cet homme. Si c'est Carey, je veux lui parler.

Smernoff appela le poste trois et lui transmit les ordres de Malik.

— Endommagez la voiture, mais capturez-les, conclut-il. Peu importe comment vous vous y prenez... mais obéissez!

Une course de dix minutes les amena en vue des trois cases protégées par le mur de paille et de bambou. La Jeep s'arrêta devant la porte. Malik, le pistolet à la main, suivi d'Ivan, pénétra dans le petit enclos.

Trois Sénégalais l'accueillirent. Ils avaient l'air mal à l'aise et formaient comme un cercle de protection devant l'une des cases où leurs femmes et leurs enfants essayaient de se dissimuler dans une demi-obscurité.

— Nous cherchons un homme blanc, dit Malik à Cheickh, le fils aîné de Momar. Où est-il?

Les yeux verts et méchants de Malik effrayèrent Cheickh. M. Carey échappait désormais à ces hommes. Il ne vit aucune raison de leur tenir tête.

— Il est mort. monsieur. Nous venons de l'enterrer.

La bouche de Malik se durcit.

— Où?

Cheickh s'avança et désigna, par la porte ouverte, un arbre dans la plaine.

— Sous cet arbre, dit-il.

Malik lança un ordre à Dieng qui se dirigea vers l'arbre, prit une pelle au pied de l'arbre et se mit à creuser avec répugnance.

Ivan était entré dans la grande case. Il en ressortit au bout de quelques minutes et alla trouver Malik.

— C'est là qu'il se cachait. Il y a un petit trou

dans le sol, comme s'il y avait enterré quelque chose, mais ce trou est vide.

Malik se détourna et se dirigea vers Dieng qui, aidé de Daouda, avait ouvert la tombe. Il considéra le cadavre. Ivan s'approcha :

— Il s'est tué, dit Malik. Le salaud, il avait toujours une longueur d'avance.

Il s'inclina et cracha sur le visage du mort.

— Les deux autres doivent avoir les films, dit Ivan.

— Dis à Smernoff d'appeler le poste trois. Il faut qu'ils les arrêtent, à tout prix. S'ils ne peuvent pas stopper la voiture, qu'ils les descendent. Va vite!

Ivan courut vers la Jeep et Malik revint à l'enclos.

— Qui est la femme blanche qui vivait ici? demanda-t-il, en se dirigeant vers Cheickh.

— Je ne sais pas, monsieur, répondit le Sénégalais en se dandinant.

Malik le frappa du canon de son arme. Cheickh tituba, mais reprit son équilibre.

— Qui est-elle? répéta méchamment Malik.

— Je ne sais pas, monsieur.

Malik se tourna vers Dieng :

— Entre là-dedans et prends un des gosses. Si ce type ne parle pas, égorge le petit!

Dans la case, les femmes se mirent à hurler. Dieng dut se débattre contre elles pour empoigner un des enfants qui pleurait. Le fils cadet de Momar, qui était le père de cet enfant, s'élança en avant, prêt à se battre. Malik lui logea une balle dans la tête.

Il y eut un long silence, puis les femmes et les enfants se mirent à gémir. L'une des femmes se jeta sur le Sénégalais abattu en déchirant convulsivement ses vêtements.

Malik n'y prêta pas attention. Son regard était fixé sur Cheickh.

— Qui était cette femme?

Dieng, un couteau à lame courte à la main, tenait l'enfant, qui se débattait. Cheickh hésita, puis il déclara :

— La fille de M. Carey.

— Et l'homme?

— Ils l'appelaient Girland.

Malik fit signe à Dieng de relâcher l'enfant, sortit de l'enclos et se mit à courir vers la Jeep.

— C'est Girland et la fille de Carey, dit-il à Smernoff. Le poste trois a répondu?

Smernoff manipulait les boutons de son poste. Il leva la main pour réclamer le silence, puis écouta attentivement les grésillements dans ses écouteurs. Une voix excitée se mit à parler.

Il écouta, puis lança :

— Abattez-les. Il faut les arrêter.

Il enleva les écouteurs et dit à Malik :

— Ils sont repérés. Ils se trouvent à deux kilomètres du poste trois et se dirigent en plein dessus.

Malik prit sa carte.

— Où sont-ils?

— Zone 11. A une trentaine de kilomètres d'ici.

Malik regarda la porte qui fermait l'enclos.

— Il faut éviter les ennuis avec la police, dit-il. (Il revint à l'endroit où se trouvait Ivan.) Débarrasse-nous de ces gens. Ils pourraient faire des histoires. Dépêche-toi.

Ivan sourit. Cet ordre lui plaisait. Il saurait l'exécuter. Il prit son automatique et s'avança dans l'enclos.

Malik revint à la Jeep. Dieng était déjà installé au volant. Daouda était posté sur le toit.

Les deux Sénégalais sursautèrent quand Ivan se

mit à tirer. Un gamin maigrelet, les yeux fous de terreur, s'élança au soleil et se mit à courir désespérément dans la direction opposée à la Jeep.

Malik prit son arme et pressa la détente.

— En plein dans le mille! commenta Smernoff tandis que l'enfant s'affalait dans le sable. Ton pétard déporte un peu sur la gauche, n'est-ce pas?

— J'ai appris à faire la correction de tir, répondit Malik en rengainant son pistolet.

Ivan, son arme encore fumante à la main, accourut et grimpa dans la Jeep. Une expression de satiété avait envahi son visage gras et rouge. La Jeep démarra et prit de la vitesse.

Un vautour apparut dans le ciel et vint se poser lourdement sur une branche. D'autres charognards se mirent à décrire des cercles concentriques en perdant de la hauteur, s'abattirent à leur tour et se dirigèrent lentement vers l'enclos.

*

Il fallait à Tessa toute son habileté et son expérience pour maintenir la voiture en mouvement. A côté d'elle, Girland surveillait la route à travers le pare-brise poussiéreux. De temps à autre, il jetait un coup d'œil à la jauge d'essence. L'aiguille butait sur le mot « vide ». A tout instant, il s'attendait à entendre le moteur toussoter et s'arrêter.

Sa conviction était faite. Ils étaient bel et bien perdus, mais, du moins, avec la certitude de ne pas tourner en rond. Bien qu'ils aient changé de cap et qu'ils fussent en route vers l'est, il se rendait compte qu'ils se trouvaient encore à des dizaines et des dizaines de kilomètres de Diourbel, et du salut.

Les oiseaux de proie qui planaient, immobiles, au-dessus d'eux, l'inquiétaient. Ils semblaient patienter, comme dans l'attente d'un festin exceptionnel.

La petite voiture fit une embardée. Les roues avant s'emballèrent et le moteur s'arrêta.

C'étaient la septième fois qu'ils devaient dégager le véhicule.

Ils se regardèrent puis, sans un mot, sortirent de la voiture et se dirigèrent vers l'arrière. Girland leva le nez vers le ciel, empoigna le pare-chocs arrière et, avec l'aide de Tessa, parvint à pousser la voiture jusqu'à une zone de terrain plus ferme.

— Vous voulez que je conduise? suggéra-t-il en s'efforçant d'humecter ses lèvres d'une langue déjà desséchée.

— Ah! ça va! répondit-elle. De toute façon, nous serons bientôt à pied.

— Si on buvait un peu?

— Je crois qu'il vaut mieux attendre. Dans cette chaleur, l'eau va s'évaporer, nous aurons sans doute besoin de chaque goutte avant de nous en sortir.

Il perçut une nuance de désespoir dans sa voix et se força à sourire.

— Nous allons nous en sortir!

— Si nous pouvions seulement trouver un village... (Elle s'interrompit et fixa un point au loin.) Il me semble que j'ai vu quelque chose bouger là-bas.

Girland regarda dans la même direction. L'étendue désertique et plate, peuplée d'arbres et d'arbustes, vibrait dans l'air brûlant.

— C'est la chaleur, dit-il en ouvrant la portière de la voiture.

— Non! quelque chose a remué! insista Tessa en s'abritant les yeux de la main. A droite de cet arbre.

Girland regarda et cette fois aperçut une tache blanche qui bougeait, puis disparaissait.

— Planquez-vous derrière la voiture, dit-il vivement.

Tessa obéit, tandis que Girland s'accroupissait de manière à pouvoir observer par-dessus le capot du véhicule tout en sortant son automatique de l'étui.

De nouveau, Girland devina un mouvement furtif au loin. Cette fois, il était certain qu'un homme s'était dressé sur le sable, avait fait quelques pas rapides, et s'était à nouveau accroupi.

— Il y en a un autre à gauche, dit Tessa qui regardait de ce côté-là, et un troisième encore plus loin.

Maintenant, Girland voyait les trois Arabes. Armés de fusils, ils progressaient par bonds, et gagnaient peu à peu du terrain. Ils n'étaient pas à plus de cinq cents mètres.

De sa poche arrière, il tira le pistolet de Carey.

— Vous savez vous servir de ça? demanda-t-il en reculant et en passant l'arme à Tessa.

— Oui, dit-elle.

Elle lui prit le pistolet de la main et rabattit le cran de sûreté. Avec stupéfaction, il constata qu'elle semblait conserver son calme et que sa main ne tremblait pas. Il revint se poster derrière la voiture et sa tête dépassa un instant le capot.

Un coup de feu claqua et Girland crut sentir la balle gifler sa joue. Il s'accroupit vivement et chuchota à Tessa :

— Attendez, ne bougez pas.

S'aplatissant sur le sol, il examina le terrain entre les roues avant. Les trois hommes armés continuaient à s'avancer, courbés en deux, courant de buisson en buisson. La distance se réduisait progressivement entre eux et la 2 CV. Lorsqu'ils se trouvèrent à une cinquantaine de mètres, à demi dissimulés dans les broussailles, Girland se redressa à nouveau, l'arme au poing. Aussitôt, une détonation retentit et une balle siffla à l'oreille de Girland. Il poussa alors un hurlement, leva les bras et se laissa tomber derrière la voiture. Tessa s'était mise à crier également.

— Ça va! lui souffla-t-il. Pas un geste. Attendez un instant!

Prudemment, deux des Arabes se relevèrent et, prêts à épauler, firent quelques pas en avant. Leurs silhouettes se détachaient sur le ciel éclatant, offrant des cibles parfaites.

— Prenez celui de gauche! dit Girland.

Quelques secondes s'écoulèrent, puis Girland se détendit brusquement, son arme pointée, et appuya sur la détente. Presque simultanément, il entendit cracher le pistolet de Tessa.

Les deux Arabes s'écroulèrent, tandis que le troisième tirait, à l'abri d'un arbuste.

Girland ressentit une vive brûlure au niveau du biceps gauche. Il trébucha en arrière et vit l'Arabe s'élancer en avant. Avant qu'il ait pu lever son arme, l'automatique de Tessa aboya à nouveau.

L'Arabe, un petit homme basané en djellabah blanche, eut un sursaut, plaqua une main sur son épaule en lâchant son fusil, et s'élança comme un fou vers la voiture, mais Girland avait eu le temps de l'ajuster et il lui logea une balle dans la tête.

Tessa fit le tour de la 2 CV. Elle était pâle et tremblante, mais elle se ressaisit rapidement en voyant le sang couler du bras de Girland et goutter dans le sable.

— C'est grave?

— Non, répondit-il en secouant la tête. Une simple égratignure.

— Je vais vous faire un pansement.

Elle courut à la voiture et en revint, une trousse de secours à la main. Elle lava de son mieux la plaie avec l'eau de la gourde, y appliqua une compresse et, avec dextérité, enroula autour une longue bande de gaze.

Girland se dirigea vers les Arabes morts et ramassa leurs fusils. Chacun d'eux portait une cartouchière à la ceinture. Tessa l'aida à ramasser leur équipement.

— Maintenant, nous avons de quoi nous défendre, dit sombrement Girland. Venez! Allons-y!

Ils remontèrent dans la voiture et s'enfoncèrent à nouveau dans la chaleur brûlante.

— Je me demande combien d'autres nous attendent encore, dit Girland.

Il jeta un coup d'œil à sa montre. Il était trois heures vingt. Ils n'avaient rien mangé ni l'un ni l'autre depuis l'aube, mais Girland n'avait pas faim. Seule la soif le tenaillait de plus en plus.

— Le réservoir doit être à peu près à sec, dit-il en jetant un coup d'œil à la jauge.

— Vous ne souffrez pas trop de votre bras?

— Il est un peu raide, mais ça va. Et vous?

— Ça va.

— Vous êtes une fille formidable, vous savez. Quand on en sera sorti, il faudra fêter ça. J'aimerais beaucoup pour connaître un peu mieux.

— Vous pensez que nous allons nous en tirer?

— On peut toujours espérer.

Elle demeura silencieuse un long moment, puis demanda :

— Comment fêtera-t-on l'événement, Mark?

— On commencera la soirée au bar du Plaza-Athénée. Des Martinis-vodka très secs et frappés. Puis on ira en taxi au Grand Véfour et on commandera des huîtres et des perdreaux arrosés de bordeaux 1949. Puis on ira chez moi où je vous montrerai ma collection de non-figuratifs.

— Je suis allée chez vous, vous n'avez pas un seul non-figuratif.

— Je sais, mais ça n'a pas d'importance. Si vous ne pouvez pas admirer mes tableaux, moi au moins je pourrai vous admirer. Ce sera une soirée très intime.

— Mais il faut commencer par sauver notre peau.

— Oui. (Il se pencha en avant pour examiner le terrain à travers le pare-brise.) Regardez ce qu'il y a devant nous.

Ils se trouvaient en face d'une étendue de sable dur qui semblait s'étirer comme un drap de lit jaune jusqu'à l'horizon. On eût dit que les arbres et les arbustes avaient brusquement perdu courage et renoncé à pousser plus en avant.

— C'est comme une mer morte, dit Girland. Jamais on n'arrivera de l'autre côté!

— Je me souviens que Momar m'a parlé de cet endroit, dit Tessa, tout excitée. De l'autre côté, il y a un point d'eau pour le bétail. Si nous parvenons à traverser, nous sommes certains de trouver un guide.

— Nous n'avons plus d'essence.

— Il faut essayer, même si nous finissons en marchant.

Girland hésita, puis lança la voiture sur cette croûte durcie de sable. Le petit véhicule bondit en avant. Ses pneus avaient enfin trouvé une surface sur laquelle ils pouvaient mordre. Ils n'étaient plus secoués sur leur siège. Le sol était miraculeusement lisse.

— Vous n'avez aucune idée de la distance? demanda Girland. Ça me paraît sans limites!

— Je ne sais pas, dit-elle en hochant la tête. Mais en tout cas, je suis sûre qu'il y a un point d'eau de l'autre côté.

Girland jeta de nouveau un coup d'œil à la jauge immobile. Etait-elle précise? Restait-il assez d'essence pour traverser? La chaleur, sur ce plateau nu, était implacable. Une vague de panique monta en lui. Tomber en panne au milieu de ce désert, c'était la mort inévitable. Il jeta à nouveau un coup d'œil vers le ciel d'un bleu métallique : les oiseaux de proie poursuivaient leur ronde à la verticale de la voiture.

Il appuya sur le champignon.

— Ne roulez pas si vite! s'écria Tessa. Plus on accélère, plus l'essence...

Elle s'interrompit. Le moteur s'était mis à crachoter.

Girland écrasa le pied au plancher, mais sans résultat. Le moteur toussota encore une fois et s'arrêta. Au bout de quelques mètre, la voiture s'immobilisa.

Au-dessus d'eux, les oiseaux planaient sans un battement d'aile et leurs ombres mouvantes faisaient des taches noires sur le sable blanc.

S'efforçant de prendre un ton dégagé, Girland tapota le volant surchauffé :

— Eh bien, cette fois, ça y est! Dans trois heures, le soleil se couchera. Nous allons rester ici jusqu'au crépuscule et puis nous continuerons à pied.

Tessa contemplait les ombres noires sur le sable.

— Je suis heureuse que vous soyez là, dit-elle d'une voix rauque. Je me verrais mal, ici, toute seule.

— Moi aussi, dit Girland en lui prenant la main.

*

Smernoff tournait le bouton de son appareil depuis quelques minutes. Malik, qui l'observait, vit son impatience grandir.

— Pas de réponse du poste trois, dit enfin Smernoff. Il y a quelque chose d'anormal.

— Essaie le poste quatre.

— Il est trop au nord pour être au courant. Le poste trois a annoncé qu'ils se dirigeaient droit sur eux. Ils auraient dû les intercepter.

— Ils ne doivent pas être à plus de dix kilomètres, conclut Malik après avoir étudié la carte. Plus vite! lança-t-il à Dieng.

La Jeep prit de la vitesse et les quatre hommes durent se cramponner à leur siège. Daouda, sur le toit, poussa un cri et se rattrapa de justesse. Ils soutinrent la même allure pendant dix minutes, puis Ivan dit sèchement :

— Il y a quelque chose là-bas... à droite.

Dieng ralentit. Malik regarda avec attention et vit une tache blanche sur le sable. Sur son ordre, Dieng changea de direction.

Ils sortirent de la voiture et s'approchèrent des trois cadavres.

Il y eut un long silence.

— Je t'avais bien dit que Girland était dangereux, déclara Smernoff.

— Il a pris leurs fusils, constata Ivan.

Malik se détourna pour considérer le désert et repéra dans le sable des traces de pneus.

— Ils sont allés par là, dit-il en revenant à la Jeep.

Il prit sa carte et l'étudia. Ses yeux verts étaient extraordinairement brillants. C'était le seul indice de sa colère et de sa déception.

Smernoff le rejoignit.

— Le poste quatre est ici. C'est bien cela? demanda Malik en montrant un point sur la carte.

— Oui.

— Eh bien! Ils ont traversé le cercle. Il faut les prendre en chasse. Ils se dirigent vers l'intérieur de la brousse et non pas vers l'extérieur, mais désormais aucun de nos postes ne peut les intercepter. Il faut les poursuivre jusqu'à ce qu'ils tombent en panne d'essence. Nous en avons assez?

— Notre réservoir est à moitié plein et nous avons deux jerricans. Nous sommes parés, dit Ivan.

— Et l'eau?

— Pas autant qu'il en faudrait, répondit Ivan en faisant la grimace. Elle s'évapore, dans cette foutue chaleur. Il faudra faire gaffe.

Malik regarda sa montre :

— La nuit tombe dans quatre heures, dit-il. Il faut les rattraper avant. Et prendre toutes les précautions possibles. Qu'Ivan prenne le fusil. Cest le meilleur tireur.

Ivan se tourna vers Daouda.

— Passe-moi le fusil, dit-il.

Le grand Sénégalais balafré se dandinait dans le sable. Il rit pour dissimuler sa gêne, en mettant sa main devant ses dents plombées d'or.

— Il est tombé du toit quand on roulait tellement vite, annonça-t-il. Moi aussi, je serais tombé si j'étais pas si fort.

Le visage rougeaud d'Ivan devint cramoisi.

— Tu veux dire que tu as perdu le fusil? s'écria-t-il.

— Il est tombé du toit.

Malik arriva à temps pour retenir le bras d'Ivan qui allait s'abattre sur le Sénégalais.

— Attends, dit-il. Tu l'as laissé tomber loin d'ici?

Daouda haussa les épaules.

— Là-bas, dit-il en étendant le bras.

— Il faut retourner le chercher, dit Smernoff en russe.

— Nous ne le retrouverons jamais, répondit Malik. Nous pourrions passer à un mètre sans le voir. (Il s'arrêta, puis poursuivit :) Chaque minute que nous perdons leur donne une chance de plus de s'en sortir.

Il se tourna vers Daouda :

— Va le chercher, dit-il. Nous t'attendrons.

— C'est trop loin, monsieur, dit Daouda en hochant la tête. Je me perdrais.

— Va le chercher, répéta Malik en prenant son pistolet.

Dieng intervint.

— Excusez-moi, monsieur, mais cet homme est mon ami. S'il part, il se perdra et il mourra.

— Alors, accompagne-le, dit Malik en braquant son arme sur Dieng. Vas-y!

Dieng fixa les yeux verts qui brillaient et la sueur inonda son visage noir.

— Je n'ai rien dit, monsieur. Je reste. Il ira tout seul.

— Vous irez tous les deux, dit Malik en rabattant le cran de sûreté de son arme.

Les deux Sénégalais firent demi-tour et se mirent à courir dans la direction d'où ils venaient. Malik tira une balle au-dessus de leur tête. Ils accélérèrent leur course et trébuchèrent dans le sable en agitant les bras désespérément.

— Puisque nous manquons d'eau, dit Malik en revenant à la Jeep, moins nous serons à boire, mieux ça vaudra.

Les trois hommes montèrent dans la voiture et Malik, prenant le volant, lança la Jeep dans la brousse.

— Ça ne me dit rien de bon, dit Ivan, préoccupé. Le fusil donne à Girland un avantage énorme.

— Nous sommes trois, dit Malik. L'un d'entre nous ouvrira le feu pendant que les deux autres l'encercleront et s'approcheront de lui.

Smernoff considérait le décor monotone.

— Nous pourrions perdre sa piste. Le vent se lève et efface les traces de pneus.

— Nous ne le perdrons pas, dit Malik d'un air sombre. Regarde dans le ciel. Il se trouve là où sont les vautours.

Ivan et Smernoff regardèrent le ciel qui jaunissait. Ils aperçurent au loin quelques taches noires qui faisaient des cercles, planaient et plongeaient.

— Tout dépend de ses réserves d'essence, dit Malik.

Il lança la Jeep sur le sable à plus de quatre-vingt à l'heure.

La radio crépita et Smernoff se hâta de passer les écouteurs. Il entendit une voix qui dominait les crépitements, et annonça :

— Nous nous dirigeons vers la zone 7. Envoyez des hommes avec de l'eau à votre rencontre. C'est un ordre!

— Qu'est-ce que c'était? demanda Malik, crispé sur le volant.

— C'était le poste cinq. Ils ont découvert deux cadavres et une Buick. Les cadavres étaient à moitié dévorés par les vautours, un petit et un grand.

— Schwartz et Borg, fit Malik. Bon débarras! On va nous apporter de l'eau?

— Non, répondit Smernoff. Le poste cinq est à quarante kilomètres d'ici. Ils n'ont pas de voiture. Les Arabes se moquent pas mal de ce qui pourra nous arriver.

— Buvons un coup maintenant, proposa Ivan en passant le dos de sa main sur ses lèvres gercées. Nous avons de quoi boire un peu, non?

Smernoff mit la main sur la gourde qui se trouvait à ses pieds. Elle était plutôt plate.

— Attendons un peu, dit Malik en voyant le trou qu'avait creusé la main de Smernoff dans la gourde. Même après en avoir fini avec Girland, il faudra sortir de la brousse.

— Nous sommes fous d'être venus si loin sans une provision d'eau suffisante, grogna Ivan, furieux. Il n'y a pas un point d'eau sur la route?

— Regarde, dit Malik à Smernoff.

Après avoir étudié la carte, celui-ci précisa :

— Il y a un point d'eau à soixante kilomètres, mais, pour y arriver, il faudrait traverser un désert : pas un arbre, pas une ombre, rien que du sable. Tu crois que Girland a pris cette route?

— Tout dépend de ce qu'il lui reste d'essence.

— Allons au point d'eau, insista Ivan. Il faut que nous nous en procurions.

Malik hésita. Peut-être Girland avait-il des nourrices d'essence. Dans ce cas, lui aussi devait se diriger vers le point d'eau... A condition, bien entendu, qu'il en connût l'existence.

— Oui, dit-il.

L'œil fixé sur la boussole du tableau de bord, il changea de cap et se dirigea vers l'est.

C'est ainsi qu'ils sortirent finalement de la brousse et aperçurent à quelques kilomètres devant eux, immobile sur le plateau brûlant de sable, la deux-chevaux en panne.

*

Tessa et Girland se trouvaient dans la petite voiture depuis plus d'une demi-heure. La chaleur y était intolérable et Girland avait l'impression que son sang bouillait dans ses veines. Toute pièce métallique était dangereuse à toucher. Il avait effleuré par hasard le montant de la portière et s'était brûlé à l'avant-bras.

— Je ne vais pas pouvoir supporter cela longtemps, dit-il d'une voix rauque. Nous allons cuire vivants.

— C'est bien pire à l'extérieur, répondit Tessa qui semblait avoir du mal à respirer. Le soleil descend. Dans une heure, il y aura de l'ombre auprès de la voiture et nous pourrons sortir.

— Encore une heure! grogna Girland. A ce moment-là, j'aurai explosé!

— Il ne fait pas si chaud que tout à l'heure. Buvons un peu.

Girland ne se le fit pas dire deux fois. Il se retourna sur son siège pour attraper la gourde. Il regarda par hasard par la vitre arrière de la voiture et ce qu'il vit lui fit oublier sa soif et la chaleur.

Un nuage de sable fonçait sur eux. Ce nuage ne pouvait signifier qu'une chose : une voiture arrivait à toute vitesse.

— Tessa! Regardez!

Alertée par son excitation, Tessa se retourna.

— Une voiture! dit Girland en attrapant un des fusils.

— Ce n'est peut-être pas eux, dit Tessa. Faites attention!

— Qui voulez-vous que ce soit, dans ce coin perdu? riposta Girland. (Il ouvrit la portière avec la crosse du fusil et sortit dans le soleil brûlant.) Restez où vous êtes, dit-il à Tessa. Je vais tirer un coup de semonce.

Il releva son arme et tira au-dessus de la voiture qui, il pouvait la voir maintenant, était une Jeep.

La Jeep ralentit, ses quatre roues dérapèrent dans le sable et elle s'arrêta.

A trois cents mètres environ, dans la lumière brillante, Girland reconnut l'immense silhouette de Malik, et ses cheveux platinés.

— C'est bien eux, dit-il et, épaulant, il tira par trois fois en visant soigneusement la Jeep.

Les trois hommes se dispersèrent et allèrent s'abriter derrière les derniers arbustes. Tessa sortit de la deux-chevaux et le rejoignit, un fusil à la main.

— Nous avons des munitions en pagaille, dit Girland. On va démolir leur bagnole. Si nous ne nous en sortons pas, ils ne s'en sortiront pas non plus.

Ils visèrent tous les deux la Jeep et tirèrent. L'explosion d'un pneu qui éclatait traversa le plateau et Girland sourit.

— Bien visé! dit-il.

Il aperçut alors un homme trapu qui sortait de derrière un arbuste et se mettait à courir, un revolver automatique à la main. Girland changea vite de cible, et, visant avec soin, pressa la détente.

Fonçant comme un taureau, Ivan sentit le frôlement de la balle sur la manche de sa chemise.

— Reviens, idiot! lui cria Malik. Reviens!

Ivan s'arrêta et se retourna vers Malik. Girland appuya sur la détente. Une tache rouge apparut soudain sur la chemise trempée de sueur d'Ivan qui tomba, le nez en avant, dans le sable.

— L'imbécile! hurla Malik.

— Laisse tomber, dit Smernoff, à plat ventre à côté de lui. Qu'est-ce qu'on va faire? Nous n'approcherons jamais de Girland à découvert.

— Nous l'aurons quand il fera nuit. Il n'y a qu'à attendre. Va voir où en est la voiture et rapporte de l'eau.

Smernoff se mit à ramper vers la Jeep. Au moment où il l'atteignait, Girland tira à nouveau. La balle fit voler le pare-brise en éclats et Smernoff poussa un juron. Il jura encore une fois quand il vit une large tache sombre sous la voiture et sentit les vapeurs d'essence. Alors il rampa vers l'arrière du véhicule et se rendit compte, au premier coup d'œil, que le réservoir était percé en trois endroits. Il se redressa pour fouiller dans la Jeep et en sortit les deux jerricans qu'il jeta sur le sable. Puis, il prit la gourde; il fut saisi de panique. Elle était vide, trouée par une balle. A ce moment-là, Girland tira encore et Smernoff se plaqua à terre; il entendit la balle qui s'écrasait dans le capot de la Jeep.

Il revint en rampant auprès de Malik :

— Il n'y a plus d'eau, dit-il, d'une voix tremblante.

Les lèvres de Malik se retroussèrent sur ses dents blanches dans un ricanement de méchanceté.

— Bon, il n'y a plus d'eau, mais ce n'est pas comme ça qu'ils vont s'en tirer. Ils doivent en avoir, de l'eau, eux, et nous pourrons utiliser leur voiture. Les jerricans sont intacts?

— Oui.

— Eh bien... ça devrait te donner envie de les attraper. (Il se cala à l'ombre de l'arbuste.) Planque-toi. Nous aurons pas longtemps à attendre.

— Je crève de soif! gémit Smernoff.

— Va demander de l'eau à Girland, ricana Malik. Tais-toi.

*

Exposés à l'ardeur du soleil, Tessa et Girland ne voulaient pas courir le risque de remonter dans la voiture. En se précipitant en avant, les Russes pouvaient encore parvenir à portée de tir avec leurs automatiques.

— Buvons un peu, Tessa, dit-il en essuyant le sable et la sueur de son visage.

Elle se dirigea d'un pas incertain vers la voiture et revint avec deux gobelets d'eau.

— Cette foutue flotte est presque bouillante, dit Girland en l'avalant. Il faudra faire attention à la nuit. C'est leur seule chance de nous sauter dessus. (Il épia le désert, se forçant à lutter contre l'éblouissement. Aucune trace des Russes.) Faites attention! Je vais m'occuper de la voiture.

— Comment ça?

Il la dévisagea :

— Il faut voir les choses en face, Tessa. Nous avons très peu de chances d'en réchapper. Même si nous descendons ces deux types, comment atteindrons-nous Diourbel? Je veux être sûr qu'ils ne peuvent pas se servir de la voiture.

Il se dirigea vers la 2 CV, ouvrit le capot avec le canon de son fusil et arracha les connections électriques. Ensuite, à coups de crosse, il écrasa le tuyau d'essence qui sortait du carburateur. Ayant rendu la voiture inutilisable, il revint s'étendre près de Tessa.

— Je prends votre place, dit-il. Remontez dans la voiture.

— Je reste avec vous, Mark.

Ils demeurèrent silencieux quelques instants, puis Girland demanda :

— Si jamais on s'en sort, qu'est-ce que vous allez faire, Tessa?

— Je rentrerai à Paris. Je pourrai toujours trouver du travail; mais à quoi bon en parler?

Girland considéra le ciel qui perdait par degrés son éclat. Les oiseaux de proie planaient toujours au-dessus d'eux.

— Dès qu'il fera assez sombre, il faudra s'écarter de la voiture. Malik va essayer de donner l'assaut. J'aimerais bien ne pas le manquer.

— La nuit sera là dans trois quarts d'heure.

Ils attendaient, étendus côte à côte. Les minutes passaient lentement. Le jour s'estompait peu à peu.

Le soleil couchant vira du rouge à l'orange et quelques étoiles apparurent.

Soudain, Tessa leva la tête, tendit l'oreille, puis se dressa :

— Vous entendez? dit-elle, tout excitée. Ecoutez!

— On dirait un avion, dit Girland en se levant.

Ils se tenaient l'un près de l'autre, scrutant le ciel.

— C'est bien un avion... Un appareil d'observation, précisa Girland. Il porte les étoiles américaines.

Frénétiquement, il se mit à agiter les bras.

L'appareil, qui arrivait à basse altitude, dispersa les charognards qui tournoyaient et réduisit le régime.

Ils virent le pilote se pencher à la carlingue, faire un geste, décrire un cercle et se poser sans heurt sur le sable durci.

Girland attrapa la gourde, la renversa, répandant l'eau sur le sable brûlant, puis il courut à la voiture, y prit la boîte métallique que lui avait remise Carey et se précipita en compagnie de Tessa vers l'avion.

Au moment où le pilote ouvrait en souriant la portière de la carlingue, ils entendirent un coup de feu au loin. Girland aida Tessa à monter dans l'avion et regarda par-dessus son épaule.

Malik, suivi de Smernoff, courait en titubant sur le sable, tout en tirant.

— Filons d'ici! dit Girland en grimpant derrière Tessa et en refermant la portière.

L'appareil pivota, démarra en s'éloignant des deux hommes qui accouraient et décolla.

— Vous n'attendez pas vos amis?

Girland lança un regard perçant à celui qui avait parlé. Il se trouvait sur le siège arrière, à côté d'un officier américain.

— Je m'appelle Jack Kerman, dit celui-ci. Vous avez peut-être entendu parler de moi. Je vous présente l'inspecteur Ambler, de la sûreté. Tout à fait comme au cinéma, hein? Vous pouvez dire que vous avez de la chance.

Girland jeta un coup d'œil aux deux silhouettes claires sur le sol. De cette hauteur, ils se rendait compte de l'impossibilité d'échapper à ce piège mortel. Le plateau s'étendait sur des kilomètres jusqu'à l'horizon. Les deux Russes, maintenant immobiles, ressemblaient à des fourmis dans un océan de sable.

Il poussa un long soupir et répondit :

— Oui... Vous n'auriez pas quelque chose de frais à boire?

Kerman sourit en lui tendant une grande thermos :

— Gin-orange, dit-il. Allez-y doucement.

D'une main tremblante, Girland remplit le gobelet et le tendit à Tessa qui but une gorgée et lui passa le récipient.

— Merveilleux! déclara-t-il. Comment diable avez-vous fait pour nous retrouver?

— Avec un peu de chance et de jugeote, répondit Kerman. Après avoir découvert le cadavre de Janine Daulnay...

Girland se raidit :

— Elle est morte?

— Oui. Elle a voulu jouer trop fin et Malik s'est méfié. Elle a choisi la solution la plus rapide. (Kerman haussa les épaules.) Etant donné les circonstances, c'est ce qui pouvait lui arriver de mieux. Je me suis lancé alors à la poursuite de Malik. J'ai découvert l'épave de votre voiture. J'ai poussé jusqu'à Diourbel d'où j'ai téléphoné à Ambler qui s'est dépêché de venir me retrouver avec ce curieux engin. Pendant que je l'attendais, j'ai flâné en ville où un Sénégalais bavard m'a raconté qu'il vous avait vu entrer dans une villa. J'y suis allé et j'y ai trouvé votre ami Fantaz. J'ai dû le brutaliser un peu, mais il a fini par me débiter toute l'histoire. Ambler venait d'arriver. Nous avons attendu qu'il fasse un peu jour et nous sommes partis vers la brousse. Nous vous cherchons depuis ce matin. Nous avons découvert vos copains, Borg et Schwartz, bel et bien morts. Nous avons également découvert l'endroit où Carey se cachait. Tous les Noirs du coin y étaient restés eux aussi. Et puis, nous vous avons découverts, vous et... j'imagine, Mlle Carey.

— Exact, dit Girland. Vous n'avez pas chômé, en somme?

Ambler ouvrit la bouche pour la première fois.

— Je vous arrête, Girland. J'ai ordre de vous réexpédier sur Paris dès ce soir. M. Dorey vous attend.

Girland haussa les épaules.

— Et elle? demanda-t-il. Elle ne peut pas rester à Dakar!

— Nous avons affrété un avion spécial pour vous. Une affaire très importante, reprit Kerman. Dorey veut lui parler aussi, de sorte qu'elle nous tiendra compagnie.

Girland s'enfonça dans son siège. Il avait beau être fatigué, il réfléchissait. Dorey ne lui faisait pas peur. Les microfilms l'amadoueraient. Il serait enchanté de s'occuper de Radnitz et Girland décida de lui laisser toute la gloire de l'opération. Il ne serait pas fâché d'apprendre que Malik était liquidé. En tout cas, s'il essayait de faire des histoires, Girland savait comment lui clouer le bec. Dorey ne tenait pas à ce que la C.I.A. apprenne que Janine l'avait blousé.

« Et moi? se demanda Girland. Qu'est-ce que je vais devenir, maintenant? » Il se souvint alors qu'il avait les cinq mille dollars de Radnitz à son compte en banque. « L'argent résout bien des problèmes, se dit-il. Je crois que je vais rentrer aux Etats-Unis. J'y trouverai bien une occupation. »

Il se mit à sourire, étendit le bras et posa sa main sur celle de Tessa.

— En tout cas, nous allons toujours fêter cette aventure. dit-il. Et vous viendrez voir mes non-figuratifs.

— Vraiment? répondit-elle en souriant. Je ne vous fais aucune promesse, Mark!

L'avion bourdonnait au-dessus du désert brûlant, volant droit vers les lumières brillantes de l'aéroport de Dakar.

*Impression B.C.I. à Saint-Amand (Cher),*
*le 28 mai 1995.*
*Dépôt légal : mai 1995.*
*Numéro d'imprimeur : 1/1365.*
ISBN 2-07-049532-9/Imprimé en France.

72313